転生

貫井徳郎

幻冬舎文庫

転《てん》生《せい》

たぶん、季節は春なんだと思う。

青々とした芝生が一面に広がっているのをはっきりと見ることができるし、肌に感じる風も柔らかい印象がある。周囲には、ぼくと同じように芝生に坐《すわ》ってこの季節を楽しんでいるカップルや、バドミントンやフリスビーなどをして体を動かしている子供、犬を散歩させている夫婦などが大勢いた。右手にはちょっとした林があり、左手は小高い丘になっている。そして目の先には、木を模した造りの橋があった。ちょうどこの広場を横切るように、人工の小川があるようだ。

満ち足りた気分だった。外に出ないともったいないよと空全体が主張しているような晴天と、草木の匂《にお》いを感じさせる風。耳に届く声は様々だが、そのどれもが楽しそうで、聞いているだけで心が浮き立ってくる。このままだらしなく芝生に寝そべってしまうか、それとも動き回って汗をかこうか、そんな贅沢《ぜいたく》な選択に迷ってしまうほどだ。

ああ、こんなにゆっくりと、何も考えずにただぼんやりとしていることなんて、ずいぶん久しぶりだなぁ。ぼくは思わず嘆息した。ここのところずっと何かに追いかけられるような気分が続いていて、ぼんやりすることなど一瞬もなかった。しばらく忘れていた感覚を思い出すことができて、ただただ幸せだった。

水色の空をゆっくりと流れていく入道雲を見上げていると、ぼくは自分の思いにふと躓《つまず》いた。いったいぼくは、何に追いかけられていたんだろう。そんな疑問が不意に湧《わ》いてきて、そのまましばらく考えてみた。だがすぐには、自分を追いかけていたものが何か、思い当たらない。すると少し不安になって、周囲の明るい光景が翳《かげ》ったように感じた。駄目だ、こんなことを考えてはいけない。ぼくは慌てて頭を振って、自分の中のわずかな不安を意識の外に追いやった。大丈夫、何も心配することなんかないんだ。絶対に大丈夫なんだから……。

そう自分に言い聞かせたものの、一度脳裏をよぎった不安はなかなか消えることがなかった。そのうちに、思いもかけない疑問が続いて浮かんできて、ぼくの心をさらに揺さぶった。

ここはどこなんだろう。ぼくはのどかな光景を前にしながら、そんなことを考えた。それだけじゃない。どうやってここに来たのか、ここがどこなのか、そういう基本的なことがいっさいわからないでいる。いったいぼくは誰なのか、さっきまでくつろいでいた存在は本当に自分なのか。ひとつ疑問を覚えたせいで、芋蔓《いもづる》式に次々と不安が浮上してきた。駄目だよそんなことを考えちゃ、何もかももう大丈夫、心配することなんてひとつもないんだから。ぼくは一所懸命自分を宥《なだ》め、さっきまでの満ち足りた気分を取り戻そうと努力した。

ちょうどそのときだった。不安でたまらなくなっているぼくの前に、ふと人影が現れた。ぼくは顔を上げ、目の前に立った人を見上げた。そこには、軽く息を弾ませて微笑《ほほえ》んでいる女がいた。ああ、恵梨子《えりこ》だ。ぼくはすぐに女の名前を思い浮かべ、そしてそのことに安心した。そうだ、ぼくは恵梨子と一緒にこの公園まで来たのだった。どうしてそんなことを忘れていたのだろう。

「あのワンちゃん、三歳なんだって」

恵梨子は軽く後ろを振り向き、橋の方へ向かおうとしている犬を連れた若夫婦を目で指し示した。ああ、恵梨子は犬が好きだったんだ。ぼくはそのことも思い出し、また安堵《あんど》する。恵梨子はぼくたちの横を通り過ぎていくゴールデンレトリーバーを見つけると、迷わず立ち上がって夫婦に話しかけ、ひとしきり犬の背中を撫《な》でていたのだった。ぼくはさっきまで、そんな恵梨子を見つめながら微笑んでいたのではなかったか。

「やっぱり犬ってかわいいね。あたし、一軒家に住むようになったら、絶対に犬を飼うんだ。血統書付きなんかじゃなくていいから、大きくてかわいい雑種。雑種、好きだよね」

「ああ、好きだよ」

ぼくは答える。そう応じただけで、自分の中から恵梨子に対するたまらないほどの愛《いと》おしさが込み上げてきた。だがその感情がこの瞬間に湧いたのか、以前から恵梨子を愛していたのか、どうしても判然としない。なぜこんなこともわからないのかと自分を歯痒《はがゆ》く思ったが、もうぼくは不安になることもなかった。恵梨子を見たとき、ぼくは自分のいる場所をしっかりと把握していたからだ。同時に、知ってしまったことを残念に思った。

恵梨子、もう一度君に会いたい。ぼくは目覚める瞬間、息が苦しくなるほど痛切にそう感じた。夢の中だけでなく、本物の君に会いたい——。

1

最初は自分がどこにいるのかわからず、乗り物酔いに罹《かか》ったような気分の中でしばらく混乱していた。胸がむかつく不快な感覚は、眠りの底から浮上するうちに徐々に薄れ、それと入れ替わるように記憶が戻ってきた。ぼくは自分がどんな体験をしたのか思い出し、こうして目を覚まそうとしていること自体に感謝した。もう二度と目覚めなくても仕方ないと、手術前には覚悟していたのだ。こんなことを考えられるのなら、取りあえずまだ生きているのだろう。ぼくはゆっくりと、瞼《まぶた》を開いた。

まず真っ先に目に飛び込んできたのは、染みひとつない真っ白な天井だった。そして、自分の顔を覗《のぞ》き込んでいる緑のマスクをした若い看護婦さん。名前は知っているはずなのに、すぐには思い出せなかった。まあいい。しばらくして気持ちが落ち着いたら、必ず思い出せるだろう。看護婦さんはぼくが目覚めたことに気づくと、マスク越しにもわかるほど嬉《うれ》しそうな表情になった。

「あ、目が覚めましたね。おはよう」

明るい声で、そんなふうに話しかけてくる。まるで盲腸の手術を受けた患者に対するような、ぜんぜん悲壮な雰囲気のないその言葉に、ぼくは思わず笑いたくなった。看護婦さんがこんな声を出すくらい、術後の経過は良好だったのだろう。そのことに気づくと、微笑まずにはいられなかったのだ。

だが、ぼくの笑みはぎごちなく途中で消えた。酸素マスクをされているため、うまく表情が作れなかったのだ。

そのときになってようやく、自分の体に様々な管《くだ》が繋《つな》がれていることに気づいた。それらが抜けないようにするためだろう、両腕もしっかりベッドに固定されている。ぼくはまず口をもごもごさせ、次に手首だけを動かして、自由になりたいと意思表示した。看護婦さんはそれを見ると、「うん」と頷《うなず》いて何かを手渡してくれる。感触から、それが紙とペンだとわかった。つまり、喋《しゃべ》れないから筆談したがっていると解釈したようだ。そうじゃないと抗議しようにも、ぼくには他に手段がない。仕方ないから、ぼくは持たされたペンで、不自由な体勢のまま言葉を書いた。

《しゅじゅつは？》

勘を働かせなければ読めないだろうひどい字で、それだけを書いた。しかしそれで充分に通じたらしく、看護婦さんはにっこり微笑んで言った。

「ええ、大丈夫よ。全部うまくいったから」

あまりに簡単に答えるので、ぼくは思わず首を持ち上げて、本当かと確認した。

「そんな、まだ起き上がろうとしないで。本当よ、大成功だから安心して。気分はどう？」

気分？　そんなこと、訊《き》かれてもよくわからなかった。だが先ほどまでのようなむかむかする感じは綺麗《きれい》になくなっている。悪くないということは、気分がいいのだろう。ぼくはペンを持ち直し、《いい》と書いた。

「よかった。麻酔がまだ残っているから少し眩暈《めまい》がするかもしれないけど、すぐに治るわ。後はゆっくり寝て、体力が戻るのを待つだけね」

手術は成功したのか。ぼくはそんな単純な事実をなかなか受け入れることができず、しばし頭の中で転がしてみた。つい昨日までぼくは、余命は長くてもあと数年という状態だったのだ。それが、人並みの寿命を得られたのだと言われても、すぐに実感など湧いてこない。たぶんぼくは、これから何度も同じ疑問を感じるのだろうなと、その瞬間思った。ぼくはもっと長く生きていていいんですか、と。

　全身がとろけるような安堵など、そう誰もが経験できるものじゃないだろう。でもぼくは大袈裟《おおげさ》でなく、そんな感情を味わった。すると、とたんに意識が遠のいてゆく。まだ眠り足りなかったようだ。ぼくは自分の体の要求に逆らわず、そのまま目を閉じた。あっという間にすべてが暗転し、ふたたび眠りの中へと戻っていった。

　眠りはあまり快適とは言えなかった。暑くて仕方ないような、どうにも耐えがたい思いに苛々《いらいら》している夢をずっと見ていた。熱帯のジャングルになど行ったことはないが、そこで毛皮のコートでも着て、こたつに当たっていればたぶんこんな気分になるだろう。早くここから逃げ出したいのに、いくら走ってもいっこうに涼しくならず、辛《つら》い辛いとひたすら繰り返しているだけだった。

　次に目覚めたときには、すでに手術からずいぶんと時間が経《た》っているようだった。ぼくは呻《うめ》きながら目を開け、「ああ」と嘆息した。ああ、夢でよかった。あれが現実なんかじゃなくて、本当によかった。そう感じた吐息だった。

「やあ、目が覚めたね」

　今度は看護婦さんではなく、緑色の看護服を着た医者がそばにいた。ぼくの手術を執刀してくれた先生だ。名前は風間《かざま》。さっきとは違って、すんなりと名前を思い出すことができた。

「気分はどう？」

看護婦さんと同じことを尋ねてくる。手術後はまずそう尋ねるのが決まりなのかもしれない。ぼくは先ほどと同じようにペンで答えようとして手を動かしたが、もう届く範囲にはなかった。思わず「ペンは……？」と尋ねて、すでに酸素マスクを外されていることに気づいた。

「ああ、さっき筆談したんだって？　もう普通に呼吸できるから、喋っていいよ。どう、気分は？」

四十前後の風間先生は、どちらかといえば無愛想な喋り方をする人だった。だが今は、珍しく機嫌がよさそうに見えた。手術が成功して、先生自身も喜んでいるのだろう。メタルフレームの眼鏡の奥で、目が嬉しそうに笑っていた。

「気分は――」

声に出してみて、決して今の気分が爽快《そうかい》とは言えないことを知った。体中がみしみしいうような、強烈な筋肉痛にも似た痛みがある。夢の中での不快感を引きずるように、頭もずきずきした。ぼくは我慢などせず、そのまま言葉に表した。

「最悪です。体中痛い」

「麻酔が切れる頃だからな。そりゃ当然だ。でも、手術は成功したと聞いても、気分は最悪かい？」

「痛いものは痛いです。ちょっと、我慢できない」

喋っているうちに、痛みも不快感もどんどん増してきた。たまらずに、弱音を吐く。それなのに風間先生は、こちらの痛みなど知ったことじゃないといった涼しい顔だった。ぼくがこうして喋っていることが、嬉しくて仕方ないらしい。

「じゃあ、痛み止めの座薬でも入れるか。ちょっと、用意してくれる？」

後半は、後ろにいた看護婦さんに向けた言葉だ。座薬なんて冗談じゃない、ふだんだったら即座にそう叫ぶところだったが、今はとてもじゃないけどそんな元気はない。恥ずかしながら、看護婦さんにされるままにしていた。

処置が終わっても、すぐに気分が良くなるわけではなかった。しばらくじっとこらえていても、なかなか体は元に戻らない。もちろん、心臓移植などという大手術の後で、すっきり爽快といかないことくらい、ぼくも承知している。だから文句も言わず、ただベッドでおとなしくしていた。

ベッドの横には、ぼくの体中に付けられた管が繋がっている医療機器があった。天井の角には、こちらの様子を逐一捉《とら》えているらしきカメラのレンズが見える。プライバシー侵害だと主張したいところだが、容態が急変した場合のことを思うと、二十四時間の監視もやむを得ないのだろう。どうやらひとりでいるときも、あまりみっともない格好はしない方がよさそうだった。

ベッドから見て左側に、この部屋の出入り口がある。ドアには円形のガラス窓が開いていて、さっきから頻繁に人の行き来する様子が見えた。ぼくはこの殺風景な部屋に飽きてからは、ずっとそのガラス窓に目を向けていた。医療機器に表れるぼくのデータに気を配っている看護婦さんは、とても話しかけられる雰囲気ではない。ぼく自身、まだお喋りをする元気はなかった。

半分寝ているような状態でそのガラス窓をぼんやり見ていると、不意に見知った顔がそこに現れた。今にも泣き出しそうな、とても人には見せられそうにないひどい顔つきをしている。本人も、こんな表情を第三者に見られるのは不本意だろう。しかし今は、自分の感情をどうにも抑えられずにいるようだった。スタイリストで、人に弱みを見せることが死ぬほど嫌いな母さんの泣き顔を、ぼくは生まれて初めて見た。

そんな母さんの様子を見ていると、ぼくも情けないことにじわじわと感動を覚え始めた。手術は成功したんだ。母さんの顔が、ようやくそのことをぼくに思い知らせてくれた。この手術のために、母さんは大変な金額を支払っている。いまさらながら、二度に亘《わた》ってぼくに命を与えてくれたことを母さんに感謝した。

ぼくがちょっと手を挙げると、母さんも必死になって振り返してきた。何か喋っているようだが、もちろん声は聞こえない。それでも母さんが一所懸命ぼくに話しかけていることだけはわかるので、「大丈夫」とゆっくり口を動かして答えた。大丈夫、ぼくは元気だ。必ず元気になる。

2

後で聞いたところによると、手術は二時間で終わったそうだ。二時間などというと大したことない手術のようだが、実際のところまったくアクシデントのない、順調なオペだったという。国内での心臓移植も十八例目ともなると、いろいろな点で不具合が解消され、執刀医にとっても楽だったそうだ。主任執刀医である風間先生の上機嫌は、手術の成功だけに起因するのではなく、そうした些末《さまつ》なことを含めてまでのことだったらしい。

自分の心臓を他人のものと取り替えるなどという荒療治を受けたぼくの感想は、とてもひと言では言い表せないものだった。ともかく、体全体に対して違和感を覚える。心臓だけでなく、肺から胃から腸に至るまでの内臓全部、それと手足や目、鼻、口、耳までごっそり取り替えたような感覚があった。体は自分のもののはずなのに、まるで借り物のようにしっくりこない。だがそれは心臓を移植したためではなく、生まれて初めて受けた手術のせいで体がとまどっているからだった。痛みやだるさが遠ざかっていけば、また以前のように自分の意識と体が自然と一致するはずだと信じていた。

そんな状態だから、心臓だけが特に他人のものだという自覚もなかった。まだ開胸手術の痕《あと》も生々しい胸に恐る恐る触れてみると、確かに鼓動を打つ感覚が手に伝わってくる。ああ、動いているんだ。ぼくはそんな当たり前のことに、純粋な感動を覚えた。普通に拍動する心臓が、どんなにぼくにとっては貴重であったことか。心臓病のことを知り、移植手術を受けなければ早晩寿命が尽きると言い渡されたときのあの衝撃を、ぼくは一生忘れない。だからこそ、この感動も終生忘れられそうになかった。

ぼくは生まれつき心臓が弱いわけではなかった。むしろ、体は丈夫な方だったと思う。もちろん人並みに風邪をひいたり怪我をしたことなどはあったが、それ以外に病院の世話になったことなどほとんどなかった。ぼくは大学に入るまで、それまでの人生が平凡だったように、これからも平凡な人生がいつまでも続いていくものと信じていた。いや、信じるなどという積極的な意識があったわけではない。大気の中に酸素が存在するのを意識しないように、自分の死ぬ瞬間など百万年くらい先のことも同然に考えていたのだ。

ところが、大学に入って一カ月ほど経ったある朝、ぼくはどうしてもベッドから抜け出すことができなかった。胸が重苦しくて、体を起こす気にならなかったのだ。そのときは、痛みなどは覚えなかった。ただどうにも起きる気になれず、いつまでもベッドに寝ていたいと思っただけだった。別に眠いわけでもないのに妙だという自覚はあったものの、まさか病気だとは考えなかった。まして、死に直結するような重病に自分が罹《かか》っているとは、想像すらできなかった。

やっとの思いで起き出し、朝食を食べる気も起こらず、そのまま大学へと向かった。そのとき母さんは、いつもの如く自分の部屋に籠《こも》って仕事中だった。そんなときには声をかけずに出ていくのが習慣だったので、母さんはぼくの変調を知らなかった。後で母さんは、そうした習慣を作ってしまったことでずいぶんと自分を責めていたようだが、あの朝に母さんがぼくの体を気遣っていたとしても何も変わらなかったはずだ。だから自分を責めても意味はないと思うが、もちろんそんなことは言えない。ぼくに慰められたところで、母さんの性格からして自責の念が和らぐわけはなかったからだ。母さんはそうやって自分に厳しくすることで、現在のポジションを得た女性だったのだ。

ぼくは、学校に行く途中で倒れた。たまたま朝のラッシュ時を外れていたのが幸いだったと思う。ぼくは坐っていた座席から、床に転げ落ちたのだそうだ。ぼく自身は、そのときのことをまったく憶《おぼ》えていない。ふと意識が遠くなったかと思ったら、次の瞬間には病院のベッドに寝ていたのだ。母さんが言うには、一緒に乗り合わせていた親切な人たちが電車から担ぎ出してくれ、そのまま救急車に乗せられたらしい。ぼくを助けてくれた人たちには、母さんが礼をしたようだが、詳細は教えてくれなかった。母さんのことだ、相当過剰な礼をしたはずだから、相手の方も面食らっただろう。できることならぼくも直接感謝の言葉を伝えたかったが、体が思うようにならない状態ではそれもままならなかった。

心臓に痛みを覚え始めたのは、その後のことだった。大事をとってそのまま入院し、そして夜に激痛に襲われた。心臓が割れるような、激烈な痛み。できることなら自分の手で心臓を摑《つか》み出し、そのまま捨ててしまいたいと思うような耐えがたい痛みだった。医者に診《み》てもらうまでもなく、自分の心臓がおかしくなっていることは歴然としていた。

果たして、ぼくは重い心臓病に罹っていた。拡張型心筋症だという。ぼくはそんな病名など、かつて一度も聞いたことがなかった。だからそれがどの程度の重病なのか、すぐには理解できなかった。つい昨日まで、明日が普通に来るものと信じて疑わなかったのだ。それが、もう明日はないかもしれないと告げられても、誰が「そうですか」と納得できるだろう。ぼくは驚くことも悲しむことも忘れて、ただひたすらぽかんとしていた。

母さんの落ち込みはひどかったはずだ。だが母さんは、そんな様子をぼくにはまったく見せなかった。ぼくの治療の手段が心臓移植しかないと知ると、むしろ安心したかのように振る舞っていた。ぼくに適合する心臓を提供してくれる人がきっと現れると、強く確信しているようだった。いや、ぼくの前では確信しているように見せていただけだろう。もちろん母さんの演技は完璧《かんぺき》で、わざと気丈に振る舞っているという気振《けぶ》りすら見せなかったが、ぼくにだけは母さんの本心が読み取れた。母ひとり子ひとりで十九年も生きてくれば、自《おの》ずと見えてくることがある。こんな場合の母親の気持ちもわからないほど、ぼくは鈍感ではないつもりだった。

ぼくを襲った激痛は、幸い長く続くものではなかった。病状が小康状態に入ったのを見計らって、ぼくはいったん退院した。薬を処方してもらい、それを服《の》みながら暮らす毎日が始まった。もちろん薬は対症療法で、服んでいれば完治するというものではない。いつまた発作が起こり、昏倒《こんとう》するか予測はできなかった。だから当然ながら、大学になど通っている場合ではなく、休学を余儀なくされた。ぼくは怖くて外を歩くこともできず、ただ家の中に閉じ籠る生活を送ることになった。

その間のぼくの気持ちは、なかなかひと口に語ることはできない。まず驚愕《きょうがく》があり、じわじわと絶望が忍び寄ってきて、しばらく落ち込んでいた。家の中にいるとどうしても悪い方向にばかり想像が向かい、陰々滅々としてきた。かといって気晴らしに外を歩くことすらできず、ぼくの精神状態はひたすら悪化していった。本を読む気にもなれず、テレビを見ても面白くなく、漫然とパソコンのディスプレイに向かいネットサーフィンをしている時期が続いた。

そのうちに、落ち込んでいる自分が情けなくなってきて、同じような病気を経験している人がいないかネット上で探し始めた。病名こそ一致する人はさすがにいなかったが、心臓病と闘っている人は大勢いた。そうした人たちと接触するうちに、ぼくの気持ちも徐々に上向きになってきた。もし仮に心臓提供者が見つからず、近いうちに死ぬことになっても、その瞬間には悔いを残さないようにしたいと願うようになった。家の中に閉じ込められた状態でできることなどほとんどなかったが、自己憐憫《れんびん》にまみれてめそめそ泣き暮らすような真似《まね》だけはやめようと心を定めた。

ぼくの心境がそうした変遷を辿《たど》る間、母さんは見事なまでに毅然《きぜん》とした態度を保った。病気が判明して以後、母さんはぼくに慰めめいた言葉をひと言もかけなかった。落ち込んでいるぼくを励ましもしなかった。母さんはただひたすら、心臓提供者が現れることを祈っていたのだと思う。そしてぼくが自力で立ち直ることを信じていたのだ。ぼくはそんな母さんの態度を、最初は冷たいと感じて恨んだりもしたが、じきに感謝するようになった。あのときに甘やかされていたら、ぼくはきっと駄目な人間になっていただろう。四六時中同情してくれる人が身近にいる状態で、自分を律して生きていけるほどぼくは強い人間ではない。病気と闘う気持ちを固められたのには、やはり母さんの態度が大きく影響していたことは否定できなかった。

幾度か発作に襲われ、その都度ぼくは来るべき時が来たと覚悟を決めたものの、死神はまだ追いついてはこなかった。ポンコツの心臓を騙《だま》し騙し生きていく日々は思いの外に長く続き、やがて最初の発作から一年が過ぎた。ぼくは誕生日を迎え、未成年者ではなくなった。その日ぼくは、自分の人生を自分で決められず、ただ母の世話になっている状態を悔しく思った。もし病気にならず、のんべんだらりと大学に通っていたなら、そんなふうに感じることは絶対になかっただろう。そう考えると、病気が自分を強くしてくれたようで、むしろ感謝したい気持ちにすらなった。一年のうちにぼくは、病気との付き合い方をずいぶんと学んでいた。

ぼくは手慰みというわけではないが、自分の心情を文章に綴《つづ》るようになった。もちろん、発表の当てがあるわけではない。一度はホームページを立ち上げてそこに掲載しようかとも思ったが、自分のための文章なのでそれもやめた。ぼくは、自分が生きている証拠を残したかったのだ。どんな形であれ、自分が生きていた痕跡を残せるなら、いつ死んでもかまわないと思えるようになっていた。ぼくの死後に母さんが文章を見つけて読むかもしれなかったが、それでもいっさい包み隠さず自分の心の動きを書き残しておいた。読み返してみると稚拙な文章だったが、それなりの達成感は得られた。そうやってぼくは、感情のバランスを保つすべを身につけていった。

そして、二十歳の春を迎えた日に、心臓提供者が現れたことを告げられた。

3

心電計のモニターには、心地よいほどのリズムを刻む波形が表れていた。ぼくの胸の中にある心臓が動いている証拠だ。単調ではあるが、リズミカルで、力強い。もうぼくの体から離れてしまった、持って生まれた心臓とは大違いだった。ぼくは自分に心臓を提供してくれた人に、後ろめたさを覚えつつも感謝した。丈夫な心臓をありがとう、と。

「ごめんなさい。ちょっといいかしら」

目を覚ましたときに相手をしてくれた看護婦さんが、キャスター付きの装置を部屋に運び込んできた。名前はもう思い出している。芳野《よしの》という名の、ぼくとあまり年の違わない若い看護婦さんだ。笑うと口からこぼれ出る八重歯がかわいらしく、他の看護婦さんよりも印象に残っている。

「なんですか、それ？」

装置について尋ねると、芳野さんは「レントゲンよ」と答えてくれた。

「これから三時間おきにレントゲン撮影を行いますから」

「三時間おき？　そんなに？」

思わずぼくは応じた。こうして普通に喋っていられるのが嬉しくてならない。全身のだるさはまだ残っているが、座薬が効いたのか痛みはずいぶんと和らいでいた。ついさっきまでは体がばらばらになるかのような違和感があったのに、もう快復に向かっているようだ。これも新しい心臓の力なのかもしれない。こんなことが実現する現代医療のすごさを、ぼくは身をもって実感した。

「ずいぶん元気になったみたいだからもう忘れちゃったかもしれないけど、和泉《いずみ》さんは大変な手術を受けたんですよ。これくらいの検査は当然です」

ぼくがいやがっていると受け取ったのか、芳野さんは少し窘《たしな》めるような口調でそう言った。いくら年が近くても、看護婦さんと患者では立場が違う。ぼくは素直に「はい」と答えた。

芳野さんはにっこり笑って、「よろしい」と頷く。

「じゃあ、上半身を脱いでください。お手伝いするから、ちょっと失礼しますね」

手術後から着ている術衣の前を、芳野さんは手早くはだけさせた。体が自由に動かない今は、恥ずかしながら赤ん坊のようにされるがままだ。そして胸部にX線装置が近づけられ、芳野さんは後ろに下がる。いつの間にか部屋に入ってきていたレントゲン技師が位置を入れ替わり、息を吸ってとか吐いてとか、決まり切ったことを指示して撮影をした。

「はい、終わりです」

そしてまた手早く、芳野さんが術衣を着せてくれる。レントゲン技師は、今度は自分で装置を押して出ていった。

芳野さんは心電計から吐き出される心電図を見て、「元気な心臓ね」と言った。

「どっくんどっくん動いているわ。自分でもよくわかるでしょ」

「ええ、前のとは大違いですよ」

「提供者に感謝しなきゃね」

芳野さんは、たぶんぼくと並んで立ってみれば、こちらの首にも届かないほど小柄な女性だ。それなのに、ぼくとは比較にならないくらい仕事ぶりには自信が溢《あふ》れていて、感心させられる。見かけだけなら高校生にも見えかねないような童顔が、ぼくには誰よりも頼もしく見えた。もっとも、今はマスクで顔半分を隠しているので、ちょっと垂れ気味の目しか見ることはできなかったのだが。

他の看護婦さんはみんな年上ということもあって、一番話しかけやすいのがこの芳野さんだった。だからぼくは、他に誰もいない今こそ尋ねるチャンスだと思った。このことを訊ける相手は、芳野さん以外にはいなかった。

「ところで、ドナーはどんな人だったんですか」

ドナーとは、ぼくに心臓を提供してくれた人のことである。受け取ったぼくは、レシピエントという。ドナーは自分の心臓を提供しているのだから、当然今は生きていない。ぼくは他人の不幸の上に乗っかって、新しい生を得たというわけだ。こうした状況に負い目を感じるレシピエントも多いという。もちろんぼくも、単純に手術の成功を喜んでいるわけではなかった。だからこそ、ドナーがどんな人か教えて欲しかったのだ。

「ドナーのことは訊かない約束でしょ。コーディネーターの人がよく説明したはずじゃなかった？」

困ったなという顔をして、芳野さんは答える。そういう返事が返ってくることは、ぼくも承知していた。手術の順番待ちリストに名前を載せてもらったときに、移植コーディネーターの人にしつこいくらい、ドナーのことを知ろうとしてはいけないと念を押された。レシピエントがドナーのことを、あるいは逆にドナーの遺族がレシピエントの身許《みもと》を知ってしまったら、そこに金銭授受の可能性が生じるからだ。レシピエントの側が純粋な感謝の念から金を払うつもりだとしても、それは状況的には臓器売買となんら変わりはない。そうした事態を避けるため、ドナーとレシピエントの接触は極力避けるよう、厚生省のガイドラインで通達されている。

「わかってますよ。だから、名前を教えてくれと言ってるんじゃない。どんな年齢の人で、どういう亡くなり方をしたのか、そういうことを教えて欲しいだけなんです」

「うーん、本当は何も知らない方がいいんだけどねぇ」

芳野さんの口振りには、少し迷っているような様子が窺《うかが》えた。これは押してみる価値があるかもしれないと、ぼくは畳みかける。

「お願いしますよ。だってぼくは、その人が亡くなったからこうして手術が受けられたんでしょ。遺族の方に直接お礼を言いに行けなくても、心の中で感謝くらいはしたいんですよ。わかってくれますか」

「わかるわよ。気持ちはよくわかる。うーん、しょうがない。ちょっと先生と相談してみるわ。待っててね」

「お願いします」

軽く手を挙げて拝む仕種《しぐさ》をすると、仕方ないわねぇとばかりに肩を竦《すく》めて、芳野さんは出ていった。それを見送り、ふたたび心電計に目を戻す。

臓器移植の中でも、とりわけ心臓移植がこの日本で問題になったのには理由がある。腎臓や角膜の移植がそれまでの概念どおりの死、いわゆる心臓死の死体からの摘出でも可能だったのに対し、心臓移植はドナーの心臓が止まる前の状態、つまり脳死状態でないと成功しないからだ。脳死は現代医療が高度に発達したことによって登場した、いわば新しい死の形態と言える。脳の機能は完全に停止し、もはや蘇生する可能性はまったくないにもかかわらず、生命維持装置に繋がれているために心臓は動き、体は温かい状態を脳死という。脳死判定には様々な問題が孕《はら》まれていて、果たして脳死を人の死としていいのかどうかが争点となり、長い間議論が重ねられてきた。人間が人間であるのは、脳が活動しているからだという考え方をすれば、絶対に脳が蘇生しない状態はすでに死んでいると言える。だが脳死状態の妊婦が、子供を出産したという例もいくつかある。死体が子供を産むのは矛盾した状態であり、やはり脳死状態の患者を死者と規定するには無理があるという主張が一方にはあるのだ。加えて脳死患者は、まだ心臓が動いている。見た目に限って言えば、生きている状態となんら変わらない。そんな人から、動いている心臓を摘出し、完全に息の根を止めてしまうような行為は殺人ではないのか。そうした、脳死に対する情理両面からの批判は後を絶たなかった。

　腎臓と角膜以外の臓器移植が脳死患者からの摘出でないと駄目なのは、現代医療の限界である。心臓や肺、肝臓などは心臓死を待ってから摘出したのでは遅すぎるのだ。心臓死を迎えた死体から取り出した臓器は、語弊がある表現だが新鮮さを失っていて、もはや移植には適さない。あくまで心臓が動いている段階で摘出しないことには、移植は百パーセント成功しないのだ。しかも、現代の医療技術をもってしても、肝臓で摘出から十二時間以内、心臓では四時間以内に移植手術を完了させないと、もう臓器はレシピエントに定着することはない。それほど臓器移植手術は、デリケートな技術だということだ。

日本以外の先進国では、医療技術の発達に伴って頻繁に臓器移植が行われるようになっていた。それに対して日本では、不幸にも一九六八年八月に行われた国内初の心臓移植があまりに不透明だったため、以後三十年以上に亘って移植手術は試みられなかった。多くの患者がアメリカやイギリスに渡り、手術を受けて帰ってくるのがニュースに登場した。だが、手術が頻繁に行われているからといって、海外にはドナーが大勢いるというわけではない。移植手術を待つ患者が列をなしているのが、諸外国の実状なのだ。自国内ではいっさい心臓移植を行おうとせず、患者だけを海外に送り出す日本の姿勢に批判は集中し、そうした声に押されるように一九九七年十月、臓器移植法が成立した。人の死は心臓死であるが、臓器移植を前提とした場合のみ脳死からの臓器摘出を認めるとした、折衷案的法律だったが、ぼくのような心臓病患者にはそれでもありがたかった。移植法成立直後こそ、手術の第一例目はなかなか行われなかったものの、一度前例ができると以後は珍しいものではなくなった。ぼくの手術もマスコミには注目されているらしいが、数年前に行われた国内初の（正確には二度目の）移植手術のときに比べたら大したことはないだろう。ぼくの手術が少しなりとも注目されているとしたら、それは単に母さんのネームバリューのせいだ。

かつて海外の病院で手術を受けるしかなかった頃は、その費用に何千万円という金額がかかった。日本国内でも移植手術が行われるようになった今、健康保険が適用されることもあって、非常識な金額が請求されることはない。とはいえ、それも以前に比べればの話であって、やはり一千万以上の手術費を捻出《ねんしゅつ》できる家庭はそう多くないだろう。ぼくがこうして手術を受け、安穏と病院のベッドに寝ていられるのも、母さんが日本で三本の指に入るベストセラー作家だからだ。母さんの書いた本二冊分の印税は、ぼくの手術費用に消えたことになる。もちろん、本二冊分で済んでいるのは母さんが売れっ子だからであって、他の作家だったらそうはいかないことは言うまでもないだろう。

心臓提供者が現れたこと、そして息子に手術を受けさせてやれる経済力を持つ親がいたこと、そのふたつの大幸運に支えられて、ぼくは今ここにいる。

4

芳野さんはすぐにも戻ってくるような口振りだったが、実際にはかなり長い時間待たなければならなかった。他の看護婦さんはぼくの様子や繋がれている機器をチェックしにやってきたが、芳野さんと風間先生だけは顔を見せない。痺《しび》れを切らして、体温を測りに来た看護婦さんに芳野さんはどうしたかと尋ねても、今は手が空かないとあっさり言われただけだった。そのうちにまた眠くなってきて、ぼくはとろとろとまどろんだ。いくら丈夫な心臓を手に入れたとはいえ、体力まで目覚ましく向上したわけではない。すぐ疲れてしまう体質は、長い時間をかけて改善しなければどうにもなりそうになかった。

何度目かに目を覚ましたときには、時刻は午後五時を回っていた。面会は明日にならなければできないと、手術前に言われている。手術の経緯について先生から説明を受けたら、母さんは明日に備えて帰宅しただろう。おそらく昨日は寝てないはずだから、せめて今夜はぐっすり眠って欲しい。ベッドから動けない今は、そう心の中で願うことしかできなかった。

寝ている間に、芳野さんがやってきた様子はなかった。うとうとしていただけで、本格的に寝入っていたわけではないのだ。他の看護婦さんが出入りしたときには、すぐに目を覚ましている。芳野さんも風間先生も、あれから一度も顔を出していないことは確信できた。

ドナーについての情報を断片とはいえ教えることなど、やはりそう簡単に許可はできないのだろうと、半ば諦《あきら》めていた。ドナーの個人情報を知ったところで、ぼくの裡《うち》に存在する罪悪感が軽くなるとは思えない。むしろ、逆にドナーに対して負い目を覚える可能性の方が強いくらいだ。そう考えると、このまま知らずに済ます方が賢明かもしれないと、考えが変わってきた。おそらく、知らないでいたらずっと気になるだろうし、知ってしまえばまた別の意味で気に病むはずなのだ。これは、心臓を移植されたレシピエントの宿命とも言える葛藤なのだろう。

まあいい。いろいろ考えるのは明日以降にしよう。今日はともかく、手術が無事に終わったことの幸せを嚙《か》み締めて眠ればいいんだ。そう自分に言い聞かせて、ぼくは瞼を閉じた。

ちょうどそのときだった。ドアが開いて、誰かが入ってきた。またレントゲン撮影か、それとも体温を測るのか。少し疲れた思いで入り口に目を向けると、そこには思いがけなく風間先生が立っていた。背後に芳野さんの姿も見える。風間先生はつかつかとぼくの傍らまでやってくると、また「気分はどう？」と尋ねた。

「もう、ずいぶんと楽になっただろう。人によっては、手術後十時間くらいで立ち上がれる場合もある。ひと晩寝たら、自分の口で食事できるようになるぞ」

先生は腕組みをしたまま、ぼくを見下ろして言った。ぼくは頷いて、先生の言葉を認めた。

「ええ、かなり楽になった気がします。ありがとうございました」

「ところで、ドナーについて知りたいんだって？」

先生の表情は、マスクに隠されているのでよくわからなかった。ただ、少なくとも手術直後のような上機嫌でないのは確かだ。もともと先生は、ちょっとぶっきらぼうに思えるような喋り方をする。早くも以前の調子に戻ったようだった。

「そうなんです。どれくらいの年齢の人で、どんな亡くなり方をしたのか、それだけでも教えてもらえたらと思ったんですが……」

もういいんです。そう続けようとしたのだが、それより先に先生は答えていた。

「ドナーは女性だよ。君とそんなに違わない年齢だ。死亡の原因は交通事故。これ以上は言えないな」

「女性――なんですか」

自分が女性の心臓をもらっているとは思わなかった。無根拠に、なんとなく男性だろうと思い込んでいたのだ。それが女性、しかもぼくと同じくらいの年齢の女性だったと知って、ぼくは妙な衝撃を受けた。勝手な言い種《ぐさ》だが、男性が亡くなったと聞くよりも、若い女性の死の方が痛ましく思えたのだ。

「女性の心臓ではいやだったか」

こちらの反応を見て、先生が淡々と問い質《ただ》してくる。ぼくは首を振って、そんなことはないと否定した。

「てっきり男性だと思っていたので、ちょっとびっくりしただけです」

「女性だってドナー登録をするし、事故に遭うこともある。女性だからといって、心臓の機能に違いはないから安心したまえ」

「はあ、そりゃそうですよね」

曖昧《あいまい》に応じる。先生は腕組みを解き、心電図に目を通してから、芳野さんに少し指示を与えて出ていった。優秀な外科医はビジネスライクだと聞いていたが、風間先生はまさにそのとおりの人柄だった。

「ありがとうございます」

そのまま残って、ぼくの腕に刺さっている点滴針の様子を確認してくれている芳野さんに、礼を言った。芳野さんは思いがけないことを言われたように、顔を上げる。

「えっ、何が」

「先生を説得してくれたことです。ずいぶん時間がかかったから、先生が猛反対したんだと思ってた」

「ああ、そうじゃないのよ」芳野さんは目許を綻《ほころ》ばせる。「ただ風間先生が手を離せなかっただけ。この程度のことだったら、知りたいと望むレシピエントには教えてるのよ。別に特例じゃないから、気にしないで」

「そうなんですか」

少し拍子抜けした。待たされている間にあれこれ考えたのが馬鹿馬鹿しくなるほどだ。だが、ことさらになんでもないかのような言い方を芳野さんがするのも、レシピエントの心の負担を軽減させようという配慮かもしれない。だとしたら、ここは素直に納得して、もうこれ以上ドナーのことは口にしない方がいいかもしれなかった。手術が終わって数時間しか経っていない今は、まだあれこれ頭を悩ませるには早すぎる。

「ドナーのことは考えるな、といっても難しいだろうけど、でもあまり気にしない方がいいわよ」芳野さんは心電計の方に目を向けたまま、さらりと言った。「ドナーが亡くなったのは、何も和泉さんのせいじゃないんだから。ドナーの死と、和泉さんが今こうしてここにいるのとは、本来関係がないことなのよ。そうでしょ」

「ええ、わかりますよ」

ぼくは少し疲れた気分で、短く答えた。芳野さんはようやくぼくの方を向き、優しそうに微笑んだ。

5

翌日の朝は、ここ数年味わったこともないほど健康な目覚めを迎えることができた。なんと、空腹感に負けて目が覚めてしまったのだ。心臓病が発病してからこちら、ぼくは腹が減るという思いをほとんど経験していなかった。食欲は綺麗さっぱり体から消え失《う》せ、義務感で食事をしていたほどだった。そんなぼくが、空腹のあまり目を覚ますのだから、画期的なことだ。確実に体が快復に向かっていることを、ぼくはこんなつまらないことから実感できた。

　体中に付けられていた数々のコードや管は、もうほとんど取り去られている。ぼくの体に栄養を補給するための点滴と、それから心電計に繋がっているコードしか残っていない。相変わらず心電計には、規則的なリズムを刻むぼくの拍動が波形となって表れていた。それを確認してから、ぼくは思い切って体を起こしてみた。

　思いがけず、どうということもなく上半身を起こすことができた。これもまた、以前にはなかなか難しかったことだ。よほど元気な人の心臓をもらったのだろうかと一瞬考えたが、思い返してみれば発病前の自分もこんなことは当たり前のようにしていたはずだ。ぼくはいまさらながら、普通であることをありがたく思った。

　時刻はまだ朝の六時だった。今日から普通に食事をさせてもらえるのか、うっかりしたことに昨日は確認しなかった。だが今は、駄目だと言われても食べ物を口に入れないではいられない心地になっている。点滴で栄養は充分に足りているのだろうが、空っぽの胃を黙らせるだけの力はなかった。看護婦さんを呼び出して、何か食べさせて欲しいと訴えようか。そんなことを起き抜けの頭でつらつらと考えた。

だが、看護婦さんを呼び出すまでもなく、ぼくが目を覚ましたことはモニターカメラを通じて伝わっていたようだ。すぐに部屋のドアが開き、看護婦さんが入ってきた。ぼくの世話をしてくれている人たちの中では最年長の、立花《たちばな》さんだ。小太りの立花さんは、全身を緑の看護服で包んでいても、すぐに見分けることができる。彼女はぼくのことを自分の息子のように思っているらしく、何かというと子供扱いするのが気に入らなかったが、根がいい人なのは少し接しただけですぐにわかったので、なかなか文句も言いづらかった。立花さんは入ってくるなり、

「もう起きられたの。よかったわねぇ」

といきなり近所のおばさんのような口振りだ。ぼくは苦笑して、腹が減ったと訴えた。

「今日は点滴じゃなくて、ちゃんとしたものを食べさせてもらえるんでしょうね」

「あらー、そんなに元気になったの。ええ、食べたいんならすぐにも食べさせてあげるわよ。ただし、こってりとしたものはまだ駄目だけどね。まあ、そんなにすぐボリュームがあるものを食べたいとも思わないでしょうけど」

べらべらと立花さんは一方的に喋る。それを聞いてぼくは、ますます空腹感を募らせた。

そういえば、ステーキのような胃にもたれる食事をしたのは、いったいいつのことだった

だろう。発病して以降は、脂っぽいものがほとんど駄目になっていた。食べることを医者に禁止されていたわけではなく、体がまったくそうしたものを受けつけなくなっていたのだ。かろうじて口に入れる気になったのは、生野菜や白身の魚、それから吸い物など淡泊な味のものだけだ。もともと肉はあまり好きでなかったが、それにしても極端に老人じみた好みになっていた。

それが、立花さんの言葉を聞いているうちに、涎《よだれ》が出るほど肉が食べたいと思えてきた。ステーキ、すき焼き、豚カツ、なんでもいい。付け合わせなどいらないから、ひたすら肉だけを食べたいと体が訴えていた。これもまた、心臓を移植したお蔭なのは明らかだった。健康になるとはこういうことなのかと、ぼくは新鮮な驚きを味わっていた。

「いや、吐きたくなるくらい脂っこいものが食べたいですね。そういうものを出してくれますか」

ぼくが言うと、立花さんは目を丸くする。

「あら、そう。やっぱり若い人は快復力が違うわね。もうそんなのが食べたいの。すごいわー」

感心するのはいいが、早く食事を出してくれないものだろうか。喋っているうちに、空腹のあまり眩暈がしてきた。こんなことも、かつてない経験だ。ぼくはどちらかというと小食なたちで、腹が減って死にそうなどという思いはほとんど味わったことがなかったのだ。自分の体のあまりの変化に、ぼくは生まれ変わったような気分すら味わった。

なんでもいいから食事を、と悲痛な声で訴えると、ようやく立花さんは頷いて部屋を出ていった。十分ほどで、トレイを手にして戻ってくる。その十分は、ぼくには拷問に等しい時間だった。胃の内壁がちくちくと痛むのを、はっきりと感じることができた。なるほど、本当の空腹感とは〝痛い〟ものなんだなと納得する。同時に、じわじわと深い喜びが込み上げてくるのも自覚していた。これが、新しい心臓の力なのだ。すでに幾度も感じているはずの驚きを、ぼくはまた新たに嚙み締めた。

「はい。好きなだけ食べてちょうだい」

立花さんは気前のいいことを言って、ぼくの前にトレイを置いたが、その言葉とは裏腹に食事はかなり貧弱なものだった。白粥《しろがゆ》と海苔《のり》、卵焼き、麩《ふ》の入った吸い物、それとなぜか牛乳。以前のぼくだったら好んで食べそうな取り合わせだったが、活力溢れる今の体ではとうてい満足できそうになかった。それでも、ぼくはがつがつと胃の中に掻《か》き込まずにはいられなかった。

「うわー、食べっぷりまでずいぶん変わったわねぇ。手術前は、小鳥がついばむ程度しか手をつけなかったのに。本当に元気になったのね」

「お蔭様で」

ぼくは咀嚼《そしゃく》するのに忙しく、かろうじてそれだけを答えた。立花さんは珍しいものでも見るようにぼくの食べっぷりを観察し、結局食べ終わるまでその場から動かなかった。他に仕事があるのではないかと心配になったが、そんなことを指摘している余裕もない。ぼくは十分もかからずに、出されたものを綺麗に平らげていた。

「足りなさそうな顔をしてるわね。でも今朝はこれくらいにしておきなさい。いくら元気になったとは言っても、胃まで突然大きくなったわけじゃないんだから。あんまり食べると、気持ち悪くなっちゃうわよ」

ぼくは食べ物を詰め込んだことで、少しは落ち着いていた。だから立花さんの言うことももっともだと納得し、素直に頷いた。

「わかりました。でも、昼はもう少し食べた気になるものを出してもらいたいですよ。これじゃあ、治る体も治らない」

「いきなり無茶はしない方がいいわよ。まあ、それだけ元気になったことは先生に報告しておくわ」

立花さんは半分呆《あき》れたように言って、空になったトレイを持って出ていった。ぼくは満腹にはほど遠い状態のまま、ふたたびベッドに身を横たえた。

肉が食べたいという欲求は、まだ頭の中に渦巻いている。血が滴るような厚いステーキを想像すると、それだけで生唾《なまつば》が湧いてくるほどだ。ぼくはこのあまりの変調に、驚きと同時にとまどいも感じ始めていた。心臓を入れ替えて、まだ丸一日も経っていない。それなのにぼくの体は、早くも以前とはまるで違う反応を示している。これではぼくの体は、ぼくの意思に従っているのではなく、心臓に支配されているかのようではないか。肉が食べたいと思っているのは、ぼく自身なのか、それとも心臓なのか。

いや、もうそんなふうに考えること自体、無意味なのだろう。ぼくはぼくであり、胸の中で動いている心臓もまたぼくを構成する一パーツに過ぎない。心臓が力強く血液を循環させているからこそ、体中に新鮮な酸素が行き渡り、活力が漲《みなぎ》るのだ。さらなる活力を得るための食べ物を欲するのは、ごく自然な反応だろう。ぼくはこうした当然の欲求に、早く慣れなければならない。

その後は、また例によって検査の連続だった。レントゲン撮影、体温測定、心電図。まだ少し体温が高かったが、それ以外はおおむね良好な経過を示しているようだ。この調子でいけば、注意すべきは拒絶反応だけということになりそうだった。ぼくは体を検査されてその結果を聞くたびに、薄皮を剝《は》ぐように不安から解消されていった。

午前十時を過ぎると、待ちかねたように部屋にやってきた人がいた。母さんだ。母さんもまた、他の看護婦さんたちと同じように、全身を緑の看護服で包んでいる。それでも、わずかに見える目許はもういつもどおりの母さんであることを示していた。母さんは昨日のように取り乱すことなく、ぼくの傍らにやってくるとクールにこう言った。

「手術は成功したってよ。よかったわね」

その言い種は、あまりに母さんに似合っていたので、ぼくは思わず吹き出しそうになってしまった。たぶん、この第一声はあれこれ考えた末に決めたはずだ。それを、どうでもいいことのようにさらりと言ってのけるところが、いかにも母さんらしい。ぼくも調子を合わせて、にやりと笑ってやった。

「腹が減ったよ。ぼくの新しい心臓は、ずいぶん大食らいみたいだ」

「あら、そう」付き添ってきた看護婦さんが広げてくれたパイプ椅子に、母さんは優雅に腰を下ろした。「あなたがそんなことを言うなんて、珍しいわね。ずいぶん頑丈な心臓で、よかったこと」

「ありがたいよね。ドナーはぼくと同じ年くらいの女性だったんだって。聞いた？」

「ええ、聞いたわよ。若いのに、お気の毒なことね。でも、亡くなってそのまま灰になってしまうよりは、心臓だけでもこうしてあなたの中で生きている方が、ご本人も本望なんじゃないかしら」

母さんの論法は、移植推進派の人がよく口にするものだった。確かに、そうした考えも一面に存在することは、誰も否定できないだろう。だが、それを周囲の人が言う分にはかまわないが、やはりレシピエント自身がそうして自己正当化して済ませてしまうのはよくないと、ぼくは考えている。これから先、ドナーに対しての引け目を引きずって生きていくのかどうか、自分でもはっきりしないことだが、少なくとも目を逸らしたくはない。それだけは、手術前から心に決めていたことだった。

「無念、だったろうな。ドナーは」

ぼく自身、移植手術を受けなければ確実に死ぬと言い渡されたときには、自分の運命を理不尽と感じた。それを長い時間かけて納得し、自分に与えられた運命がそうしたものならばなんとかして運命そのものを変えてみせる、という強い意志を持てるようになった。死とはつまり、そういうものなのだ。ぼくのように、何十年生き続けたとしてもおそらく何事も成し遂げられないようなちっぽけな存在でも、なんとしてもしがみついていたいと望むのが自分の命だ。それを、なんの予告もなく突然断ち切られたとしたら、その瞬間にはどんなことを考えるだろう。無念、憤慨、悲嘆、あらゆる言葉を使ったところで、とても表現し切れまい。それだけの思いがこの心臓には籠っているのかもしれないと考えると、とたんに胸の辺りが重苦しくなってきた。

「そりゃ、無念だったでしょうね。でもね、考え違いをしちゃ駄目よ。やることをやって、自分の人生に心から満足して大往生する人なんて、世の中そんなにいやしないんだから。どんなお年寄りだって、たぶん死ぬときには無念なのよ。同時に、残される人にとっては、自分以外の死なんてどうでもいいことなの。しばらくの間は悲しくったって、そのうち記憶の一ページに収まっちゃうんだから。だから、若いから無念だとか、年寄りだからもう死んでもいいだろうとか、そういうことはないのよ。無念なのは当たり前。それを特別なこととして、ことさらに重大に受け取る必要はないわ」

母さんは軽く足を組んで、さばさばとした物言いで片づけた。ぼくが発病する前だったら、たばこを片手に、少し気怠げな様子で言いそうな言葉だ。ちなみに母さんは、ぼくの心臓病を知ってからこちら、ぴたりとたばこを断っている。さぞや創作ペースが落ちたことだろうが、むろんそれについての愚痴を聞いたことはない。

「そうなんだろうけどさ。でも誰かが亡くなったお蔭で生き延びることができたぼくとしては、そんな簡単に割り切るわけには……」

「割り切っていいのよ。『引け目を感じますから、やっぱり心臓はお返しします』なんて言ったって、相手が生き返るわけじゃないんだから。あなたはこれからの人生を、無駄のないように生きていけばそれでいいの。人生は長くないってことを、病気になって実感したでしよ。だから、その限られた人生で何ができるのか、何をすればいいのか、そういうことを考えるようにしなさいよ」

まったくもって、母さんの言うことはいつもドライだが、正論だ。母さんのようにすべてを割り切って生きていけたら、どんなにいいだろう。ぼくはよくそう夢想するが、もちろん簡単にできることではない。親子だというのに、よくもまあこれだけ違う性格になったものだと、我ながらおかしくなる。いや、こういう母親の許で成長したからこそ、うじうじと考えるタイプになったのかもしれないが。

それでも、母さんがいつもどおりの口振りでいてくれることに、少なからず救われた心地になっているのも事実だった。手術の成功を泣いて喜ばれたり、あるいは手術にかかる莫大《ばくだい》な費用を気にかけているような態度をとられたりしたら、こちらとしてはとてもではないがいたたまれない。母さんは自分が普通に振る舞うことで、ぼくが感じるであろう諸々《もろもろ》のストレスを軽減しようとしてくれているのだ。母さんのことだ、レシピエントが術後に必要とする精神ケアについても、充分に勉強したのだろう。まったく、自分の母親ながら大した女性だと思う。

「そうだね。今はそこまで簡単に割り切ることはできないけど、退院して普通に過ごせるようになったら、もっと前向きに考えられると思うよ。母さんという、ポジティヴシンキングの見本のような人が身近にいることでもあるし」

　ぼくは皮肉でなく、本心からそう言った。ぼくだって、母さんみたいに強く生きたいという気持ちはあるのだ。誰もが母さんのようになれるわけでないことは、もうとっくに承知していたけれど。

「そうそう。人間、望んで叶《かな》えられないことなんてないのよ」

　これが母さんの口癖だった。ぼくが生まれたばかりのときに夫を交通事故で亡くし、特別な学歴もない母さんはかなり苦労したらしかった。だが貧困を絵に描いたような生活を続けながらも、母さんは顔を俯《うつむ》けるようなことだけはしなかった。少しの合間を見て、好きなミステリーを読み漁《あさ》り、そして自分でも書くようになる。何度目かの投稿でデビューのチャンスを勝ち取ってからは、ベストセラー作家の地位まで駆け上るのは一瞬だった。それもこれもすべて、望んで叶えられないことなどないという強い信念があったからこそなのだろう。人間がどこまで強くなれるかを、母さんは身をもってぼくに教えてくれたようなものだ。

「ぼく、すごく体調がいいみたいなんだ。何しろ今朝は、腹が減って目が覚めたくらいなんだよ。すぐに朝食を食べさせてもらったんだけど、それが典型的な病人食でさ。早く退院して、ボリュームがあるステーキが食べたいよ」

　ぼくは貧弱な腕を持ち上げて、力瘤《ちからこぶ》を作って見せた。病気になる前から、お世辞にもスポーツマンタイプとは言えないぼくだったが、この一年で腕や足はますます細くなった。下手をすると、少し太めの女性には負けてしまうのではないかと思うほどだ。ぼくは自分のそんな体をずっと恥ずかしいと感じてきた。もしこのまま元気になれたなら、少しは腕を太くしたいという欲が出てくる。そうだ、母さんの言うとおり、そろそろ退院後に何をするかも考えておかなければならないだろう。思いがけず拾った長い余生だ、有効に活用しなければもったいない。

「お肉が食べたいなんて、珍しいことを言うのね。昨日の今日で、そんなに元気になるとは思わなかったわ」

　クールな母さんも、ぼくの変貌には驚いたようだ。少し眉を吊り上げて、感心したようにこちらを見ている。バイタリティー溢れる母さんは、魚や野菜よりも肉を好んで食べるたちだが、ぼくはこれまでそうした食生活に付き合うことができなかった。これからは、母さんと同じものを食べられるかもしれない。いや、同じものが食べたいと体が望むのだろう。

「うん、なんか別人に生まれ変わったような気分なんだ。あと二、三日もしたら、病院中を駆け回りたくなるくらいエネルギーが余ってるかもしれないよ。大袈裟じゃなくて、そんな感じがするんだ」

「それはよかったけど、でも油断しちゃ駄目よ。無茶したら、すべてが台なしになっちゃうんだから。まあ、そんなことあなたに言う必要もないだろうけどね」

「ははは。いつもと逆だね。心配性なのはぼくで、呆れるくらい楽観的なのは母さんの方なのに」

「そうね。つまり、このあたしがそんなふうに言いたくなるくらい、あなたの方が楽観的に思えたのよ、今。うん、考えてみたら、これってすごくいいことなのかも」

母さんが言わんとしたことは、ぼくも充分に承知している。他人の心臓をもらうという行為がどういうリスクを伴うか、ぼくはいやになるくらい理解していた。

臓器をある個体から個体へと移植するに当たって、一番の大きな問題となったのは、皮肉にも人間に生来備わっている大切な機能だった。本来ならば、外部から侵入してくる有害な菌やウィルスを排除するために必要な機能、拒絶反応である。

臓器移植を行う場合、角膜を除くすべての臓器は拒絶反応が出ることを覚悟しなければならない。これは親子の間であろうと、避けられない現象だ。つまり、それだけ人間の免疫機能が強力だということだ。唯一拒絶反応が現れないで済むのは、一卵性双生児間での臓器移植だが、当然のことながら移植を必要とする人に必ず双子の兄弟がいるとは限らない。あくまでそれは例外的なケースである。

免疫機能を抑制しなければ、せっかく移植された臓器を、体は異物と見做《みな》す。そしてその結果臓器不全を引き起こし、必ず死に至るのだ。このやっかいな機能を黙らせるために、レシピエントには免疫抑制剤が投与される。薬の力を借りて拒絶反応を抑え込むことで初めて、移植患者は生を得ることができる。

だから臓器移植手術の歴史は、そのまま免疫抑制剤の発展の歴史であるとも言える。初期の移植患者の生存率が低かったのは、手術の技術が劣っていたからではなく、有効な薬が存在しなかったからだ。七〇年代末にサイクロスポリンAという新薬が実用化されて以降、生存率は飛躍的に高まった。現在では日本が開発したＦＫ５０６という免疫抑制剤が広く使われるようになり、これは副作用も少なく、非常に有効だという。ぼくが使うことになるのも、このＦＫ５０６のはずだ。

だがレシピエントに命を与えるはずの免疫抑制剤も、実は諸刃の剣である。雑菌やウィルスを排除する免疫機能を抑制するということは、つまり人為的にＨＩＶ感染者と同じ状態を作り出すことで、普通ならば命にまでは関わらないような肺炎などの病気も、レシピエントにとっては致命的なものとなり得る。だから移植患者は、たとえ健康に戻ったといっても、それは手術を必要としない人と同じ状態になることを意味しない。死ぬまで免疫抑制剤を服み続け、なおかつ普通以上に健康に気を使い、風邪などは絶対にひかないよう心がけなければならないのだ。それが、レシピエントに残された生きる道だった。

「おなかいっぱい食べて、前以上に元気になりなさいよ」

母さんはぼくの言動の変化を歓迎しているらしく、そう言って励ましてくれた。ぼくは頷いて、こう答えた。

「また腹が減ってきたよ」

6

こんなときでも仕事を休むわけにいかない母さんは、ぼくが昼食を終えると、その食べっぷりに安心したように帰っていった。ぼくはまた、ひとり集中治療室に取り残され、暇な時間を過ごすこととなった。手術直後に比べ、今日は体のどこも痛まない。あれほど不快だった倦怠感は嘘のように消え去り、今はただ滾々《こんこん》と湧いてくる活力を持て余すだけだった。

ドナーはどんな人だったのだろう。ひとりになって考えを巡らせていると、どうしても思考の流れはそこに行き着く。こればかりは、考えまいとしてもどうしようもなかった。むしろ、意識的に忘れ去ろうとする方が不自然で、かえって静電気でまとわりつく埃《ほこり》のように気になってしまう。ままならない思考回路に苛々するよりは、いっそ正面から気の済むまで考えてみた方がいいのかもしれなかった。

ドナーが健康な女性だったことは、間違いない事実のはずだ。それは今のぼくの活力から類推しているわけではなく、その女性がドナーとなったことによって証明されている。心臓疾患があってはドナーとはなり得ないし、他にもＨＩＶ、肝炎などの感染症にかかっていないことも条件となる。また当然、ドナーが死に至るまでには様々な蘇生治療が行われているはずで、その際に使われた強心剤の使用量も問題とされる。それらをすべてクリアーしなければ、女性の心臓はぼくに移植されることはなかったわけで、つまり手術が行われたこと自体が女性の健康を証明することになるのだ。

二十歳前後の、健康な女性。彼女は何を思って、臓器提供意思表示カードにサインをしたのだろう。彼女にとって死は、さほど現実的なものではなかったはずだ。もしかすると身近に臓器移植を必要とする人がいて、それで万が一の場合の提供を考えたのだろうか。

もし彼女が、親戚や知人のためにカードにサインをしたのだとしたら、ぼくはその人のための心臓を横取りしてしまったのかもしれない。もちろん彼女の知人が心臓ではなく、肝臓や腎臓など他の臓器を必要としていた可能性だってある。横取りしたなどと考えることは、あまりにナンセンスだ。だがそうとわかっていても、ぼくは自分の幸運を強く感じないではいられない。

臓器提供意思表示カードにサインをしている人が死亡した場合、その臓器が誰に移植されるかは、様々な条件によって決定される。ＡＢＯ式血液型の一致は当然として、ＨＬＡ抗原(Human Leukocyte Antigen)も一致していた方が望ましい。さらにドナーとレシピエントの体格も、極端に違っていては駄目だ。体の大きな人の心臓を、小柄な人へ移植することは物理的に不可能だからだ。その上に、ドナーが死亡した場所と、レシピエントの存在地点との距離も問題となる。何しろ心臓は、大動脈遮断（クロスクランプ）から四時間以内に移植する必要がある。四時間以内に搬送できる場所にレシピエントがいないと、せっかくの心臓が無駄になってしまう。臓器移植には、これだけの様々な条件が付随しているのだ。

ぼくは、こうした条件のすべてを満たしていたことになる。これを幸運と言わずに、なんと言おう。ぼくはこれまでの二十年間、特に大きな幸運には恵まれずに生きてきた。大学にこそ浪人をせずに入っているが、第一志望の学校に入学できたわけではない。浪人するか、それとも滑り止めで受かった大学に進むか、その二者択一の選択の結果に過ぎないのだ。それ以前も、ぼくは格別不幸だったわけではないが、取り立てて特別な運など持ち合わせていなかった。母親が大ベストセラー作家であるのを一種の幸運と考えることができるとしても、それとの引き替えのようにぼくは父親の顔を知らない。そして、成人式を迎える前に、死の宣告をされた。特に欲張った考え方をしなくても、とても強運の持ち主とは言えないだろう。

ところがぼくは、それまでの貸しを取り戻すように、一気に幸運を引き寄せた。運命はなんと皮肉なものかと、ふと振り返りたくなる。そしてその幸運が、見知らぬ誰かの死の上に乗っかっているのだという事実を思い出すと、ただ手放しで喜んでいるわけにはいかなくなるのだ。ぼくが心臓をもらったことは、本当にドナーの希望に適《かな》っているのだろうか。

日本では、ドナーとなるための審査はいっさいない。それどころかアイバンクのように登録する必要すらなく、郵便局や役所で手に入る臓器提供意思表示カードに、提供する意思と、どの臓器を提供するかを記入すれば済むのだ。それを常に携帯していれば、もし万が一事故に遭って、不幸にも脳死状態になった場合、臓器移植が検討されることになる。もちろん、脳死状態に至るまでは全力で蘇生治療が施されるのは言うまでもない。

臓器提供意思表示カードは、臓器移植法が成立したと同時に設立された財団法人、全日本臓器配分センター（Japan Organ Sharing Center）――通称ＪＯＳＣが発行している。もし日本のどこかで、カードを持っている人が脳死状態になった場合、いち早くＪＯＳＣから移植コーディネーターが派遣され、移植手術に向けて様々な準備を始める。ぼくの場合もやはり、浜田《はまだ》という中年女性のコーディネーターが奔走して、手術のお膳立《ぜんだ》てをしてくれた。

コーディネーターの仕事は少なくない。まず、脳死患者の家族に対してのインフォームドコンセントが最優先事項となる。日本の場合、臓器提供には家族の同意も必要とされるためだ。臓器提供意思表示カードには、同意した家族の署名欄もあるが、仮にそこに署名があったところで機械的に話を進めたりはしない。もう一度確認をとり、臓器移植に関する知識が家族に欠けていたなら、改めて説明をしなければならない。何しろ脳死患者は、まだ心臓が動いていて体温もあるのである。そうした状態の患者から心臓を取り出すのだから、充分な説明に基づく納得が得られなければならない。

そして、同意が得られたなら、複数の医師による二回に亘る脳死判定が行われる。脳死の判定は微妙であるだけに、慎重な確認が必要とされるのだ。瞳孔固定、脳波、自発呼吸の有無などが確認され、脳死判定が下される。

同時にＪＯＳＣではレシピエント探しが始まっている。前に挙げたような条件から該当者が決定すると、コーディネーターがそちらに向かう。ぼくの許に浜田さんから連絡があり、臓器提供者が現れたと告げられたのがこのときだ。そしてぼくは、心臓移植を許されている指定病院、関東女子医大付属病院に緊急入院した。つまり、ここのことである。

この関東女子医大付属病院からは、ドナーが運び込まれた病院に臓器摘出医が派遣されたはずだ。そしてそのときにコーディネーターは、摘出した臓器を運搬する手段を確保しなければならない。緊急車両かヘリコプターが用意されるのが通例だそうで、ぼくの場合は緊急車両で事足りた。こうした多くの作業が短い間に整えられて、初めて移植手術が可能になる。移植手術自体は、全体の二割程度の作業に過ぎないのだ。

このような一連の流れは、レシピエントに選ばれたときに浜田さんから説明されていた。つい昨日のことだから、まだ鮮明に記憶している。ぼくはろくに考える暇も与えられず、あれよあれよという間に手術台に上っていた。気づいてみれば、もう手術が終わっていたというわけだ。

だから、冷静になってこれまでのことを振り返るのは、今が初めてなのだ。改めて移植手術の手順を思い返してみると、たとえドナーが特定の誰かに自分の臓器を移植して欲しいと望んでいたとしても、それが通るわけもないことははっきりわかる。いや、ドナーだって自らの意思でカードにサインしたのだから、自分の希望など通らないことは承知していたはずだ。だとしたら、ぼくが心臓をもらってもかまわないということだろうか。

できるなら、生前のドナーの意思を確認したかった。どんなつもりでカードにサインをし、どのように自分の臓器が使われることを望んでいたのか。ぼくが生き延びたのは、果たして彼女の希望どおりなのか。

しかし、それを確認するすべはレシピエントに与えられていない。遺族に尋ねようにも、ドナーの名前すら知る手段がないのだ。ぼくはただ、こうして結論の出ない問いを頭の中で反芻《はんすう》する以外、許されていない。顔も見えないドナーに、心の中で問いかけることしかできない。ぼくはこうして生きていていいのか、と。

ぼくは自らの胸に手を当ててみた。ぼくの中には、ドナーの残してくれた心臓がある。だがぼくは、彼女の名前も知らない。それがふと、辛く思えた。

7

この集中治療室にいる間は、娯楽と言えるものは何も与えられないことになっていた。あまり刺激を受けて、体が疲れてしまうのはよくないのだという。だがそうはいっても、体は早くも活動を始めたがっている。ぼくの気持ちもまた、そんな活力を持て余していた。

だから看護婦さんや医者が入ってきたときは、以前のぼくなら考えられないほどいろいろな話をしたくなった。もともとぼくは内向的なたちで、知らない人間に自分から話しかけることなどほとんどなかった。それが一転して、特に緊張もせずにほとんど初対面の人と話ができるようになっている。この変化もまた、体に活力が溢れているせいなのだろうか。それとも退屈しているからか。自分でもよくわからなかった。

「ぼく、どれくらいで退院できるでしょうね」

体温を測りに来た芳野さんに、ぼくはそんなふうに自然に話しかけた。女性に話しかけるときにはどうにも身構えてしまったかつての自分が、まるで別人のようだ。そんな性格のせいで、これまでずいぶん損をしてきたという自覚がある。だからこうした変化は、ぼくにとって歓迎すべきことだった。できることなら社交的な人間に生まれたかったと、これまでに幾度思ったことか。

「和泉さんの快復具合によるけど、それでも三週間は我慢してもらわないとね。もう退屈した？」

芳野さんは笑うと八重歯がこぼれる、かわいらしい顔立ちの女性だ。今はマスクで顔が隠れているので、それが残念でならない。ひと目見たときからいいなと思っていたが、実際に話をしてみるとますます好印象を受ける。気さくで、手際がよくて、信頼できる。ぼくは彼女のことをもっとよく知りたいと思った。

「そりゃ、退屈ですよ。こんな何もない部屋にいて、ただ寝てるだけなんだから」

「気持ちはわかるけどねぇ。こればっかりはどうしようもないわ。まだまだ拒絶反応を心配しなければならない時期だし、感染症も怖いからね。でもこの調子だと、すぐにここを出て一般病室に移れるかもしれないわよ」

「そうですか。それは助かるな。一般病室に移ったら、テレビを見たり本を読んだりしてもいいんですか」

「疲れない程度にね。ずいぶんと元気になったみたいだけど、昨日大手術を受けたばかりだということを忘れないように。いいですか？」

「忘れてないですよ」

ぼくは苦笑して応じたが、確かに、ともすれば昨日の手術のことなどなかったように感じてしまうのも事実だった。あまりに体の調子がいいので、自分が病気であったことなど忘れてしまう。そして、忘れている自分に気づくと、今度は強烈な違和感に襲われるのだ。ぼくは早くもこの状態を〝普通〟と受け止めている。そんな自分の忘れっぽさに、ぼくは呆れていた。

「でも、和泉さんくらい急に元気になっちゃう人も珍しいわね。普通はもうちょっと時間がかかるのに」

「そうなんですか」

比較されるようなことを言われて、ぼくは少し興味を惹《ひ》かれた。芳野さんは、ぼく以外にも心臓移植患者を担当したことがあるのだろうか。

尋ねてみると、「おひとりだけね」と芳野さんは答える。

「去年、一度だけ担当させてもらったわ。三十歳の男性の方が、移植手術を受けたでしょ。そのときに」

「ああ、あの手術ですか」

言われてすぐに、ニュースで報じられたその手術のことを思い出した。ぼくはそのニュースを、複雑な感情なしには聞けなかった。ぼくより先に手術を受けられる人に対する羨望《せんぼう》、そしてそう感じる自分への嫌悪。男性は二児の父親であり、病状もぼくに比べるとずいぶん悪そうだった。そうした人がぼくより先に手術を受けるのは当然で、それを羨《うらや》ましいなどと感じるのは卑しい感情でしかない。それに、仮にぼくが死んだとしても、悲しむのは母さんひとりでしかなく、しかも母さんはぼくなしでも生きていける。その男性が亡くなったなら、まだ小さいふたりの子供の人生が変わってしまうのだ。それだけではない。移植が行われるということは、どこかで誰かが亡くなったことを意味するのである。それを思うと、ぼくは二重に自分自身が情けなかった。

そしてそれは今回も同じことが言えるのである。ぼくが移植手術を受けたことによって、多くの待機患者がひとつのチャンスを失ったわけだ。その中には、ぼくよりも切実に手術を待っている人もいるだろう。そんな人を差し置いて、ぼくは心臓をもらってしまった。ぼくなどにそれほどの価値があるのだろうかと、いまさらながら疑問を覚えた。

「その人は、元気になったんですか」

ぼくのためではなく、これから手術を受ける人々のためにも、尋ねないではいられなかった。芳野さんは当然だとばかりに頷く。

「ええ、すごく元気になりましたよ。今では心臓移植手術を受けたなんてわからないくらい、普通に暮らしてらっしゃるそうよ。仕事もスポーツも他の人とまったく同じようになさってるんですって。だから、和泉さんも必ずそうなるわ。安心して」

「うん、元気にならないといけないですよね、ぼく」

「そうよ。でもそんなことを言うまでもなく、もうずいぶん元気そうじゃない」

ぼくの言葉の意味も知らず、芳野さんはそんなふうに言ってくれる。ぼくは芳野さんの励ましが素直に嬉しかった。

「芳野さんは、看護婦さんになってどれくらいになるんですか」

少し緊張しつつ、ぼくは芳野さん個人のことを尋ねた。このままいつまでも話を続けて、もっともっと親しくなりたかった。

「あたし？」自分のことを訊かれたのが意外だったようで、芳野さんは少し目を丸くする。「あたしは今年で三年目です。まだまだ駆け出しだから、頼りなかったらごめんなさいね」

「そんなことないですよ。そういう意味で訊いたんじゃないんです」ぼくは慌てて首を振った。「若いからそれくらいのキャリアだろうとは思ってたけど、でももう十年くらい看護婦さんをやっているみたいに頼りがいがありますよ。これはお世辞じゃなくって、本当です」

「ありがとう」

芳野さんは照れ臭そうに軽く頭を下げた。ぼくも自分の意気込んだ口振りが不意に恥ずかしくなり、視線を逸らした。

「熱はないですね。うん、この調子だと退院も早いかもしれませんよ」

芳野さんは看護婦の口調に戻り、体温計を見てそう言った。ぼくを嬉しがらせるつもりなのだろうが、それはいささか複雑でもあった。いずれ退院の日が来ることを、ぼくは残念に思ったのだ。

8

その夜、ぼくは気味の悪い夢を見た。自分が殺される夢を見たのだ。

ぼくはひとりで夜道を歩いていた。なぜかぼくは学生ではなく会社に勤めていて、駅から自宅までの帰路を急いでいるところだった。残業が長引いたので帰りが遅くなり、駅を出た時点ですでに十一時を回っていた。郊外の新興住宅地らしき周囲は、すでに人の気配も消え、静まり返っている。往来が完全に絶えた道を、ぼくはひとり歩いていた。

背後の足音に気づいたのは、五分ほど歩いた頃のことだった。気づいてはいたが、ぼくは特に振り返りもしなかった。夜遅い時刻とはいえ、自分以外の通行人がいても決しておかしくない。自分の後ろを誰かが歩いているからといって、いちいち背後を確かめる気にもなれなかった。

　自分では足早に歩いているつもりだったが、背後の足音が刻むリズムはもっと速かった。いつの間にかかなり距離が縮まっていることにようやく気づき、ぼくは初めて振り返った。夜道には等間隔に街灯が立っていて、路面を白々と照らしている。そんな人工の明かりの下に、背後の人物の顔が浮かんだ。

　その瞬間、ぼくは背筋を走り抜ける鋭い恐怖を感じた。あの男だ。ひと目見ただけで、ぼくは相手の顔を見分けることができた。とっさに、ぼくは走り出していた。

　あの男が追いかけてきている！　ぼくは一瞬で相手の害意を悟り、パニックに陥った。異常な男だとは承知していたものの、夜道で後ろから追いかけてくるほどの攻撃性を持っているとは思わなかったのだ。甘かった。ぼくは自分の判断を後悔したが、もう遅かった。今はただ、はっきりと感じる身の危険から逃れるために、ただ走るしかなかった。

　男もまた、ぼくが走り出した瞬間にスピードを上げた。男の足は速かった。こちらが全速力で走っているのに、どんどん距離が縮まってくる。こちらが通勤用の靴を履いているのに、相手は走りやすいスニーカーというのも不利な条件だった。ぼくの心臓はたちまち激しく拍動し、肺は焼けつくように痛んだ。肉体的な苦痛と精神的恐怖がぼくを金縛りにし、声を上げるという発想すら持てずにいた。

　このままでは追いつかれる。ぼくはそう判断し、心底怯《おび》えた。追いつかれたら、相手は何をするかわからない。今や、相手の害意は明白なのだ。最悪の場合、殺されてしまうかもしれなかった。ぼくは文字どおり死に物狂いで駆けた。

　相手との距離は三十メートルくらいまで縮まっただろうか。ほとんど絶望しかけたときに、思わぬ救いが現れた。前方の曲がり角から、人影が現れたのだ。ぼくは第三者の不意の登場に、最初は心臓が止まるほど驚愕し、そして次の瞬間には安堵した。立ち止まり、助けを求めようとした。

　だが、限界まで駆使された肺は、急に言葉を発するには役に立たなかった。呼吸を整えないことには、荒い息は言葉にならない。ぜいぜいと息を弾ませているぼくに、曲がり角から現れた男の人は奇異な目を向け、そして走り去った。男の人は深夜のジョギングの途中だったのだ。

　ぼくはただ、馬鹿みたいにスウェット姿の男性を見送るしかなかった。ぼくを追いかけてきた男は、いつの間にか姿を消している。人が現れたのを見て、とっさに身を隠したのだろう。逃げるなら今しかない。ぼくはふたたび走り出した。

　自宅まではもうすぐだった。家に飛び込み、しっかりと鍵をかければなんとかなる。そして、変質者に追いかけられたと一一〇番通報するのだ。そうすれば、あの男も二度と現れなくなるだろう。ぼくはそのことだけを考え、先を急いだ。

道の先に、自宅の門扉が見えてきた。常夜灯の明かりが、恐怖に竦んだぼくの目にはとてつもなく温かく見える。もうすぐだ、ぼくは最後の力を振り絞った。

息をすることすら忘れて立ち竦んだのは、門扉まで五十メートルという地点でのことだった。不意に目の前に、恐ろしい顔が現れる。ぼくは何が起きたのか理解できず、声を失った。

先回りされたのだと気づいたのは、いったいいつの瞬間だったか。考えるよりも先に、体が動いていた。ぼくは踵《きびす》を返し、今来た道を戻ろうとした。そんなぼくの頭上から、何かが落ちてくる音がした。危ない、と思ったときにはもう遅く、鈍い衝撃が頭頂から足先へと届く。視野は暗転し、周囲の光景が急速に遠ざかっていった。

「よくも、よくも、おれを馬鹿にしやがって」

そんな声が背後から聞こえた。なんだって？　ぼくは心の中で反駁《はんばく》した。誰があんたのことを馬鹿にしたというんだ。勝手に独り相撲《ずもう》をとり、逆恨みしたのはそっちじゃないか。ぼくは何もしちゃいない――。

だがそうした思いは、まったく言葉にならなかった。暗転した視野が、見る見る赤く染まっていく。生暖かい感触が、頭部から額を経て、顔にまで降りてくる。膝から力が抜け、地面に力なくくずおれた。アスファルトの路面が近づいてきて、ぼくはそこに頬をつけた。
頭を殴られたんだ――ぼくはまるで他人事《ひとごと》のようにそう感じた。なぜなら、痛みなどはまったく覚えなかったからだ。男は何度も何度も、ぼくの頭に鈍器を振り落とした。ぼくの意識は急速に遠ざかり、暗闇の中へと落ちていった。ああ、ぼくはこれで死ぬのか。そう感じながら……。

9

翌々日には、芳野さんが言っていたとおりに集中治療室を出ることができた。同時に免疫抑制剤の投与も始まる。これから先ぼくは、死ぬまでこの薬を服み続けなければならないのだと考えると、複雑な感慨があった。それがいやだというわけではない。この薬がぼくの命を保ってくれるのだと思うと、ただひたすらありがたい気持ちが湧いてくる。そして薬は、ぼくが決して〝普通〟になったわけではないことを思い知らせてくれるだろう。自分は見知らぬ誰かの死によって生かされているのだということを、いつまでも忘れたくなかった。
一般病室とはいっても、母さんが個室を用意してくれたので、他の患者と相部屋になったわけではなかった。ひたすら退屈していた二日間を思うと、母さんの気配りが少し残念に思える。できるなら他の患者といろいろ話をしてみたかったが、これればかりは仕方がない。おそらく相部屋だったら、これほど早く集中治療室から出ることもできなかっただろう。個室だからこそ、一般病室への移動が許されたのだ。

それでも、病室は無味乾燥な集中治療室とは大違いだった。テレビがあり、窓から外の景色が見え、短い間だったが面会も可能だ。ぼくは朝一番にやってきた母さんに、明日はＭＤプレイヤーを持ってきて欲しいと頼んだ。まだ本を読めるほど快復しているとは思えない。取りあえず、好きな音楽を聴いて時間を潰《つぶ》すつもりだった。

例によって母さんは、ぼくが元気なことを確認すると、それに満足して帰っていった。常時、月に五、六本の締め切りを抱えている母さんとしては、こうして病院にやってくるだけでも負担のはずだ。それでもそんな素振りはまったく見せず、ぼくの前にいるときは常に悠然と構えている。それがありがたくもあり、また申し訳なくも思えた。

テレビを見られる他にも、嬉しいことはあった。食事の内容がようやく変わったのだ。あれほど元気であることを主張しても、集中治療室にいる間は消化のよい病人食しか食べさせてもらえなかった。それが、今日の朝食から献立が変わり、主食は粥ではなくて普通の白飯になった。おかずも、肉こそ出なかったものの、卵焼きとほうれん草の煮浸し、切り干し大根の煮つけ、麩の味噌汁と、多少は食べた気になる取り合わせになっている。ぼくはそれが嬉しくて、味わうことすら忘れてがつがつと食べてしまった。

午前中は母の面会と、それから例によっての様々な検査で潰れた。なんとなく慌ただしい時間を過ごしたが、退屈よりはずっとましだった。そして午後に入ってようやく、久しぶりにテレビを点けた。ぼくはふだんからあまりテレビ番組を見る方ではないが、このときばかりは何か懐かしい感覚を覚えた。

だが残念ながら、興味の持てる番組はやっていなかった。こんな時刻の番組は、ほとんどどのチャンネルもワイドショーをやっているのだ。ぼくはどんな有名な芸能人が浮気をしようが、家を建てようが、そんなことには関心がない。いささか失望してチャンネルを替えているうちに、衛星放送も入っていることに気づいた。

衛星放送では、どこかのオーケストラが演奏している様子が放映されていた。ぼくは音楽は聴くものの、それはほとんどロックに限られる。クラシックもやはり、ぼくにとっては奥様向けのワイドショーと変わりがないはずだった。

それでもぼくは、なぜか他のチャンネルに替える気にはなれなかった。猥雑《わいざつ》なワイドショーよりは、高尚なクラシックの方がまだましだと考えたわけではない。病室用のテレビの小さなスピーカーから聞こえてきた音色が、ぼくの心のどこかを惹きつけたのだ。ぼくは自分が何に惹きつけられているのかわからず、軽く面食らう思いで画面に見入った。

ああ、ショパンだ。ぼくは少し聴いただけで、そう呟《つぶや》いていた。すぐに、頭の中にメロディーラインが浮かぶ。そして、一瞬後にそのことに気づき、声が出るほど愕然とした。実際ぼくは、「どうして？」と言葉にせずにはいられなかった。

ぼくはこれまで、クラシック音楽を真面目に聴いたことなど一度もなかった。ピアノソロには多少心が惹かれないこともないが、オーケストラの良さはまったくといっていいほど理解できない。加えて小学校以来の音楽の成績も中庸で、取り立てて音感がいいなどと思ったことはなかった。そのぼくが、途中から聴いただけですぐに作曲者の名を思い浮かべ、あまつさえメロディーラインを無意識に頭の中で追っていた。こんなことは、もちろん初めての経験だった。

どういうことなのだろう。ぼくは驚いて、しばし硬直していた。そのまま画面を見つめ、耳に入ってくる音楽を噛み締めてみる。しかし、ついさっき覚えたような、体が音楽を感じている感覚はもうなくなっていた。意識を集中しても、メロディーは頭の中に浮かばない。これが聴いたこともない曲だという事実を再確認しただけだった。

ぼくは考えた末に、常識的な答えをひとつ見つけた。つまりこの曲の作者をショパンだと思ったのは、単なる当てずっぽうに過ぎないという結論だ。もしかしたらベートーヴェンかもしれないし、モーツァルトかもしれない。そういう有名な作曲家の名前がふと頭に浮かんただけなのではないか。いくらなんでもショパンくらい、クラシック音痴のぼくでも名前は知っている。どうした弾みか知らないが、なんとなくショパンの名前が出てきただけだろう。ぼくはそう考えることで、自分を納得させた。

だがその結論が間違っていたことは、時間をおかずにはっきりした。演奏が終わると司会者が出てきて、演じられた曲目を口にしたのだ。ショパンのピアノ協奏曲第一番。司会者ははっきりと、そう告げた。

ぼくの受けた衝撃は、ショパンの名を思い浮かべたときよりも大きかった。なぜぼくは、この曲を知っていたのか。明らかにぼくの反応は、曲を知っている人間のものだった。それなのに、これまでの人生でショパンを真剣に聴いた記憶など、ぼくの中には存在しない。ぼくは自分自身の反応が薄気味悪くなった。

他にも知っている曲をやらないだろうか。ぼくはそう考え、チャンネルはそのまま固定し続けた。画面の中のオーケストラは、続いてモーツァルトを演奏し始めた。その曲に耳を凝らしたが、既知感はまったくない。オーケストラの演奏は、ぼくにとって退屈でしかなかった。

それでもぼくは、その番組を最後まで見続けた。先ほど味わったような、明らかにクラシック音楽を楽しんでいる感覚をもう一度体験したかったのだ。そう、チャンネルを替えたばかりのとき、ぼくは聞こえてきた音楽を嬉しく思った。下世話なワイドショーにうんざりしていた気持ちが、はっきりと浮き立った。あの感覚は、忘れようにも忘れられなかった。

番組はその後、一時間ばかり続いた。しかしその間ぼくは、もう二度とあの不思議な感覚を味わうことはなかった。時間が経つにつれ、あれはただの錯覚だったのではないかという気がしてくる。それほど、ぼくは演奏される数々の名曲になんの感銘も受けなかったのだ。不思議なこともあるものだと、ぼくは首を傾《かし》げてチャンネルを替えた。

「聴いたこともない曲の作曲者がわかった、なんて経験はありますか？」

しばらくしてからやってきた芳野さんに、ぼくはそう尋ねた。話題はなんでもよかったのだが、今はこの経験が一番面白く思えた。芳野さんはすぐには何を言われたかわからず、しばしぼくの顔を見つめた。もうマスクをしていない芳野さんは、やはりとても魅力的だった。全体に小作りの顔立ちで、気取ったところや取っつきにくい雰囲気などかけらもない。笑ったときの目の細め方がかわいらしく、それを見たいためになんとか面白い話題を探してしまうほどだった。

「どういうこと？　曲当てクイズみたいなもの？」

芳野さんは首を傾げる。ぼくの質問はあまりに唐突すぎたようだ。改めて、さっきの経験を話してみた。

「ふうん、それってデジャヴュってやつなのかしら。でもデジャヴュのヴュって、見るって意味だったかな。ちょっと違うか」

芳野さんはあまり感銘を受けた様子もなかった。もしかしたら、看護婦さんにとってはそれほど珍しい話ではないのかもしれない。こういうことを言って気を惹こうとする男の患者が多いのだとしたら、少し恥ずかしかった。そうではないのだと、ぼくは言葉を重ねて主張したかった。

「デジャヴュというよりも、体が勝手に音楽を感じた、という感覚なんですよ。ぼくは自慢じゃないけどほんとに音楽は苦手で、クラシックなんて聴いているだけで眠くなるたちなんです」

「でも、ショパンくらいはきっとどこかで聴いたことあるはずよ。有名ですからね。それが自分では意識していなくても頭のどこかに残ってて、それで反応したんじゃない？」

「そうか……。そうとしか考えられないですよね」

「デジャヴュってのも、そういうものらしいわよ。初めて行った場所を、以前にも見たことあるように感じたりするでしょ。それって、記憶の表層に存在しないだけで、以前にテレビの旅行番組で見たことがあるんだったり、雑誌で目にしたんだったり、必ず一度経験しているんですって。本人が憶えていなくても体が憶えているなんて、人間って不思議よね」

確かに、芳野さんが言うとおりだった。不思議は不思議だが、それは人間の体の神秘という意味であって、納得できないわけではない。解説されれば『なんだ』と言いたくなるが、やはりそれ以外に解釈のしようがないだろう。ぼくは、納得できて満足だった。

「ところで、芳野さんはクラシックを聴いたりするんですか」

ぼくは、自分ではさりげないつもりで彼女の嗜好《しこう》を探ってみた。もし好きだというのなら、ぼくも興味を持てる。女の子をデートに誘った経験などこれまで一度もないので要領がわからないが、クラシックのコンサートに一緒に行くというのは不自然ではないのではないか。そんな下心が、ぼくの中にはあった。

「あたし？　あたしもぜんぜん駄目。やっぱり眠くなる口ですよ」

芳野さんは首を振って笑う。ぼくは目論見《もくろみ》が外れて、苦笑いを浮かべた。

10

さらに翌日には、ベッドを離れて自力で歩くことができた。本当はもっと早く歩けそうな気がしていたのだが、慎重を期して寝たままでいたのだ。歩けるようになって何が嬉しいかと言えば、自分の行きたいときにトイレに行けることである。大便こそ緊張しているせいか出なかったが、小便は尿瓶《しびん》にして看護婦さんに処理してもらっていたのだ。看護婦さんたちはいやな顔ひとつせず尿瓶を片づけてくれるものの、こちらは恥じ入らずにいられない。まして芳野さんまでがぼくの小便の始末をしてくれるとあっては、早く動き出したくて仕方がなかった。

手術後初めてトイレに行くときには、かなり緊張した。ぼくにとって、雑菌はこれまで以上に脅威なのだ。薬によって免疫機能を抑えつけているぼくは、人よりもずっと菌に感染しやすい。病院のトイレなど、雑菌の宝庫のように思えた。

ぼくは用を足すと、神経質なくらい手を洗った。トイレのドアも、パジャマの袖を伸ばして布越しに触れた。それでも、自分の意思で用便を足したのは爽快だった。一日ごとに、通常の生活に復帰する自信がついていくのが嬉しかった。

母さんの態度も、どこかしら変わったように感じられた。昨日までよりも、ずっとくつろいでいるように見える。それほどぼくの状態が、傍目《はため》にもよくなっているとわかるくらい変わってきたのだろう。母さんは午前中にＭＤプレイヤーを持ってくると、一時間ほどで帰っていった。ぼくの病状への不安が消えたことで、少しは仕事がしやすくなるといいのだが。

午後には、母さん以外の見舞客が初めてやってきた。見舞客第一号は高校時代以来の友人だろうと思っていただけに、その人がやってきたのは意外だった。雅明《まさあき》君は病室のドアをおずおずと開けると、ぼくの顔を見つけて嬉しそうに笑った。ぼくの方は思いがけない相手を目にして、しばしぽかんとしていた。

「雅明君じゃないか」

思わず声に出してから、それが意味のなかったことに気づく。だが雅明君はぼくの表情からこちらの言葉を読み取ったらしく、頭を下げて病室内に入ってきた。続いて、雅明君のお母さんも姿を見せる。ぼくは恐縮して、飛び起きかけた。

「ああ、どうぞそのままで。そんな、起き上がらないでください」

雅明君のお母さんは、慌ててぼくを押しとどめた。ベッドのそばまでやってくると、手にしていた花を差し出す。

「こんなに早くお邪魔したらご迷惑だろうと思ったんですけど、この子がどうしてもお見舞いしたいと言い張るものですから……。すぐ帰りますので、どうぞそのまま横になっていてください」

「いやぁ、どうもすみません」

ぼくは上体だけを起こし、花束を受け取った。不調法なぼくは、花の名前などわからない。ただずいぶん綺麗な花で、いい匂いがすることだけはよくわかった。この病室には花瓶などないから、今度母さんに持ってきてもらおう。ぼくはパイプ椅子を勧めながら、花束を窓際にそっと置いた。

「わざわざいらしていただけるとは思いませんでした」

ぼくは椅子に坐ったお母さんに向かって、頭を下げた。ぼくの母さんよりはずっと若い雅明君のお母さんは、いつもどおり身綺麗にしているが、節度を保った上品なおしゃれで好感が持てる。黒を基調とした上下のスーツに、装飾品は指輪ひとつだけだ。前々からこんな大きな子供がいるとは思えないほど綺麗な人だなと思っていたが、改めて外で会ってみるとますますその認識が強くなる。ベンチャー企業の社長夫人にふさわしい、若々しさと落ち着きがあった。

ぼくは枕許《まくらもと》のメモ用紙とペンを取り、雅明君にも礼の気持ちを伝えようとした。だがそれよりも早く、雅明君は愛用のノートパソコンを取り出して、それをこちらに差し出した。ディスプレイには、テキストエディタが開かれているだけで字は書かれていない。ぼくはキーボードに手を伸ばし、《わざわざ来てくれてありがとう》と文字を打った。

ノートパソコンの向きを変えて、雅明君に差し出す。雅明君は受けると、すぐに軽快なタッチのタイピングを始めた。

《手術は成功したそうですね。おめでとうございます》

ふたたび返されたパソコンの画面を見て、ぼくは笑みを浮かべた。まだ小学六年生のくせに、相変わらず大人びた文章を書く奴《やつ》だ。ぼくは返事を書いた。

《ありがとう。もうすっかり元気になって、今日退院しても大丈夫なくらいだよ。退屈していたから、来てくれて嬉しい》

「ずっと心配してたんですけど、ニュースで手術が成功したってことを知ったら大喜びして。それで昨日、和泉さんに伺ったら今日からお見舞いもできるということだったんで、ついこんなに早く……」

横からぼくたちのやり取りを見ていたお母さんが、口を挟む。ふだんは雅明君のコミュニケーションを補足するようなことはしない人だが、それだけ今は遠慮しているのかもしれない。ぼくは首を振って、お母さんに答えた。

「本当に、もうずいぶん元気になったんですよ。いらしていただけるとは思ってなかったんで、すごく嬉しいです。ありがとうございます」

ぼくとお母さんのやり取りが聞こえているはずもないのに、雅明君は交互にぼくたちの顔を見比べて、嬉しそうに笑った。雅明君はハンディキャップにもかかわらず、いやハンディがあるからこそ、人の気配を察するのに長《た》けていた。

雅明君親子は、ぼくが住むマンションの隣の住人だった。大学生のぼくと小学生の雅明君では、普通だったら仲良くなる余地などまったくなかっただろうが、ぼくたちの場合は特別だった。ぼくは心臓を、雅明君は耳を患っているという共通点があり、互いに行き来するようになった。ぼくは最初の頃こそ、小学生の子守をするつもりで接していたが、やがて認識を改めざるを得なくなった。雅明君は子供扱いするには、いささか精神年齢が高すぎたのだ。

聴覚障害とひと口に言っても、それはふたつに大別できるそうだ。聴覚が平均的レベルよりも弱い、いわゆる難聴と、音をまったく聞き取ることができない全聾《ろう》に分けられる。雅明君の場合、残念ながら生まれつきの聾者であり、補聴器の助けを借りても音は聞こえない。そのために発声も、訓練はしているのだがぎこちなく、本人もそれを恥じて言葉を口にしようとしない。それを補うために彼のお父さんは早い段階でパソコンを買ってやり、雅明君に与えたという。雅明君は学校でローマ字を習うよりも遥か以前にブラインドタッチを憶え、言葉を発するのとほとんど変わらないスピードで自分の意思を文字にできるようになった。タイピングのスピードだけは、ぼくもとうてい敵《かな》わない。そんな相手を、どうして子供扱いできるだろうか。実際雅明君は、早い段階からインターネットを駆使し、とても小学生とは思えない知識を自分の中に蓄えていた。今ではぼくも、対等の話し相手として彼を認めている。ともすれば、雅明君の小さい体の中には、ぼくよりもずっと年を取った人間の魂が入り込んでいるのではないかと妄想するほどだった。

《術後の経過は良好なの？》

雅明君はそんなふうに問いかけてくる。ぼくは長くなるのを承知で、自分がどういう手術を受けたのかを説明した。ぼくが一気に書いた長文を読むと、雅明君は納得したように頷いた。ぼくたちのやり取りを見て安心したのか、お母さんはいつものようにただ見守るだけのポジションへと戻っていた。

《今はテレビだけが楽しみなんだけど、大して面白い番組はやってないね。母さんにMDを持ってきてもらったから、しばらくこれを聴いて暇潰しをしてるよ》

《パソコンを持ってきて、ネットでも覗いていればいいのに》

ついでに付け加えると、ぼくと雅明君はネット仲間でもある。顔を合わせないときでも、メールを交換してコミュニケーションをとることがある。耳が聞こえない彼には、その方がむしろ都合がいいのかもしれない。ネットのことは彼の方が詳しいので、ぼくもしばしば自分が年長者だということを忘れてあれこれ尋ねたりしている。

《そのうちそうしようと思ってるけどね、ここは病院だから、携帯電話は使えないんだよ。だからいずれにしろ、ネットサーフィンなんてできないけど》

《ああ、そうか。忘れてたよ》

雅明君は、迂闊《うかつ》だったという顔をする。彼にしては珍しいことだったので、ぼくはにやりと笑ってやった。

《じゃあやっぱり、何をするにも退院してからだね。どれくらいで退院できるの？》
《たぶん、早ければ一カ月くらいじゃないかと思う。それまでの我慢だね》
《じゃあ、今度来るときには何か退屈しのぎができるものを持ってくるよ。何がいい？》
　ぼくはその文章を読んで、遠慮しようとまず思ったが、すぐに考え直した。彼の家には確か、クラシックのＣＤがたくさんあったはずだ。
《君の家には、ショパンのＣＤなんてある？　もしあったら、ＭＤにダビングして欲しい。なんでもいいから》
《ショパン？　和泉さんはショパンなんて好きだったっけ？》
《ちょっと興味があってね。聴いてみたいんだ》
《そう。わかった。ダビングしてくるよ》
「そろそろ、失礼しないと。大手術をしたばかりの和泉さんを疲れさせては駄目でしょ」
　雅明君のお母さんは、自分の息子の耳が聞こえないことなど忘れているかのように話すことがある。それでも雅明君には、母親の言葉が伝わっているようだから不思議だ。雅明君はこくりと頷くと、キーボードを短く叩いた。
《じゃあ、また来ます。早くよくなって》
「ありがとう」

ぼくは声に出して答えた。それが聞こえたように、雅明君は嬉しそうに微笑んだ。

11

その夜。ぼくは恵梨子の夢を見た。

12

夢などたいていの場合、目覚めてしばらくすると忘れてしまうものだが、ぼくはその夢だけはいつまで経っても鮮明に憶えていた。瞼を閉じるだけで、恵梨子の顔かたち、喋り方、仕種までをたちまち思い浮かべることができる。ぼくは夢の中で強い衝撃を受け、目覚めた後もそれは続いていた。

目を覚ました瞬間、ぼくはすべてが夢であったことを心底残念に思った。恵梨子を夢の中の存在とはどうしても思えず、すぐそばにいるのではないかと探してしまったほどだ。もちろん、病室にはぼくの他に誰もおらず、夢が形になって現れるような超常現象は起きなかった。恵梨子はあくまで夢に出てきた人に過ぎないのだと悟り、ぼくはその喪失感の大きさに驚いた。

恵梨子とは誰なのだろう。ぼくは改めて考えた。過去に会ったことがある人でないのは確かだ。小学校の頃まで遡《さかのぼ》っても、ぼくは恵梨子という女性と接した記憶はない。なのにぼくは、夢の中で恵梨子の存在をはっきりと感じた。それだけじゃない。ぼくは恵梨子に特別な感情を抱いていたのだ。ぼくは恵梨子を愛していた。誰よりも強く、恵梨子のことを大事に思っていた。あの激しい感情は、いったいどうして湧いてきたのだろう。

これは、恋人が欲しいという願望の表れなのだろうか。確かにぼくは、この二十年間というもの、女性と縁のない生活を送ってきた。意識しすぎるせいか、女の子と自然に話をすることが苦手だったのだ。そのため、同じクラスの男子が女の子と仲良くしているときでも、いつも離れたところからその様子を羨ましく見ているだけだった。かわいいなと思える相手がいても、話しかける勇気など湧いてこず、結局親しくなる機会もなくクラス替えや卒業を迎えるのが常だった。

そんな自分の性格を、疎《うと》ましく思うことも再三だった。できることならもっと積極的で明るい性格になりたいと、いつも望んできた。そんな思いが募るうちに、ぼくは自分でも気づかぬうちに理想の恋人像を心の中で作り上げていたのだろうか。それが、恵梨子という架空の女性だったのか。

だとしたら、あまりにも情けないことだ。ぼくは自分が作り上げた理想の女性に恋し、夢が覚めた後も忘れられずにいる。こんなことをいったい、誰に話せるだろう。笑われるならまだいいが、思い込みの激しい奴と気味悪がられるのが落ちだ。恵梨子のことはそう簡単に忘れられそうになかったが、努力してでも頭から追い出した方が自分のためのようだった。

朝食を出されるまでにはそのように気持ちを整理したつもりだったが、ともすればぼくは、未練たらしく恵梨子のことを思い出していた。ぼくはどちらかといえば猫が好きだったはずなのに、犬もかわいいなどと思えてくる。あまりの馬鹿馬鹿しさに、笑い出したくなるほどだ。自分がこれほど純情な人間だったとは、いまさらながら面食らう思いだった。

そんな悶々《もんもん》とした状態のときに、如月《きさらぎ》はやってきた。まず真っ先に来てくれるだろうと予想していた、ぼくの高校以来の親友だ。如月はドアを開けた瞬間こそ不安そうな顔をしていたが、こちらの様子を見てホッとしたようだった。ぼくが今にも死にそうな顔をしているとでも覚悟していたのだろう。「元気そうじゃないか」という第一声には、少なからず意外な思いが籠っていそうだった。

「ああ、元気だよ。丈夫な心臓をもらったんで、ぴんぴんしてるぜ」

ぼくは上体を起こして、如月を出迎えた。長髪を無造作に後ろで束ねている如月は、重病人を見舞うことを意識してか、ふだんより遥かにおとなしい服装をしていた。白のセーターにGパンという、常識的なスタイルだ。これは、もう五年の付き合いになるぼくにしても、なかなかお目にかかれない出で立ちだった。

「よかったよ。半死人みたいな状態だったらどうしようかと思ったぜ。見違えるように顔色がいいな。以前とはまるで別人だよ」

　如月はぼくが勧めもしないうちからパイプ椅子を開き、どっかりと腰を下ろした。そして、手にしていた紙袋を差し出す。

「これ、適当に本を持ってきたからさ、もう少し元気になったら読めよ」

「ああ、助かるな。ありがとう」

　受け取ると、中には文庫本が五冊入っていた。いずれも、最近出たばかりの新刊のようだ。翻訳物が二冊と、国内作家の小説が三冊。どの作者も、ぼくが好きな人ばかりだった。

「よくぼくが好きな作家を憶えてたな。本の話なんて最近ぜんぜんしてなかったから、とっくに忘れてると思ってたよ」

「おれも久しぶりに思い出したんだ。見舞いの品は何がいいかってずいぶん考えてさ。食べ物は駄目だろうし、かといって花なんか持ってきても嬉しくないだろ。それで、お前がどういう作家を読んでたか、一所懸命頭を捻《ひね》って思い出したってわけだ」

「ありがたいよ。もう退屈でしょうがなくてさ。有閑マダムみたいに、ずっとテレビを見て過ごしている毎日さ」

「そんなにすぐに元気になるとはね。大したものなんだなぁ、心臓移植ってのは」

感に堪えたように、如月は言う。ぼくも頷いて同意した。

「自分でも驚いてるよ。もう少し快復までには時間がかかると思ってたんだけどな。この調子だったら、すぐにも社会復帰できそうだ」

「一年棒に振っちまったからな。でもまあ、浪人したと思えばそれも普通だよ。一年で元気になれて、よかったじゃないか」

「本当だなぁ」

言われるまでもなく自分の幸運は感じていたが、如月とこうして話していると改めて健康をありがたく感じる。高校の頃はいつも、こんなふうにつまらないことを喋っていたものだ。

高校一年のときに同じクラスになった如月とは、すぐに意気投合した。よくよく知り合ってみると、互いの性格はまるで違っていたのに、不思議と気が合った。活動的で物怖《ものお》じしない、と言えば聞こえはいいが、有り体に言って変人の如月は、クラスでも特異な存在だった。それに対してぼくは、自分でも情けないことに大勢の中の平凡なひとりに過ぎない。それでも友情が持続したのは、もしかしたら如月が、ぼくの普通さをよりどころとしていたからかもしれない。ぼくと付き合っていなければ、如月はどんどんと奇矯《ききょう》な性格を強めていったことだろう。曲がりなりにも社会に適応して生きているのは、ぼくと接することで普通の基準を測っているからかもしれなかった。もちろん、そんな考えを如月に確かめたことはなかったが。

「それにしても、今日はずいぶんおとなしい格好じゃないか。どうしたんだよ」

ぼくが如月の服装をからかうと、心外だとばかりに眉を顰《ひそ》める。

「お前のために、ナフタリン臭いセーターを引っぱり出してきたんじゃないか。他の患者にいやな顔をされたらお前が困るだろうと思ったから、こんな格好をしてきたんだぜ。それが、まさか個室とはね。お前の母ちゃんの職業を忘れてたよ」

如月は肩を竦める。ぼくは「気を使っていただいて、恐縮です」と笑って応じた。

ぼくたちの高校は私服通学が許されていたので、目立つ格好をしてくる者は少なくなかったが、中でも如月は突出していた。男のくせに、学校にスカートを穿《は》いてきた奴など、後にも先にも如月くらいだろう。ぞろりと長いロングスカートを穿いた如月が登校してきたときは、生徒も先生も皆、口を開けて言葉を失ったものだ。当の如月は、自分が注目されていることになどまったく気づいていない様子で、涼しい顔で席に着いた。あのときのことは、今思い出しても笑いたくなる。

しかしその程度のことは序の口で、如月の行動はいつも突飛だった。髪の毛を緑に染めたり、顔を白く塗ってきたときにはさすがに叱《しか》られたが、それ以後はもっぱら服装に凝るようになった。あるときは鎧《よろい》みたいな革の上下を着てきたり、あるときは上から下まで蛍光カラーの服で固めたりして、ぼくたちを驚かせてくれた。常にそんな出で立ちをしていられたのも、父親が服飾デザイナーだったからだろう。親の血を引いて如月もデザインの感覚には秀でていて、高校当時から絵は抜群にうまかった。進学時に迷わず美大を選んだのは、彼にとっても幸せな選択だったはずだ。美大ならば、如月の奇矯な性格も少しは目立たずに済んでいるのではないかと、ぼくは推測している。

　如月は勉強以外のことには何にでも興味を持つタイプで、ぼくが本を読んでいると、どういう内容なのかとあれこれ詮索《せんさく》した。そして、ひとたび面白いと感じると、驚くほどの集中力を示して没頭する。彼は高校でぼくと知り合うまで、小説はほとんど読んだことがなかったそうだが、二カ月もするとこちらと対等に話ができるほどエンターテインメントに精通するようになった。クラスには他に本など読む者はいなかったので、共通の読書体験について如月と話し合うのはぼくの大きな楽しみだった。思えば、友達を作るのが苦手なぼくが、特に違和感もなくクラスに溶け込んでいたのは、如月が橋渡しをしてくれていたからだろう。卒業後もこうして付き合いが続いている如月は、やはりぼくにとってただひとりの親友と呼べる存在だった。

「しかしさぁ、本当に心臓を入れ替えるような手術を受けたのか？　本当はそんなことをしてないで、世間を欺《あざむ》いてるんじゃないか」

あまりにこちらが普通に接するからだろう、如月は疑わしそうな目でぼくを見た。ぼくは苦笑して、「馬鹿言ってんじゃないよ」と答えた。

「傷口見せてやろうか。ここんとこにな、ざっくりと縫い目があるんだぜ」

自分の胸を指して説明する。如月は目を輝かせて、身を乗り出した。

「見たいな。まだ抜糸前だろ。見たい、見たい」

こちらは冗談で言ったつもりだったのだが、そういうことが通じる相手でないことを忘れていた。仕方なくぼくは、パジャマの前をはだけて如月に見せてやった。如月は「ほっほー」と中年オヤジのような声を上げて、しげしげと観察する。できることなら、手で撫でさすりたいと考えている顔つきだった。

「いやはや、恐れ入りました。お前、その傷口は人に自慢できるぞ。裸になれば、たいていの奴はびびる」

「そんなことを言うのはお前くらいなもんだよ」

如月と話していると、ぼくは何度も苦笑させられる。本人はまったく意識していないだろうが、如月は周囲の雰囲気を明るくする何かを持った男だった。そんな点も、やはりぼくとは正反対だった。

ぼくは、如月が持っているクロッキーブックに気づいていた。それを顎《あご》で指し示して、尋ねる。

「今から大学に行くのか」

如月は自分の背後に置いてあるクロッキーブックに目をやって、「ああ」と頷く。

「こんな恥ずかしい格好で大学に行かなきゃならないとはね。おれ様としたことが、一生の恥だぜ。夏だったらいっそ、裸になっちまうところだがな」

「悪かったね、気を使わせて。でもそんなに恥ずかしいんなら、着替えを持ってくればよかったじゃないか」

「ああっ！　そうか。そりゃ気づかなかった！　和泉、お前頭よかったんだな」

如月は真剣に頭を抱えて身悶《みもだ》える。ぼくは如月の言葉の後段に反論した。

「ぼくのこと、馬鹿だと思ってたのかよ。そんなこと、誰だって気づくぜ」

「いや、盲点だった。どうして気づかなかったんだろう」

「そりゃ、こっちが訊きたい」

思わず笑ってしまってから、ぼくは先ほどから考えていたことを頼んでみようと決めた。

如月と会話しながらも、ぼくの頭の片隅には例の夢のことが引っかかっていたのだ。

「あのさあ、警察がよく人相書きって作るじゃないか。目撃者から口頭で人相を聞いて、似顔絵を描くやつ。ああいうのって、お前できる？」

「なんだよ突然に。やったことはないけど、たぶんできるぜ。それがどうした？」

「じゃあさ、ちょっとやってくれないかな。あ、時間はあるか」

「時間はあるけどよ、誰の顔を描けって言うんだよ」

「ちょっとね」

　夢の中に出てきた、会ったこともない女の顔だなどとはとても言えない。ぼくは適当にごまかして、さっそくやってくれと如月を急《せ》かした。如月は「わけわかんねえなぁ」とぶつぶつ言いながらも、クロッキーブックを広げてくれる。

　ぼくは、ともすれば朧気《おぼろげ》になりがちな記憶を手繰り寄せ、恵梨子の顔かたちを説明した。髪はボーイッシュなショートカットで、耳は隠れている。眉は理知的に濃くて、端まで綺麗に整っていた。目は少し垂れ気味、笑うと愛嬌《あいきょう》がある。鼻筋が通って、横顔が白磁の人形のようだった。口は小さめ、でも唇はぷっくりと膨れて、微笑がよく似合う。顎はどちらかというと尖《とが》り気味だが、優しい曲線を描いていた……。

　いちいち指示しているうちに、なんとなくそれらしい絵ができあがりつつあった。だがこちらの説明が悪いせいか、なかなかそっくりとまではいかない。何度も「ここはもうちょっと……」などと指示しているうちに、だんだん如月は不機嫌になってきた。

「誰なんだよ、これ。お前、この女に惚《ほ》れてるだろ。そんな思い入れたっぷりの形容じゃなくて、もっと客観的に説明してくれないとわかんないよ。誰の顔なのか、ちゃんと説明しろ」

「悪い悪い。そのうち話すからさ、もうちっと付き合ってよ」

「いやだね。道ですれ違った女にひと目惚れでもしたのか？　そんなときはな、『すみませんけどあなたのことが好きになってしまったんです』とかなんとか言って名前と住所を聞き出すんだよ。よく憶えとけ」

如月らしく、無茶苦茶なことを言う。ぼくは諦めて、「少し貸して」とクロッキーブックを受け取った。

鉛筆と消しゴムも貸してもらい、自分なりに納得のいくように修整をした。まずなんといっても、輪郭と目の雰囲気が違う。もっと柔らかい、優しげな感じだったのだ。ぼくは記憶の中の恵梨子を甦《よみがえ》らせながら、鉛筆を走らせた。

「ほう。なかなかやるじゃないか。和泉、お前そんなに絵がうまかったっけ」

横から覗き込んでいた如月が、思いがけないことを言った。絵のことで如月に誉《ほ》められるのなど、長い付き合いで初めてだ。人格者とはとても言えない如月は、人が苦手とすることを平気で笑う。美術の時間に写生などに出ると、ぼくはいつも如月に馬鹿にされていたものだった。

確かに、自分でも納得のいく絵ができあがりつつあった。少し手を加えただけで、ぐんとぼくの中のイメージに近づく。なんの気なしに鉛筆を走らせていたが、全体を見ると確かに自分でも感嘆する出来映えだった。これはいったい、どういうことなんだろう。

「……ホント、うまいな、ぼく」

自分でも驚いて、そう呟いた。すかさず如月が口を挟む。

「まあおれほどじゃないが、それでも大したもんだよ。おれに馬鹿にされないように、密《ひそ》かに練習でもしたか」

「そんなことしてないけど……。なんでだろう」

「お前がわからないものを、おれがわかるわけないだろ。お前の中に眠ってた才能が、突然目覚めたか」

そんなわけないのは、自分がよく承知している。如月のような天才肌の人間を見ているといやになるほどわかるが、ぼくはどう転んでも凡人だった。音楽や美術の才能はもちろん、母さんのような文才すら持ち合わせていない。多少現代国語の成績がよかったのは環境のお蔭だと思うが、それとて才能とはほど遠かった。

ぼくは、昨日のことを思い出さずにはいられなかった。オーケストラの演奏を途中から聴いただけで、ショパンだとわかってしまったあの経験。形こそ違え、これは同じ現象ではないだろうか。

「実は、昨日もおかしなことがあったんだよ」

ぼくはいい機会だとばかりに、自分の経験を話して聞かせた。芳野さんの解釈以外に答えはないだろうと思いつつも、二度も不可思議なことを体験すると人に話したくなる。如月は胡散臭《うさんくさ》い顔をするでもなく黙って耳を傾けていて、最後にこう言った。

「それって、心臓移植のお蔭かな。心臓の元の持ち主が、音楽や絵が好きだったんじゃないか」

あまりに馬鹿馬鹿しい考えだったが、ぼくは衝撃を受けた。まったく思いもつかない想像だからこそ、愕然とさせられたのだ。ドナーの特性が、移植によってそのままレシピエントに引き継がれるなどということがあるだろうか。そんな馬鹿な。脳移植ならあり得るとしても、ぼくに移植されたのは心臓なのだ。心臓は全身に血液を送り出すためのただのポンプに過ぎず、人間の知識や身につけた技術を溜《た》め込む場所じゃない。そう頭では理解していても、如月の突飛な仮説を笑い飛ばすことはできなかった。

「そんなこと、あるのかな。だって、ぼくが移植されたのは心臓だぜ。心臓を移植しただけで、ドナーの特技までぼくに移るっていうのか」

「冗談だよ。そんなこと、あるわけないだろ。だからその女は誰なんだよ。お前の思い入れが強いから、たまたまうまく絵にできただけなんじゃないの？」

「そうかもしれないけど……」

「で、誰？　お前が女に惚れるなんて珍しいじゃないか。お兄さんに相談してみなさい、青少年よ」

興味津々で促してくるので、仕方なくぼくは夢のことを話した。笑われるかと思ったが、如月は思いの外に真剣な表情だった。

「ふうん。夢の女ね。いいじゃん、それ。ファム・ファタールだ、そいつは。運命の女、いいねぇ」

「どういうことだと思う？　そんな、会ったこともない人が夢に出てくることって、あるか？」

「おれはないけどさ。でも、そういうこともあっていいと思うぜ。これから出会う女かもしれないじゃないか。予知夢だな」

「予知夢、ね」

そうだとしたら嬉しいのだが、ぼくはどうも釈然としなかった。平凡なぼくには、霊感なども縁がなかったからだ。夢で未来を垣間見《かいまみ》たことなど、これまで一度もない……。

「そういえば」

その瞬間、ぼくはもうひとつの夢も思い出した。生々しい、できることなら忘れたい夢だった。

「自分が何者かに追いかけられて、最後には殺される夢も見たよ。あれはリアルだったな」

「なんだよ、それ。いやな夢を見るな」

「ああ、いやだった。後をつけ回されてさ、逃げ切ったと思ったら、いきなり頭を殴られたんだ。もしかしたらあれも、予知夢なのかも」

「おいおい、せっかく手術を受けて元気になったのに、縁起でもないことを言うなよ。予知夢説は取りやめ。お前は一生、女とは縁のない生活を送るんだ。おれが予言しよう」

「いやな予言するなよ」

思わず笑ったところで、病室のドアがノックされた。「いいですか」と声がする。芳野さんの声だった。

「あら、お友達？　ずいぶん楽しそうですね」

芳野さんは顔を覗かせて、ぼくと如月を見比べた。如月は坐ったまま頭を下げて、「愚息がお世話になります」などと真面目な顔で言う。芳野さんは一瞬びっくりしたように目を丸くして、すぐにころころと笑った。

「ずいぶん若いお父さんですね。息子さん、元気になったでしょ」

「いやぁ、びっくりしましたよ。大変なものですね」

「看護婦を困らせたりしない、いい患者さんですからね。早く退院できると思いますよ」

そう言いながら芳野さんは、ぼくに体温計を差し出す。検温の時間だった。ぼくはふたりの軽口の応酬に言葉を挟むこともできず、体温計を黙って受け取った。

「こちらの病院は、美人の看護婦さんしか採用しないんですか?」

腋《わき》の下に体温計を挟んでじっとしているぼくの横で、如月がとぼけたことを言う。芳野さんは「あら、どうして」などと笑いながら応じた。

「だって、今ここにいる看護婦さんは美人だから。そういう病院もあるのかなと思って」

見え透いたお世辞だが、如月が真面目くさった顔で言うと妙な愛嬌がある。芳野さんは「あっはっは」と声を上げて笑った。芳野さんの笑い声を、ぼくは初めて聞いた。ぼくと話しているときには、声を上げて笑うことなど一度もなかった。

「そうなんですよ。この病院は顔で採用しているんです。そのうち婦人団体から告発されるそうですよ」

「ああ、やっぱり。いけませんな」

「そう、ひどい病院ですね」

終始笑いながら、芳野さんはぼくの体温をカルテに記入し、病室を出ていった。なんとなく憮然《ぶぜん》とした心地のぼくに、如月は顔を近づけてきて、囁《ささや》いた。

「今の看護婦さん、お前の絵にちょっと似てるじゃないか。あの看護婦さんのことを夢に見たんじゃないか？」

13

如月は三十分ほどで帰っていった。ぼくは如月を見送りがてら病室を出て、そのまま自動販売機のコーナーへと向かった。久しぶりに長く話をしているうちに、喉が渇いてしまったのだ。もう通常の飲み物を口にしていいと許可が出ているので、ぼくは数カ月ぶりにコーヒーを飲んでみるつもりだった。

もともとそれほどコーヒーが好きだったわけではないが、飲んでいいと許可されると無性にカフェインが欲しくなる。ぼくは自動販売機の前に立ち、ボタンに書いてあるコーヒーの種類を見比べた。

紙コップで販売されているコーヒーは、ブレンドからブルーマウンテンまで、種類が豊富だった。その他、好みに応じてブラックに設定することができるし、逆に砂糖ミルクを増量することもできる。ぼくは甘いコーヒーは嫌いだったので、迷わずブラックを選択するはずだった。

ところが、いざ硬貨を投入してボタンを押す段になると、気持ちが変わった。ふと、甘すぎるくらい甘いコーヒーが飲みたくなったのだ。健康体に戻りつつある過程では、体が糖分を欲するのかもしれない。ぼくはブラックどころか、逆に砂糖を増量するボタンを押した。

しばらく待っていると、取り出し口のランプが消えた。湯気の立っているコーヒーを取り出して、口に運ぶ。少し息を吹きかけて冷ましてからひと口飲むと、甘ったるい味が非常においしく感じられた。ああ、砂糖を入れたコーヒーもいいものだなと感じる。そして、ドナーはコーヒーに砂糖を入れて飲んでいたのだろうかと、ふと考えた。先ほどの如月の言葉が気にかかっていたようだ。

そんなことはどうでもいい、という気分になれないのは、如月の突飛な発想があながち荒唐無稽《こうとうむけい》とばかりは言えないからだ。考えてみればぼくは、手術を受けてからこちら、ずいぶんといろいろな変化を体験しているように思う。絵がうまくなり、興味がなかったクラシック音楽に反応し、甘いものが飲みたくなった。いや、それだけじゃない。肉が食べたいと無性に望んでいるのも、変化のひとつと言っていいかもしれない。これらのすべてを、手術とはまったく無関係と考える方が、無理があるのではないだろうか。

　もちろん、手術が成功したことでぼくの体は急速に健康になりつつあるのだから、それに伴い体質が変わることだってあるだろう。食べ物の嗜好の変化は、それで説明できると納得してもいい。だが絵のセンスや音楽への反応は、健康を取り戻しつつあることとはなんの関係もない。それなのにぼくは、はっきりと自分の変化を感じている。これはどういうことなのか。

　病室に戻って、如月が持ってきてくれた文庫本をぱらぱらと捲《めく》っていると、立花さんがベッドのシーツを替えに来た。自力で立ち上がり、シーツを剝ぎ取ると、「もうそんなことができるようになったんだ」と立花さんは驚きの声を上げる。

「早いわねぇ。やっぱり若い人は快復力が違うのね」

「いい心臓と、それから先生の手術のお蔭ですよ」

　感心する立花さんの視線がくすぐったかったので、そう答えてやり過ごした。剝がしたシーツを床に置き、新しいシーツを広げる立花さんの手伝いをする。一日中寝ている生活をしていると、新しいシーツがことのほかありがたく感じられるものだ。ぼくは広げられたシーツの感触を楽しんでから、「ありがとうございます」と礼を言った。

「他に何か不便なことはない？　もうずいぶん、自分でなんでもできるようになったみたいだけど」

「ええ、さっきは見舞いに来てくれた友達を見送りがてら、自動販売機でコーヒーを買いましたよ。久しぶりにコーヒーを飲んだら、うまかった」

「その調子で、日に日に快復していくのね。免疫抑制剤の副作用みたいなものはない？」

「ええ、今のところ何もないです。ぼくの体に合っているみたいですね、薬」

「そう、それはよかった」

立花さんは頷いて、床に置いてある汚れたシーツを取り上げた。ぼくは、世間話の延長のつもりで話題を変えた。

「馬鹿馬鹿しいことを訊きますけど、心臓を移植したらドナーの好みとか特技が、レシピエントに移るなんていうことはないですよね」

「えっ」

何を言われたのかわからないような顔で、立花さんはぼくをまじまじと見た。そして冗談を聞いたように笑い出す。

「何を言ってるのよ。そんなこと、あるわけないでしょ。心臓は血液を送り出す機能以外、何も備わっていないのよ。そんなこと、わざわざ説明するまでもないと思ってたけど」

「いや、もちろんそうなんですけどね。手術を受けてから、いろいろ変わったなと思うことがあったもんで」

「変わった？　例えば、何？」

「甘いものが欲しくなったり、それから絵がうまくなったり……」

「甘いものだったら、あたしも大好きよ。疲れてるときなんて特に、甘いものは体が休まるしね。それが、何か変かしら」

「別に変じゃないですけどね。でも突然絵がうまくなったのは、なんか不思議で」

「下手になるよりはいいじゃない。それと心臓移植は、なんの関係もないわ」

「まあ、そうですよね」

　話しているうちに自分でも恥ずかしくなって、ぼくは語尾を曖昧に呑み込んだ。立花さんはそんなぼくを見て、少し心配そうに表情を曇らせる。

「何か、心配事でもあるの？　手術後のレシピエントは、皆さん少し不安になるみたいだけど、あまり考え込まない方がいいわよ。もしどうしてもいろいろ考えちゃうようなら相談に乗るし、あたしなんかじゃなくて専門のセラピストを紹介して欲しいのなら、そういう手配もできるから」

「いえ、そんな大袈裟なことじゃないんですよ。大丈夫です。別に落ち込んだりしてませんから」

「それならいいんだけどね」

立花さんはなおもぼくの顔をまじまじと見つめ、そしてにこりと微笑んだ。ぼくも頷いて笑い返すと、ようやく安心したように病室を出ていく。ぼくは頭をひと振りして、真剣に本でも読もうかと考えた。退屈を持て余していると、ろくなことを考えない。本を読んで気持ちを紛らわせるか、そうでなければ退院後の生活についてしっかりとしたイメージを作り上げた方が建設的だ。ぼくは枕許の文庫本を取り上げて、一ページ目を開いてみた。

14

その次の日に、ぼくはシャワーを浴びた。これまでは蒸しタオルで体を拭《ふ》くだけだったので、言葉にできないほど爽快だった。この数日の垢《あか》だけでなく、病気になって以降の様々な澱《おり》が体から抜けていくような気がする。短い時間と限られていたのに、ぼくはついついつまでもお湯を浴び続けてしまった。

いつものように午前中にやってきた母さんに、シャワーを浴びたことを報告すると、「あらそう」と素っ気ない返事が返ってきた。

「こうして喋っているからには、なんでもなかったのね。よかったわね」

「髪はこれまでも看護婦さんに洗ってもらってたからよかったけどさ、体はそういうわけにもいかないじゃない。一応自分で拭いているつもりでも、それだけじゃ綺麗にならないしね。次は家に帰って、ゆっくり浴槽に浸《つ》かりたいよ」

「ホントね。あたしもあなたが風呂場で倒れてるんじゃないかと心配する必要がなくなって、嬉しいわ」

「ああ、心配かけたね」

　ぼくはこれまで、足許にある物を取り上げようと屈《かが》むだけで、心臓を圧迫されるような恐怖を味わう生活を送っていた。そういうちょっとした動作が、発作を誘発する原因になり得るのだ。だから入浴も、大袈裟だが命懸けに近い気分だった。このまま死んでも仕方ないと思いながら服を脱ぎ、風呂場に入っていくときの気持ちはなんとも表現しがたい。せめて素っ裸で死ぬようなみっともないことはしたくないと、自虐的なことを考えているような有様だった。

　今でも、ともすれば数日前までの恐怖が甦ってくる。だがその都度、ああもう大丈夫なのだと実感し、幸せを噛み締めるのだ。発作を心配しなくていい生活は、人生観を一変させるほど快適なことだろう。そう考えると、早く退院して日常に復帰したくなってくる。

「あなた、何やってるの」

「えっ？」

母さんが何を言っているのか、ぼくはよくわからなかった。母さんは不思議そうな面もちで、「それよ」とこちらに向けて顎をしゃくった。

「その手。何もないのに、何してんの」

「何って？」

言われて、ようやく自分の左手が奇妙な動きをしていたことに気づいた。耳の横で、何かを掻き上げるような仕種を繰り返していた。まるで、目に見えない髪の毛を掻き上げるかのように。

「別に髪が伸びてるわけでもないのに、変なことするわね。何か、気になるの？」

「いや、別にそういうわけじゃないんだけど……」

ぼくは呆然《ぼうぜん》としながら、それだけを答えた。勝手に動いていた左手が、自分以外の別の生物のように感じられる。ぼくは左手に視線を落とし、じっと見つめた。見慣れた、二十年来付き合ってきた自分の左手だ。外見には、なんの変化もない。

そんなことはわかり切っている。おかしいのは手ではなく、ぼく自身なのだ。ぼくは明らかに、顔にかかる髪を掻き上げる仕種をしていた。髪を伸ばしたことなどかつて一度もないにもかかわらず、それが昔からの癖であったかのように。

「母さん、ドナーの女性は、髪が長かったのかな」

　思わず尋ねてしまった。尋ねずにはいられなかったのだ。

「さあ、そんなこと知らないわよ。先生に訊いてみれば」

　そうとしか答えようがないことを尋ねるぼくに、母さんは怪訝《けげん》な目を向けた。ぼくは母さんに、自分が抱いている疑念を話そうか少しだけ迷ったが、結局黙っていることにした。昨日の立花さんの反応を思い出せば、自分の考えがどれほど馬鹿げているか自覚できる。母さんに話したところで、返ってくる言葉は簡単に予想できた。何もわざわざ心配を増やしてやることはない。

「それよりも、あなた、紙谷《かみや》さんって憶えてる？」

　母さんはぼくの言葉を深く詮索せず、話題を変えた。ぼくは当然だろうという意味を込めて、頷いた。

「憶えてるよ。母さんの担当だった人でしょ。確か、会社を辞めてフリーのライターになったんだったよね」

「そうなのよ。いろいろ苦労しているらしいわ。それでね、彼からこの前久しぶりに電話があって、あなたのことを取材させて欲しいって言ってきたんだけどさ、どうする？」

「えっ、取材？」

取材とは、いったいぼくから何を聞きたいのだろう。死の淵から生還した奇跡の人とか、そういう取り上げ方をするには、心臓移植のレシピエントなどもう珍しくない。ぼくは先方の意図がわからず、しばしもごもごと口籠った。

「いやならいいんだけどね。紙谷さんならあなたも親しくしてたし、話をするだけだったら協力してあげて欲しいなと思ったのよ。でも断ってもいいのよ」

「いや、断る気はないけどさ。でも、ぼくなんかの話を聞いて何を書くの？」

「心臓移植のルポルタージュを、長編で書きたいんだって。移植手術はもういくつも行われているけど、長編のルポルタージュは書かれていないそうよ。だから挑戦してみたいって言ってたわ」

「あ、そう。もちろんぼくはかまわないけど。どうせ退院のときは、記者会見をやらなきゃならないんだし」

「だったら、OKって伝えていい？　退院前に話を聞きたいそうだけど」

「いいよ。体調もいいし、それにここに寝てるだけじゃ退屈だからさ。話し相手になってくれるんなら、ぼくも助かるよ」

「じゃあ、そう言っとくわ。喜ぶわよ、紙谷さん」

どうでもいいことのように、母さんは言う。だが大勢いる担当編集者の中でも、母さんが紙谷さんを高く買っていたことはぼくもよく知っていた。相手が紙谷さんでなければ、母さんはぼくの意思を確認するまでもなく断っていたはずだ。信頼していた紙谷さんだからこそ、ぼくとの仲立ちをする気になったのだろう。

だがぼくが取材の申し込みを承知したのは、何も母さんの顔を立てるためではない。ぼく自身、何度も家にやってきた紙谷さんとは親交があった。心臓を患ってからなかなか外に出られなくなっていたぼくにとって、家にやってくる客は寂しさを紛らわせてくれる貴重な存在だった。中でも紙谷さんは、ぼくのような若造の話し相手に飽きる様子もなく、いろいろな話題を披露して慰めてくれた。大勢の編集者が、母さんの手前かぼくに気を使ってくれたものだが、そんな中でも紙谷さんの印象は際立っていた。義理などでなく、ぼくを年少の友人として見てくれているのが、はっきりと感じられたからだ。そんな相手の申し出を、どうして断ることができるだろう。

母さんはいつもどおり短い時間で帰っていった。その日の午後は、高校時代の友達が三人で連れ立ってやってきて、ぼくの話し相手になってくれた。大学ではほとんど友達を作る暇すらなかったぼくにとって、彼らは貴重な存在だ。彼らと話している間は、特に不可解な変化なども表面化することなく、なんの不安もなく過ごすことができた。

そして翌日に、さっそく紙谷さんはやってきた。紙谷さんは他の見舞客と同じように、少し怯えるような顔で病室のドアを開け、そして一瞬後には安堵の表情を浮かべた。紙谷さんと会うのは半年ぶりだが、見たところまったく変わった様子もない。以前と同じように気弱そうな面もちで、ぼくのことを見るとはにかむように微笑んだ。

「やあ、元気そうでよかった。無理に押しかけたりして、病状が悪化したらどうしようかと思ってたんだ」

「見てのとおり、もうずいぶんよくなったんですよ。見舞いに来る人みんなに驚かれます」

ぼくはこれまでに何度も繰り返した言葉を口にしたが、そんな台詞《せりふ》を言えること自体が嬉しかった。紙谷さんはぼくが強がっているのではないかとなおも怪しむように、ゆっくりと近づいてきた。

「これ、見舞いの品は何がいいかわからなかったから、果物を買ってきた。もう食べられる?」

バスケットに入った、色とりどりの果物を紙谷さんは差し出した。ぼくは恐縮して、それを受け取る。

「すみません。もうたいていの物は食べられるんですよ。ありがとうございます」

「そう和泉先生からも聞いてたんだけどね、実際に自分の目で見るまでは半信半疑だった。心臓を移植するなんていう大手術を受けたと聞いたら、誰だってすぐに元気になるとは信じられないからね。でも、それが嘘じゃないって、今わかったよ」

銀縁眼鏡の奥の優しそうな目を細めて、紙谷さんは言う。目下の者に対しても偉ぶった様子を見せない紙谷さんの物腰が、ぼくは昔から好きだった。

「急に元気になっちゃって、かえって持て余してますよ。もう普通に生活できそうなのに、こうやってベッドの上にいなくちゃいけない。体力が余るってのは、こういう状態を言うんだなって、初めて知りました」

「そりゃよかったね。体力が余る経験なんて、ぼくは一度もないよ。もうぼくよりも元気になったんじゃないかな」

紙谷さんは自分で言うとおり、あまり体格のいい人ではなかった。肩幅が狭く、ひょろっと身長ばかり高くて、とても活発なタイプには見えない。室内で本を読んでいるのが似合いの人だと思っていたのに、編集者を辞めてフリーライターになったと聞いたときには、ずいぶん驚いたものだ。あちこち取材して回らなければならないライター稼業は、あまり紙谷さんには向いていないのではないかと思う。正直言って、長続きするのだろうかと今でも心配だった。

仕事は順調なのか、と尋ねることも憚《はばか》られる気がした。順調でないと聞かされても反応に困るが、忙しいという強がりも痛々しくて聞きたくない。忙しかったら、わざわざこんなところにやってくる必要などないのだから。「ぼちぼち」などという返事を聞くのが関の山で、それくらいだったら最初から尋ねない方がよかった。

「ところで、心臓移植を題材にした長編のルポを書きたいんだそうですね。長編のルポって、これまでにも書いたことあるんですか」

だからぼくは、自分から本題に入った。ぼくの手術の話をしている分には、何かと無難だ。そしてそれが紙谷さんの役に立つのなら、これ以上よいことはない。その場限りの雑文を書いている限り、いつまでもきちんとした評価を得られないことくらい、門外漢のぼくにもわかる。ぼくの体験が長編になるのならば、どんな話でもするつもりだった。

「ないんだよ。それで、初挑戦の題材として、君の経験を取り上げてみたいと思ったんだ。迷惑じゃないかな？」

臆病そうに紙谷さんは切り出してくる。ぼくの考えはすでに決まっていた。

「ひとつだけお願いがあります。それを聞いていただけるなら、どんな協力でもしますが」

「お願い？　もちろん、ひとつと言わずいっぱい条件をつけてくれてかまわない。君のプライバシーに関することなんだから」

「そのプライバシーなんですけど、ぼくの名前は伏せてもらうわけにはいかないですか。名前が出るのがいやなんじゃなく、和泉麗《れい》の息子ということを前面に出して欲しくはないんですけど」

　和泉麗というのは、母さんのペンネームだ。本名の和泉麗子《れいこ》から、一字省略したというわけだ。

「もちろん、君がそう希望するならそのようにするけど、でもそれはどうして？」

　紙谷さんは不思議そうに尋ね返してくる。それはそうだろう。ぼくの注文は、受け取り方によっては、和泉麗の息子であることを恥じているかのように聞こえるはずだ。そんなつもりは毛頭ないのだが、ぼくは本当の理由を言うわけにはいかなかった。

　ぼくの考えはこうだった。和泉麗の息子の体験談ということであれば、名前を知られていない一般の人が取り上げられるよりも、ずっと読者の興味を惹くだろう。だがそれは、ルポの作者である紙谷さんにとってあまりプラスにはならないはずだ。むしろそんなことは伏せて、純粋にルポの完成度を世に問うた方が、きちんとした評価を得られるのではないか。生意気にもぼくは、そんなふうに考えたのだった。

　しかしそれは、ある意味大きなお世話でもあるのは承知していた。ぼくに将来を心配されているなどと知れば、紙谷さんだって面白くないだろう。だからぼくは、あくまで自分自身の問題として主張を貫いた。

「単にプライバシーを保護したいからです。ぼく、ずいぶん元気になったんですよ。免疫抑制剤を服み続けていれば、これからも普通に生活していけるんだ。だから、あんまり特別な目で見られたくないんです。わかってもらえますか」

「わかるよ、わかる」慌てたように紙谷さんは頷いた。「君のプライバシーを犠牲にするつもりなんてぜんぜんないんだよ。そういうルポを書く気はない。ぼくがどういうものを書こうと考えているのか、ちょっと聞いてもらえるかな」

「ええ、ぜひ聞かせてください」

紙谷さんが最大限こちらの意思を尊重してくれるだろうことは、最初からわかっていた。だが、考えてみればぼくは、紙谷さんの書いた文章を一度も読んだことがないのだ。どんな意図でぼくを取材しようとしているのか、それは最初に聞いておきたかった。

「ぼくは心臓移植を無条件で礼賛するつもりはない。といって、脳死反対論者のように、移植を待っている患者の存在を無視することもできない。どちら寄りの立場もとらないで、中立な視点で心臓移植の現場を見つめ、実態を世の中の人に知ってもらおうと思ってるんだ。だから場合によっては、移植反対の人の意見にもページを割かなければならない。それは移植患者である君には不愉快なことかもしれない。それだけは、最初に断っておかなきゃならないことだと思ってた」

「それは、でも当然のことですよ。ぼく自身、こうやって心臓を移植してもらっても、果たして本当にこれでよかったのかって疑問に思ってますから。むしろ、ぼくのこの疑問に対する答えが、紙谷さんのルポを読むことで見つかるようだと嬉しいです」

「ぼく自身の結論は、文章にするつもりはないんだ。あくまですべての現実を読者に伝えるだけで、判断は読んだ人ひとりひとりがして欲しい。ぼくはそういうルポを書こうと思ってるんだよ」

紙谷さんらしい、真面目で真摯《しんし》な態度だった。そんなに手の内を曝《さら》しては、相手の口が重くなる可能性だってあるのに、そういう駆け引きはできないのだろう。でもぼくはそういう紙谷さんだからこそ、信頼しているのだった。紙谷さんなら公平なルポを書けるだろう、ぼくは話を聞いてそう確信した。

「ぼくも楽しみになってきましたよ。自分がどういう状況に置かれて、どういう経験をしたのか、他人の視点で見てみたい。ぼくは未《いま》だに、自分の体験の意味を摑みかねているんです」

一瞬、手術後に起こった不可思議な出来事の数々を、紙谷さんに聞いてもらおうかと考えた。だが、真面目なルポを書こうとしている紙谷さんの態度に水を差してしまうような気がして、結局それは口にしなかった。紙谷さんはぼくの言葉をどう思ったか、真剣な顔で頷くと続けた。

「たぶん、まだまだ混乱してるんだろうね。ぼくも急がない。これからゆっくりと、いろいろなことを聞かせてくれないか。ぼくも取材なんていうつもりじゃなくて、これまでの延長として君に会いに来るから」

「わかりました。確かにまだ混乱してるんです。いろいろ思うことはあるんですけど、うまく言葉にできそうもない。もう少し、時間をください」

「大丈夫。実は君以外にも、もうひとり取材させてもらっている人がいてね。その人の経験を知ってるから、君の複雑な心境の何分の一かくらいは理解できるつもりだよ」

「ぼく以外にも？　そうだったんですか」

では、たまたま知り合いの息子が心臓手術を受けたから、好都合と題材に取り上げるわけではないのか。ぼくは誤解していたことを、内心で詫《わ》びた。

「実は、君が移植を待っていると知って、どういう手術を受けるのかと調べ始めたのがきっかけだったんだ。その経過で、君より三歳ほど年上の学生と知り合った。彼の話を聞いているうちに、これは一冊の本にまとめる意義があるんじゃないかと考えたんだ。君も彼の話を聞けば、少しは気持ちが落ち着くかもしれない。よかったら、今度紹介するよ」

「それはぜひお願いします。ぼく、他の移植患者と話をしたことがないんですよ」

「わかった。先方にも君のことは話してあるから、機会を作って引き合わせよう」

心臓を移植するという体験は、それだけで患者を孤独にする。あまりに非日常的すぎて、経験のない人には想像がつかないのだろう。ぼくの複雑な思いを理解してくれる人がいるとしたら、それは同じ経験をした人以外にはあり得なかった。ぼくは「楽しみにしています」と、力を込めて言った。

15

ぼくの体力は、日を追うごとに快復していった。自分の体の中に、見る見る力が漲ってくるのを実感できる。それは快復というよりは、向上といった方がより的確だった。実際ぼくの体力は、病気になる以前よりも増しつつあるような感触すらあった。胸に埋め込まれた心臓は、まるでダイナモのように稼働してぼくにエネルギーを与え続けてくれた。

経過が良好なのを見て、風間先生はぼくにリハビリをするよう指示した。それを受けて、ぼくはリハビリルームでエアロバイクを漕《こ》ぐようになった。体を激しく動かすことに最初は恐怖を覚えたが、そんな心配は杞憂《きゆう》に過ぎないことがすぐにわかった。そろそろぼくは、自分の体を信用してやることに慣れなければならないなと、密かに苦笑したほどだった。

ピッピッと鳴る電子音に合わせてエアロバイクを漕いでいると、たちまち心拍数が上がってくる。ぼくの耳に繋がれたコードは、目の前のディスプレイに波形を描き出していた。棒グラフの波は、着実に心臓が働いていることを示している。心臓は、掛けられる負荷に悲鳴を上げることもなく、逞《たくま》しく拍動していた。

「こんなに心臓がどきどきしているのなんて、初めてですよ。それなのに、発作が起きる気配もない。体を動かすってのは、こういうことなんですね」

ぼくは横で見守ってくれているリハビリの先生に向けて、率直な感想を述べた。先生は笑って、「これからはなんでもできるよ」と言ってくれた。

そう。ぼくはなんでもできるのだろう。そう考えると、自分の前に与えられた選択肢の多さに、目が眩《くら》む思いだった。そしてそれは、若干の畏怖《いふ》をも伴っていた。ぼくは必ず何かをしなければいけない。それなのに、その何かをまだ見つけられずにいるのだ。ぼくはドナーと、まだ移植を受けられずにいる多くの患者たちへの負債を背負ったように感じている。この負債は、特別な能力などいっさい持ち合わせていない平凡な若造には、いささか重すぎるほどだった。

ぼくの心は、左右に揺れるやじろべえのようだった。長い生を得られたことへの喜びと、それと表裏一体に存在する罪悪感。そのふたつの感情の間を、行ったり来たりしているのがぼくだった。多くの移植患者が陥るという手術後の葛藤に、ぼくもまたすっぽりと嵌《はま》ってしまったようだ。ぼくは自分の気持ちに整理をつけるためにも、紙谷さんが紹介してくれる移植体験者との対面を心待ちにした。

だがそれとは別に、ぼくのささくれだった気持ちを和らげてくれる人もいた。雅明君は最初の見舞いから十日後に、また訪ねてきてくれた。外出時にはいつも一緒にいるお母さんとともに病室に入ってきた雅明君は、先日のぼくの頼みを忘れずに、ショパンをダビングしたMDを持ってきた。ぎごちない発声で「これ」と言うと、二枚のMDをぼくに差し出す。

《取りあえず、二枚分。もし気に入ったら、もっとダビングできますよ》

立ち上げたノートパソコンに、軽快なタッチで文字を綴る。ぼくはありがとうと言いながら拝む動作をして、パソコンを受け取った。

《悪いね。後でさっそく聴かせてもらうよ》

《クラシックが聴きたくなったんなら、ショパン以外にもいっぱいあるから、どうぞ遠慮なく言ってね。次に来るときに持ってくるから》

《そんな、何度も来てもらうのも悪いよ。どうせ退院したら、また隣り合わせに暮らすんだからさ。会いたければいつでも会える》

《そうだけど、でももう一回くらいは見舞いに来ますよ。和泉さんも退屈してるんでしょ》

ぼくはディスプレイの字を読んで、思わず苦笑した。だがすぐに、彼も病気に関しては、ある意味ぼく以上に辛い感情を味わってきたことに思い至った。雅明君ほど聡明であれば、自分の障害に両親がどれほど心を痛めたか、想像がつくだろう。そしてぼくとは違い、彼の聴覚障害は治る見込みがないのだ。常に明るく振る舞う態度のせいでつい忘れがちだが、彼も長い間自分の体の不調には苦しんできたのである。だからこそ、ぼくの手術が成功したことを心から喜んでくれているのかもしれない。

《ショパンは好き?》

ぼくは雅明君に尋ねた。第三者が聞いたら無神経な質問と思うかもしれないが、彼が聴覚障害者だということを忘れたわけではない。雅明君はぼくなどより遥かに、クラシック音楽には精通しているのだ。それはパソコンと同じように彼の父親が買い与えた、音を振動に換えるリクライニングチェアのお蔭だった。本来はフルオーケストラの迫力を家庭でも味わうための装置なのだろうが、全聾者には唯一の音楽を〝聴く〟ための手段である。そのリクライニングチェアで音楽を体感するには、リズムが複雑な最近のロックよりも、オーケストラで演奏されるクラシックの方が適しているのだそうだ。だから雅明君は、好んでクラシック演奏を聴いているのだった。

《まあ、好きです。でも一番好きなのは、月並みだけどやっぱりモーツァルトですよ。天才の音楽は、ぼくみたいに耳が聞こえない人間にもよくわかる。それと、晩年のベートーヴェ

ンですよね。これはすごくわかりやすい。何しろ作曲した本人が、耳の聞こえない人だったんだから》

「ああ、なるほどね」

ぼくは頷いて、なるべくはっきりとした発声で答えた。短いセンテンスだったら、彼も唇の動きで読み取ることができる。いわゆる読唇と呼ばれるコミュニケーション手段だ。これと手話を併用すれば、パソコンがなくても取りあえず意思の伝達は可能だが、やはり細かいニュアンスまでは伝わらない。ぼくも雅明君と付き合うようになってから、ずいぶんと手話は勉強したのだが、完全にマスターするには至っていなかった。そこで、長いやり取りはパソコンを使い、ちょっとした返事の場合は明瞭《めいりょう》な発声で答えるというのがいつものやり方だった。

《どうしてショパンなんですか？》

雅明君はもっともな質問を向けてきた。ぼくは答えに窮して、考えながら文字を打った。

《退屈だからテレビを見ていたら、たまたまショパンの演奏をやっていたんだ。それが、なんとなく胸に響いてね。ちゃんと聴いてみたいなと思ったんだよ》

《ふうん。どうしたんですかね。手術を受けて、心境が変わったんですか》

雅明君は鋭いことを言う。ぼくは「まあね」と口で答えた。

そのうち、ぼくの身に生じた変化についても、雅明君に話そうとは思う。だが今は、彼のお母さんも同席している。大人の人にこんな話を聞かれ、呆れられるのも恥ずかしい。この不思議な体験を語るのは、退院後にしようと考えていた。

その後しばらく、たわいもないことを話し続けた。パソコンのこと、学校のこと、本のこと。雅明君は障害のせいで自分の興味の範囲が限定されることを嫌っていて、どんな話題にでも食いついてくる。興味がないことだと、露骨に退屈した様子を見せる如月とは大違いだ。だから雅明君との会話は、いつまでも途切れることなく続いて、ともすれば落ち込みがちなぼくの心を慰めてくれた。お母さんが腰を上げなければ、七時の面会終了時刻まで話し続けていたかもしれない。

そろそろ失礼しよう、とお母さんに促されて雅明君が帰っていくと、ぼくはひとり取り残された寂しさを覚えた。それを紛らわすために、持ってきてもらったＭＤをプレイヤーに挿入する。耳にヘッドホンを当て、再生ボタンを押すと、すぐに重厚な音色が耳に伝わってきた。

その瞬間、ふたたび驚愕がぼくを襲った。あの既知感が甦ったのだ。ああ、ぼくはこの曲を聴いたことがある。今度は錯覚ではと疑う余地などなく、はっきりとそう確信できた。この曲は、かつて何度も聴いた、耳に馴染《なじ》んでいる音楽だった。ぼくの体の奥から、そういう認識がむくむくと頭をもたげてくる。その思いは、どんなに疑い深く再確認しても、変わることはなかった。

だがそれなのにぼくは、そんな確信と同時に、聞こえてくる音色を間違いなく一度も聴いたことがなかった。聴覚とそれに反応する体は曲を知っているのに、ぼくの記憶だけが逆らっている。この不思議な感覚は、いったいなんなのだろう。

どうして聴いたことのない曲を、ぼくは知っていると感じるのか。まるでぼくの中にもうひとりの人間がいるかのようだ。その人は、ぼくの耳を使って音楽を聴き、この曲をショパンだと認識している。そして、この音色を楽しんでいた。

そのときぼくは、はっきりと自覚した。これは理屈ではない。もうひとりのぼくが、体の中に存在するのだ。それは、九分九厘まで心臓の元の持ち主だろう。誰がなんと言おうと、ぼくはそう確信した。

ぼくに心臓をくれたドナーは、ショパンが好きだったのだ。それだけじゃない、おそらく絵もうまく、ぼくなどより芸術的センスにずっと優れていたのだろう。そして食べ物の好みもずいぶん違う。甘いものが好きで、淡泊なものよりも肉が好みだ。さらに、髪を掻き上げる癖があった。

ぼくはドナーの顔を想像した。ぼくとあまり年の違わない、若い女性。その女性の顔を、ぼくは知っていると思った。

16

その夜ぼくはもう一度、夢で恵梨子に会った。ぼくは恵梨子と並んで歩いているのに気づくと、それが夢だとわかっているのに嬉しくてならなかった。もう一度君に会いたかった。心が強くそう叫び、喜びに震えた。それなのにぼくは、自分の気持ちを口にはしなかった。恵梨子と連れ立って歩いている幸せを、さも当然のことのように感じてもいた。夢の中のぼくは、目覚めているときの自分とは違う感覚を持ち合わせていた。

君がぼくに心臓をくれたのか——ぼくは真っ先にそう質問すべきだったのに、やはり尋ねようとしなかった。夢の中のぼくにとって、恵梨子の存在は自明であって、会ったこともないドナーなどではなかった。夢の中にいる限り、ぼくは心臓移植のことを口にするわけにはいかないのだった。

時刻はすでに夜の十時を回っていた。ぼくたちはどこかの駅で電車を降り、恵梨子の家に向かっている途中だった。ぼくは恵梨子といることに浮かれてはおらず、むしろ緊張していた。それは恵梨子も同様で、彼女の場合緊張を通り越して怯えてすらいた。恵梨子は縋《すが》るように、ぼくの左肘《ひじ》に軽く手を添えていた。

「今日はいなかったわね」

恵梨子は吐息をつくように、小さな声で囁いた。緊張のためか、心なしか顔が青くなっている。ぼくは恵梨子が誰のことを言っているのかわからなかったのに、その言葉に疑問を持たなかった。恵梨子の顔を見て、「そうだね」と頷いた。

「駅の改札で待ってたんだよな、奴は」

ぼくは何を言っているんだろう。ぼんやりと不思議に思う気持ちはあったが、夢の中では些細な疑問などどうでもよかった。ぼくの言葉に反応して、恵梨子は肘を摑む力を強めた。以前に覚えた恐怖を思い出したようだ。

「怖かったわ。改札を出たところに、柱が二本立ってるでしょ。あの、右側の柱の陰から、ふらりと出てきたのよ。あたしを見て『待ってた』って笑ったの」

「取り合っちゃいけない。ああいう奴は」

「わかってる。だから無視して行き過ぎたもん。そうしたら、追っかけてきたのよ」

ぼくはそのとき恵梨子がどう行動したか、知っていた。すぐに走り出して、近くの交番に飛び込んだのだ。

「恵梨子の判断は正しかったよ。どんなに恥ずかしくても、警察を頼った方がいい」

恵梨子は結局、警官に同行してもらって帰宅したのだった。〝奴〟は恵梨子が交番に飛び込んだ時点で諦めたのか、後を尾《つ》けては来なかった。

そうだ。ぼくは恵梨子を守るために、今こうして彼女に付き添っているのだ。恵梨子はたちの悪いストーカーにつきまとわれている。だからぼくは、彼女を守るために一緒にいるのだった。ぼくは恵梨子に頼られているのが誇らしかった。

だが一瞬後に、ぼくは大変なことに気づいた。ぼくは〝奴〟の顔をありありと思い浮かべたのだ。忘れようにも忘れられない恐怖。ぼくの後を尾け、追いかけ回し、最後には鈍器で頭を何度も殴りつけた〝奴〟。〝奴〟こそ、恵梨子につきまとっているストーカーに違いない。

ということは、恵梨子は結局〝奴〟に殺されてしまったのだ。夢の中でいくらぼくが恵梨子を守っていても、現実を覆すことはできない。ぼくの手の届かないところで恵梨子はすでに殺され、そしてその心臓だけがぼくに移植された。ぼくはその辛い事実に打ちのめされ、果てしなく落ち込んでもおかしくなかった。

しかし、夢の中ではすべてが薄皮一枚被《かぶ》せたように現実感がなかった。過去と未来の記憶が入り交じっていることにも混乱せず、ぼくはただ周囲に注意を払っていた。なんとしても恵梨子を守らなければならないという使命感だけがぼくを動かし、他の思考には注意が向かなかった。今この瞬間、恵梨子がそばにいるということに満足し、頭をよぎる様々なことはどうでもよくなっていた。

ぼくたちは駅前の商店街を抜け、住宅地へと入っていった。賑《にぎ》やかな駅前から離れると、とたんに夜の暗さが強く感じられて、身が引き締まる。吐息が白くなるほど寒い気温も、いっそうぼくたちの警戒心を刺激した。恵梨子がまた、暗闇に怯えるように身を寄せてくる。ぼくは彼女の手を握った。

せっかく恵梨子と一緒にいるのに、ぼくはその幸福を味わっている余裕もなかった。話しかける言葉も、ふたりを包む緊張感の前には浮かんでこない。ただぼくは不器用に「大丈夫。ぼくが守るから」と声をかけただけだった。恵梨子はこちらを見上げ、そのときだけは顔の強張《こわば》りが解けてにっこりと笑った。

幸いにも、ぼくたちが歩いている道は人通りが少なくなかった。やはり帰宅する途中らしき人々が、前後を歩いている。警官を恐れて逃げる程度の分別を持っているならば、〝奴〟もこんなときに襲ってきたりはしないだろう。少なくとも、周りから人が消えないうちは、ぼくたちは安全だと思ってよさそうだった。

やがて、前方に鬱蒼《うっそう》と茂る木々が見えてきた。夜の闇の中では、ただの大木が不気味に見える。樹の間を縫うように、石段が上の方へと続いていた。石段の途中には、大きな鳥居が立っている。

「あの神社の前ももう、ひとりじゃ怖くて通れなくなっちゃったのよ」

恵梨子が嫌悪感を込めて、そう言う。確かに大木の陰は、何者かが隠れるには格好の場所だった。一応街灯が立っているものの、それで暗闇が完全になくなるほどではない。ふだんだったらどうということもないのだろうが、今はただの暗がりに怯えるほど臆病になっていた。

「大丈夫だよ。まだ人通りがあるから、万が一奴が襲ってきても、助けを呼べる」

ぼくが前後を見て言うと、恵梨子も同じように振り向いて確認し、頷いた。ぼくはこれほどまで恵梨子を怯えさせる〝奴〟を、心から憎んだ。

心配する必要はないと思いながらも、ぼくたちは神社からなるべく離れて、石段の前を横切った。しばし息を詰めるように身構えていたが、誰かが襲ってくる気配はない。木々から五十メートルほど離れたところでようやくぼくたちは息をつき、互いの顔を見た。思わず、安堵の笑みが漏れる。

そこを抜けてしまえば、後は警戒しなければならないような場所もなかった。ぼくたちは足早に先を急ぎ、恵梨子が両親と同居しているマンションまで辿り着いた。マンションはそれほど新しくはないので、エントランスはオートロックになっていない。まずぼくがエントランスを覗き込んでから、そこに誰もいないことを確認した。

「もうここまででいいよ。部屋まで行くとお父さんもいると思うから」

恵梨子はエントランスの自動ドアの前に立って、そう言った。だがぼくは、恵梨子の言葉を聞き入れなかった。

「まだ油断できないぜ。エレベーターに途中から乗ってくるかもしれない。ドアの前までちゃんと送らないと、安心して帰れないよ」

「……うん」

恵梨子は辛そうに首を振った。どうして自分がこんな目に遭わなければならないのかと、理不尽な思いに苦しめられているようだった。

ふたりでエントランスに入り、集合郵便受けの前を横切って、エレベーターのボタンを押した。すぐに、ケージは一階に下りてくる。警戒したが、そこには誰も乗っていなかった。

「さあ」

ぼくは促して、先に恵梨子を中に入れた。恵梨子は五階のボタンを押して、自分はケージの奥に下がる。ぼくも中に入り、ドアを閉めた。

案ずるまでもなく、エレベーターはあっさりと五階に到着した。ドアが開いても、誰かが侵入してくることはない。ようやくぼくの体は緊張から解放され、力が抜けた。

それでも、ぼくが先にエレベーターから出て、廊下の左右を見渡した。人影がないことを確かめて、恵梨子を呼ぶ。恵梨子の家のドアは、すぐ目の前だった。

「本当にありがとう。いやな思いをさせちゃったね」

恵梨子はぺこりと頭を下げる。ぼくはそんな恵梨子に、首を振って答えた。

「この程度のこと、どうってことないよ。これからも、ぼくが恵梨子を守ってやる。絶対だ」

「――ありがと」

力の籠ったぼくの言葉に照れたのか、恵梨子はぎごちない笑みを浮かべた。ぼくも、自分の言葉にばつが悪くなり、照れ隠しに頭を掻いた。

「じゃあ、またね。また今度」

恵梨子は軽く手を挙げ、ハンドバッグから鍵を取り出した。ドアを開け、体をするりと滑り込ませる。最後に目が合ったとき、ぼくもちょっとだけ手を振った。

「うん、また」

また必ず会おう。ぼくは心の中でそう呟いた。夢の中でしか会えなくても、ぼくはそれを楽しみにしている。せめて夢の中でだけは、君のことを守りたい。

ドアが閉まって恵梨子の姿が消えると、ぼくの眠りはそこで途切れた。恵梨子への思いは、言葉にならず消えた。

17

目覚めても、夢の中で起きたことのすべてを、ぼくははっきり憶えていた。時間が経ってあやふやになってしまうのが怖く、すぐにパソコンを立ち上げ、一部始終を文章にしておく。恵梨子と交わした会話のすべてを、ぼくは記録しておきたかった。

文章にしていて、すぐにおかしなことに気づいた。ぼくの夢によれば、恵梨子はストーカーにつきまとわれ、挙げ句鈍器で頭を殴られ殺されたはずだ。それなのにぼくに心臓を提供したドナーは、交通事故で亡くなったという。ではドナーと恵梨子は別人なのだろうか。とてもそうは思えなかった。手術から時間を経るにつれ、ぼくはますます自分以外の誰かが体の中にいるという思いを強くしている。その誰かとは、ぼくに心臓を提供してくれたドナーに違いないのだ。ならば、手術後に夢に見るようになった恵梨子が、そのドナーでなければおかしい。夢とドナーが無関係などということは絶対にないと、ぼくは強く確信していた。

では、風間先生がぼくに嘘をついているのだろうか。実際には、ドナーである恵梨子は殺人事件の被害者だったのに、ぼくには交通事故で死亡したと伝えたのだとしたら。その可能性を、ぼくは検討してみた。

どうして風間先生が嘘をつかなければならないのだろう。ちょっと考えただけで、すぐに思いつく常識的な解答がある。レシピエントであるぼくへの配慮だ。

もしドナーが殺人事件の被害者だったと知れば、レシピエントはどう思うだろう。決して愉快ではないはずだ。どうせ亡くなってしまったのだから、どのような死に方をしようと同じだ、というわけにはいかない。やはり殺人事件の被害者の心臓を移植されるよりは、交通事故死した人の方がまだしも心理的負担は少ない。風間先生はそういう判断で、ぼくに真実を告げなかったのではないか。この考えは、至極妥当なように思えた。

ぼくは如月が置いていってくれた恵梨子の似顔絵を取り出し、眺めた。画用紙には、恵梨子の特徴が余さず描き出されている。決して突出した美人というわけではないが、豊かな表情は誰よりも魅力的だ。ぼくは似顔絵を見ているだけで、自分の中から恵梨子への強い思いが湧いてくるのを感じた。これほどひとりの人に気持ちを占められてしまったことなど、かつて一度もないことだった。

だがこの思いは、ぼくを辛くさせた。ぼくは恵梨子に恋している。だがそれは、絶対に成就することのない空《むな》しい恋なのだ。自分の心臓に恋してしまった道化師。それがぼくだった。

ぼくは現実の女性とうまく付き合えないせいで、自分の心の中にしか存在しない幻の女性を好きになってしまったのだろうか。そう考えると、何もかもが馬鹿馬鹿しくなってくる。人を好きになる感情は錯覚だなどというシニカルな意見もあるが、ぼくのこの気持ちこそまさに錯覚ということになるだろう。ぼくは錯覚を胸に抱いて、いつまでも幻想の恋愛を続けていくのだろうか。

そんなことを考えているときに、朝の検温のために芳野さんが病室に入ってきた。芳野さんはいつもどおりの明るい声で、「今日はお加減はいかがですか」と訊いてくれる。ぼくは慌てて画用紙を隠し、「ええ、調子いいですよ」と答えた。

「あれ？　それ、なんですか」

芳野さんはぼくが隠した画用紙を目敏《めざと》く見つけて、いたずらっ子のように目を輝かせた。ぼくはどう答えたものか迷って、少し狼狽《ろうばい》した。

「いや、これは、その、友達が描いてくれた似顔絵で……」

「ああ、この前お見舞いに来てた如月さんでしょ。和泉さんの似顔絵ですか」

「そうじゃないんだけど……」

「見せてくれません？　見たいな」

「ぼくの似顔絵じゃないんですよ」

「じゃあ、誰の？」

芳野さんは無邪気に尋ねてくる。ぼくはどうにも返事に窮し、諦めて折り畳んだ画用紙を広げた。

「あら。女の人じゃないですか。和泉さんの彼女ですか」

「そんなわけないでしょう。彼女がいたら、見舞いに来てますよ。そうじゃなくて、夢に出てくる人なんです」

「夢に？　夢に出てくるほど好きな人なんですか」

女性は人の恋愛の話も好きなのだろうか。芳野さんと言葉を交わせることは嬉しいが、しかしこの話題にはあまり触れられたくなかった。仕方なく、本当のことを話す。

「ぼくの知らない人なんです。でも、手術を受けてから二度、この人の夢を見たんですよ。ぼく、この人がドナーなんじゃないかと考えてるんですけど」

「ドナー？　この女性が和泉さんに心臓を提供したってことですか」

「そうです。そんなふうに思えてならないんですよ」

「どうしてです？　ドナーが夢に出てくるっていうんですか？」

「ええ、まあ」

あまり追及されても、論理的に答えることなどできない。恵梨子がドナーだと考える根拠は、単なる直感でしかないのだ。この感覚を他人に説明するのは難しい。

「ドナーと夢で会えるっていうのは面白い話だけど、でもあんまり現実的じゃないですよね」

案の定、芳野さんは信じてくれない。当たり前の反応なので、ぼくは特に腹も立たなかった。ふと思いついて、別の角度から質問を向けてみる。

「前にも、心臓移植のレシピエントを担当したことあるんですよね。その人は、そういうことを言ってなかったですか？」

「ドナーのことを夢で見たかどうか？　ううん、そんなことは言ってなかったわ。退院するまでけっこうお話しする機会があったけど、でも一度もそういうことは」

「そうですか。そうでしょうね」

ぼくは少し失望したが、あまり面《おもて》には出さないように気をつけた。強く主張しすぎて、変な奴だと思われるのもいやだ。まして、夢の中の女性に恋してしまったなどとは、口が裂けても言えない。他の人ならまだしも、芳野さんだけにはそんな馬鹿馬鹿しい感情を知られたくなかった。

如月が指摘したとおり、芳野さんは確かに恵梨子と面差しが似ていた。常識的に考えれば、芳野さんに対する淡い好意が、ぼくに恵梨子の夢を見させたのかもしれない。そんなことでないのはぼく自身がよくわかっていたが、存在しない女性にこだわり続けるような寂しい真似はしたくなかった。

ぼくは芳野さんが好きなのだろう。初めて会ったときからかわいい人だと思っていたし、言葉を交わすにつれそんな印象はますます強くなっている。芳野さんとならぼくは、こうして自然に会話することができるのだ。気持ちを向けるなら、夢の中にしかいない恵梨子などではなく、今目の前にいる芳野さんにするべきではないのか。

幸いぼくは、手術を受けてからずっと、生まれ変わったような感覚を味わっている。今のぼくは、手術前のぼくとは違うのだ。今ならば、自分の気持ちを伝える勇気が出せるかもしれない。退院したらそれっきりになってしまうのだから、病院にいるうちに芳野さんともっと親しくなろう。そう密かに心に決めた。

「ドナーは交通事故で亡くなったって、風間先生はおっしゃってましたよね。それは間違いないんですか」

ぼくは内心の決意はまだ抑えておいて、質問を切り替えた。芳野さんへの接し方とは別に、自分の身に起きているこの現象への興味は捨てられなかった。

「えっ、どうしてですか？　そういうふうに聞いてますけど、何か疑問がありますか？」

「まさかとは思いますけど、もしかしてドナーは殺人事件の被害者で、ぼくがそう聞いたら不安に思うんじゃないかと判断して事実を言ってないんじゃないですか」

「そんなことはないですよ。あたしは、ドナーは交通事故で亡くなったって聞きましたよ。摘出手術はこの病院で行われたわけじゃないですけど、だからって間違った情報が伝わってくることは絶対にないです」

「そうですか」

　釈然とはしなかったが、そこまで強く言われては引き下がるしかなかった。ぼくの中には確固とした確信があるのに、様々な常識がそれを否定する。そしてその否定を覆す論拠を、ぼくは持ち合わせていないのだった。

　ぼくが経験している不思議は、誰も理解してくれないかもしれない。そのときになって初めて、ぼくは諦めを覚えた。

18

　入院日数三十日目にして、ついに退院の日が決まった。このまま何事もなければ、あさって退院できるそうだ。ぼくはそれを聞いて、心の八割では喜んだが、残り二割で焦りを覚えた。あと二日しか時間が残されていないにもかかわらず、ぼくはちっとも芳野さんと親しくなれずにいたのだ。

こういう場合、どうやって自分の気持ちを伝えたらいいのか、ぼくはさっぱりわからない。単刀直入に、退院後も会って欲しいと頼むべきか、それとも何か口実を作って誘った方がいいのか。経験の乏しいぼくには、何が最善なのか見当がつかなかった。

まずいことに、芳野さんを強く意識するようになってから、ぼくは自然に話しかけることができなくなっていた。せっかく芳野さんが検温にやってきても、事務的に体温を測ってそれを伝えるだけで終わってしまう。芳野さんの方はこれまでと変わらず優しい態度でいてくれるのに、なんとも情けないことだ。このままでは手術前と何も変わらないではないかと思うと、どうにも焦って仕方なかった。

その日、また如月が病室に顔を出してくれた。ふだん、そんなに友情を感じているような素振りを見せない如月だが、見舞いに来てくれるのもこれで三度目だった。一度でも見舞ってくれれば嬉しいのに、三度も来てくれるとは驚かされる。ぼくの方から一方的に友情を感じていたわけではなく、如月もまたこちらのことを気にかけてくれていたのだとわかって、密かに感激した。だがもちろん、そんなことは面に出さない。少しでも感謝する様子を見せれば、いつまでも恩に着せられるのがわかっていたからだ。

今日は真っ赤な革ジャンにホワイトジーンズと、如月にしてみれば比較的おとなしい服装だった。ぼくが二日後に退院することになったと伝えると、「ほう」と声を上げる。

「よかったじゃないか。結局、拒絶反応も出なかったな。これで取りあえずひと安心か」

「そうだね。期待していた以上に順調なんで、自分でもびっくりしてる」

それがぼくの偽らざる本音だった。ぼくは自分の急速な変化に戸惑い、未だに慣れずにいる。体はどんどん元気になっていくのに、心がそれについてゆけずあたふたしているような状態だった。

ぼくがそんな自分の心境を語ると、如月は意外にも興味深そうな顔で聞いている。「それは貴重な体験だ」などと、羨ましげにすら聞こえる口振りで相槌《あいづち》を打った。そんな真剣な如月の反応を見ているうちに、ぼくは自分の体感を打ち明けたくなった。

「この前、夢の話をしただろ。知らない女の人のことを夢に見たり、自分が殺される夢を見たりしたって。あのときお前、その夢はぼくの心臓が記憶していることじゃないかって言ったよな。あれ、冗談じゃなくって、本当のような気がするんだ」

「どうして？」

「なんとなくだけどさ……。そう感じるんだよ」

「面白いじゃないか」

如月はようやくにやりと笑うと、指を立てて「そもそも」と言い出した。

「そもそも、人間の心はどこに存在するのかという疑問は、現代の医学をもってしても解明されていない謎だ。かつては脳のどこかの部位に存在していると考えられていたが、どこをどう探しても心を司る部分は見つからなかった。今では心の動きは、脳内の電気信号ということで一応落ち着いている。どこかに存在するものではなく、刹那《せつな》的に現れては消える信号だというわけだな。だが理屈ではそうだと言われても、実際にはなかなか納得しがたい。心、つまり意識は、自分の存在そのものだからな。自分自身はどこにも存在せず、ただの電気信号なのだと説明されても、釈然としないのは当然だ。だから今でも、どこかに心が存在すると信じて人体を調べている学者もいる。お前の体験は、そんな学者にぜひとも聞かせてやりたい話じゃないか」

「じゃあ、人間の心は心臓にあるって言うのか」

「かつては長い間、そう信じられていたよな。英語でハートといえば、心臓と同時に心をも指す。どんな文化背景を持っている人種でも、心は胸の中、すなわち心臓の辺りに存在するという体感を持っているものなんだ。心はどこにあるんだろうと素朴に考えたとき、胸を指差したくなる気持ちは馬鹿にしたものじゃない。目がどこにあるか、胃がどこにあるかといったことがとっさにわかるように、人間は心が胸の中にあることを無意識のうちに悟っているんじゃないかな」

「でも、心臓は単なる筋肉の束に過ぎないんだろう。心臓の筋肉だけが特別だという話も聞かない。そんな内臓のひとつが、どうして人間の記憶を留《とど》めておけるんだろう」

「そりゃあわからんな。心臓の組織に記憶が存在するんじゃなく、血液にその秘密が隠されているのかもしれないし。もし血液に記憶が蓄積されるんなら、心臓移植で記憶まで移るわけないか。あ、そりゃないか。輸血しただけで記憶が移るはずだもんな」

如月は自分の言葉を自分で否定する。ぼくは彼のさらなる説明を待ったが、もう他に思いつくことはないようだった。

「でもな、ぼくが夢で見ることが、心臓に残っていた記憶だとしたら、おかしなことがあるんだよ。ぼくは誰かに追いかけられて殴り殺される夢を見た。それなのにぼくに心臓を提供してくれたドナーは、交通事故で死んでるんだ。これはいったいどういうことなんだろう」

ぼくは自分の疑問をそのままぶつけてみた。如月なら何か面白いことを言ってくれるのではないかと思ったのだ。だが如月は、こちらの期待など知らぬ顔で、「なんだ」と露骨にがっかりした声を上げた。

「そうだったのか。じゃあ、やっぱり心臓の記憶っていう考えが間違ってるんじゃないの？いくらお前が言い張ったって、事実と矛盾してるんじゃしょうがないじゃないか」

「そうなんだけどさ。でもぼくは、心臓に残っている記憶が夢となって表れるっていう確信があるんだよ。これは理屈じゃないんだ。わかってもらえないかな」

正確に言えば、それは記憶ではないのだろう。ぼくは夢の中で、恵梨子と会っているのだから。心臓に残っているのは、恵梨子の残留思念とでもいうべきものだ。その思念が、ぼくに何かを伝えているのではないか。そう、ぼくは解釈していた。

如月はぼくの表情をまじまじと見て、軽く肩を竦めた。その口調は、先ほどまでの面白がっている口振りとは変わっている。

「まあ、そんな主張では普通、理解してもらえないだろうなぁ。現実にドナーの死因が違うんなら、やっぱり気のせいとしか考えられないじゃないか。しょせん夢は夢だ。おれもな、高校の頃だけど、人を殺す夢を見たことがある。小野《おの》って奴がいただろ。クラスで一番背が低かった奴。あいつのことをおれは、夢の中で殺したんだ。それも普通の殺し方じゃない。前髪を摑んで、がんがんと後頭部を地面に叩きつけて殺したんだ。おれは自分の見た夢が恐ろしかったよ。別に小野が嫌いだったわけじゃないんだぜ。どっちかっていうと、けっこう仲良くしてただろ。それなのにおれは、そんな不気味な夢を見たんだ。自分でも気づかないだけで、心の底では小野のことを嫌っているんじゃないかと考えた。でもそんなことは絶対になかった。小野のことは小指の先ほども嫌っちゃいなかったと、おれははっきり言い切れるよ。つまりな、夢なんてのはそんなものなんだよ。もともと辻褄《つじつま》が合わずに、理不尽なのが夢なんだ。夢解釈なんて、おれはぜんぜん信じちゃいない。深層心理が夢に出てくるっていうんなら、おれは小野を殺したいと願っていたことになっちゃうからな。だからお前も、手術の後で興奮してて、たまたま妙な夢を見たってだけさ。そんなに気にすることじゃない」

如月は汚いものでも吐き捨てるように、一気に言った。如月とは長い付き合いだが、そんな話は初めて聞いた。確かに小野はいい奴で、誰かから憎まれるような性格ではなかった。変人の如月とも、普通に接していたように思う。それなのにそんな夢を見たのだったら、確かに気分が良くないだろう。ぼくは如月が味わっただろう不快な気分を、よく理解することができた。

「いやなことを話させちゃったな。お前の言うことももっともだよ。夢なんて筋が通らないものだってのは、言われてみればそのとおりだ。でも、急に絵がうまくなったり、クラシック音楽が好きになったりするのは、どういうことなんだろう。それは夢じゃなくって、れっきとした事実なんだぜ」

「うーん、先生に訊いてみれば？　専門外のおれにゃよくわからんな」

ぼくのしつこさに呆れたのか、如月はあっさりと匙《さじ》を投げてしまった。不愉快な思い出まで聞かせたのに、ぼくが納得しなかったのが面白くないのかもしれない。やっぱり理解してもらえないかと、ぼくも引き下がることにした。

　話題が途切れて気まずい雰囲気になりかけたちょうどそのとき、いいタイミングで芳野さんが病室に入ってきた。如月は芳野さんの方を見ると、「やあ」と気安く声をかける。芳野さんも、気さくな口調で「こんにちは」と応じて微笑んだ。

「またお見舞いですか。仲がいいんですね」

「腐れ縁ですよ」

　如月はにこりともしないで憎まれ口を叩く。ぼくは横で聞いていて苦笑した。如月の口の悪さは、今に始まったことではない。

「和泉さん、あさって退院できることになったんですよ。よかったですよね」

　この前少し会っただけなのに、よほど印象が強かったのか、芳野さんは積極的に如月に話しかけていた。如月の方はいつもの調子で、「いいんだか、悪いんだか」などと言う。

「えっ、どうしてですか？」

　芳野さんは如月の言葉に目を丸くする。如月は真顔で続けた。

「せっかく美人の看護婦さんに看病してもらっているのに、退院するのはもったいないじゃないですか。こいつはこの先、こんないい思いをすることは二度とないでしょうからね」

　如月は冗談で言っているのだろうが、あまりにこちらの心情を的確に指摘しているので、どぎまぎしてしまった。芳野さんはまた声を上げて笑って、「冗談ばっかり！」と如月を軽く叩くような真似をした。

　如月がいたお蔭で、短い時間だったが芳野さんともあれこれ話すことができた。ぼくの体温を記録して芳野さんが出ていった後、その後ろ姿を目で追いながら、ぼくは如月に尋ねた。

「なあ、あの看護婦さん、いい人だと思わないか」

　すると如月は、思いもかけず複雑な表情を浮かべた。困ったように顎を触ると、「お前、あの人に気があるのか？」と尋ね返してくる。

「それだったら、ちょっと申し訳ないことをしたかもしれない。お前がそんなふうに思っているとは、ぜんぜん気づかなかったんでな」

「どういう意味だよ」

　如月が何を言い出したのか、ぼくはすぐにはわからなかった。ぽかんとした顔で如月のことを見ていたと思う。如月はばつが悪そうに、「実はな」と言った。

「あの人、高校の頃は美術部に入ってたそうだ」

「えっ？　なんでそんなことを知ってんだよ」

　ほとんど毎日芳野さんに会っているぼくでさえ、そんなことは知らなかった。それを、今日を含めて三度しか会ったことがない如月が、なぜ知っているのか。ぼくはいやな予感を覚えた。

「自分で言ったんだよ。初めて見舞いに来たとき、帰り際に廊下で出くわしてさ。おれが美大に通ってるって話をしたら、羨ましがるんだ。絵の才能があったら、看護学校じゃなく美大に行きたかったんだって。それで、美大生の生活に興味を持ったらしくてさ、あれこれ話しているうちに、今やっている美術展に行こうってことになって、この前一緒に行ったんだ」

途中からぼくは、半分呆然としながら聞いていた。ショックを受けたわけじゃない。ああ、やっぱりこんなものかと、得心する思いを味わっていたのだ。ぼくが誰かを好きになっても、相手が振り向いてくれるわけなどなかった。そんな当たり前のことをいまさら思い知って、ぼくは気落ちしていた。

「お前が気があるって知ってたら、絶対一緒に美術展になんか行かなかったんだけどさ。でも、付き合ってるとかこれから付き合い始めるとか、そういうんじゃないんだぜ。だからお前がその気なら、応援するけど」

如月にしては珍しく、言い訳するような口振りだった。ぼくは笑い出したくなって、ゆっくり首を振った。

「いや、いいんだよ。どうも芳野さんは、お前に興味があるようだからな。ぼくに遠慮することなんかないよ。芳野さんはいい人だから、付き合うんならぼくも強く勧めるぜ」

自分で聞いても、やけになって強がっているような台詞だった。だが実際には、そんなつもりはなく掛け値なしの本心だった。如月は奇抜な服装にばかり目を取られるのでなかなか気づきにくいが、これでけっこういい男である。芳野さんとなら似合いのカップルだった。

「参ったな。こんな言い方をしたらお前にも彼女にも悪いけど、本当にそんなつもりはないんだ。美術展に一緒に行ったのも、たまたま見たかったからで、深い意味はなかったんだよ。お前もおれの性格は知ってるだろう」

確かに如月は、昔からあまり女性に興味を示さなかった。彼は女性を見ても、恋愛の対象としてではなく、被写体としか捉えないのだ。そんな男が、女性に恋愛感情など持てるわけがない。ぼくも如月も女性と縁がない暮らしを送っているのは同じだったが、その意味合いは大きく異なっているのだった。

如月が心底困っているようなのを見て、ぼくは肩の力が抜けた気がした。本当に芳野さんが好きだったのかと、密かに自問してみる。ぼくはただ、新たに得た生を有効に使いたくて、取りあえず手近な恋愛に飛びついただけなのではないだろうか。自分が以前とは違うことを証明したくて、芳野さんをただの手段としてはいなかったか。そうではないと強く言い切れるだけの自信が、ぼくの中には存在しなかった。

馬鹿な真似はしなくてよかった。ぼくは心底そう思った。芳野さんを誘って断られるくらいは、どうということもない。そんなことではなく、彼女のように立派な仕事をしている女性をこちらの都合で煩わせるようなことだけは、してはならなかったのだ。すんでのところでそれに思い至り、ぼくはホッとしていた。

生まれ変わったように感じること自体は、悪いことではないだろう。しかしそれに浮かれて、他人に迷惑をかけるような真似は、絶対にしては駄目だ。ぼくは退院前に、熱くなっていた頭を冷やせたことをありがたく思った。退院の際には、芳野さんに心からの感謝の気持ちを伝えようと決めた。

「なんだか退院するのが楽しみになったよ」

「は？」

ぼくの唐突な言葉に、如月は戸惑っているようだった。そんな表情を見てぼくは、思わず声を上げて笑った。

19

退院の日には、母さんの他に移植コーディネーターの浜田さんが来てくれた。浜田さんと会うのは、手術が成功した後に一度顔を出してくれたとき以来だ。エネルギッシュな浜田さんは、今日も分刻みのスケジュールをこなしているかのようにせかせかと病室にやってきて、退院の準備を手伝ってくれた。

「浜田さんには本当にお世話になりました」ぼくは改めて、頭を下げた。「こんなふうに退院できる日が来るとは、正直言って思ってませんでした。手術を受ければ元気になると頭ではわかってても、実は信じてなかったみたいです。発作が起きない生活に、まだ慣れないくらいですよ」

小太りの浜田さんは、顔の輪郭がコンパスで描いたように丸い。そんな福相をくしゃっと縮ませて、浜田さんは微笑んだ。

「あたしのできることなんて、ほんのわずかなことよ。感謝するなら手術をした先生たちと、それからドナーになさい」

そう言っている間も、手許はぜんぜん休んでいない。ぼくと母さんのすることなど、ほとんどないくらいだ。

ぼくは浜田さんの言葉をいい機会と、ドナーについて尋ねてみることにした。ドナーのことを一番詳しく知っているのは、看護婦さんでも風間先生でもなく、この浜田さんなのだ。訊かずに済ます手はなかった。

「そのドナーなんですけど、本当に交通事故で亡くなられたんですか？」

「えっ、なんで？　そう説明されなかった？」

「されましたよ。でも本当はそうじゃないんじゃないかって、ぼくは考えてるんです」

「どうしてよ」

　浜田さんは心外そうに口を尖らせる。ぼくは夢の話をしようか瞬時迷って、結局黙っていることにした。ぼくだけが感じている恵梨子の存在は、誰に説明してもわかってもらえないと判断したからだ。

「なんとなくです。ドナーは本当は、誰かに殺されたんじゃないんですか。そんなふうに言ったらぼくが気味悪がると思って、交通事故で死んだってことにしてるんでしょ」

「何言ってるの、あなた」横から母さんが、怪訝そうに口を挟む。「浜田さんや先生が嘘をつく必要なんてないでしょ」

「ごめん。母さんはちょっと黙っててよ。理由は後で説明するからさ」

「変な子ね」

　母さんはむっとしたように、そのまま口を噤《つぐ》んだ。ぼくは改めて、浜田さんに顔を向ける。

「ねっ、そうなんでしょ。隠さないでくださいよ。別にドナーが殺人事件の被害者でも、ぼくはなんとも思いませんから」

「どうしてそんなふうに考えたのかわからないけど、先生は嘘なんか言ってないわ。どこでどういうふうに事故に遭ったのか説明はできないけど、ドナーは本当に車に撥《は》ねられて亡くなったのよ」

「そうなんですか」ぼくはそれでも納得せずに食い下がった。「じゃあ、ドナーの名前はなんていうんですか」

「それは教えられないって、手術前にきちんと説明したでしょ。忘れたの？」

「忘れてませんよ。でも知りたいんです。名前だけでいいから、教えてくださいよ」

「駄目。教えられない理由には、納得したんじゃなかったの。いまさらそんなことを言われても、困るわ」

ようやく浜田さんは、手を休めてぼくのことを見た。だだっ子を窘めるように、こちらを軽く睨《にら》む。ぼくはそんな浜田さんの反応を窺いながら、ずばりと切り込んだ。

「ぼく、ドナーの名前を知ってますよ。当ててみましょうか」

「えっ？　どうして」

浜田さんは驚いたように目を瞠《みは》る。ぼくは浜田さんの表情の変化を、一瞬たりとも見逃すまいと気をつけた。

「ドナーの名前は恵梨子でしょ。恵む梨の子。違いますか？」

ぼくは相当自信を持ってそう言ったつもりだった。だが浜田さんは、子供の冗談を受け流すように笑っただけだった。

「違うわよ。外れ。どこでそんな名前を仕入れたのよ」

「違うんですか。ごまかさないでくださいよ。そんなはずはないんだ」

ぼくは浜田さんがとぼけているのだと思った。だが浜田さんは嘘をついているようには見えなかった。動揺した様子もなく、涼しい顔をしている。

「違いますって。嘘じゃないわよ。本当のことを教えてあげられないのが残念だけど」

「ほら、もういいでしょ。そろそろ時間よ。遅れちゃうわ」

焦《じ》れたように母さんが言った。時計を見ると、記者会見の時間が迫っている。ぼくは釈然としない思いのまま、引き下がらざるを得なかった。

「わかったよ。じゃあ、行きましょうか」

そう言って、ベッドと壁の間に挟んであった、恵梨子の顔を描いた画用紙を取り出した。そしてそれを、未練がましく浜田さんに見せる。

「ドナーはこういう顔だと思うんですけど」

「まだ言ってるの」

母さんがうんざりしたように吐き捨てたが、浜田さんの反応は違った。最初はただぼんやりと絵を見ているだけだったが、やがて目に軽い驚きが浮かんだ。少なくとも、ぼくにはそう見えた。

「やっぱり、ドナーはこの人なんですね。そうなんでしょ」

「違うわよ。本当に違うわ」

だがすぐに浜田さんは、一瞬の動揺を押し隠して首を振った。以後はいくら尋ねても、知らないの一点張りだった。ぼくは母さんに急かされて、追及の手を休めなければならなかった。

それでもぼくは、確かな手応《てごた》えを得ていた。浜田さんはこの絵を見て、わずかながら反応を示した。それは恵梨子の顔を知っていたからに違いないのだ。日を改めて、このことは詮索してみよう。そう、心に決めた。

20

記者会見は、病院と並んで建っている関東医大の管理棟にて行われた。本当はそんなものに出たくはなかったのだが、社会的に関心の高い手術を受けた者の義務として、やむを得ず承知した。ぼくは雑菌の感染を恐れるという理由で、大きなマスクをして会見場に赴いた。本当は全国的に顔を知られたくなかったからだ。

記者たちには、ぼくの名前を出さないようにと頼んでおいた。和泉麗の息子ということは知られてしまっても、それ以外のプライバシーまで明かすつもりはない。患者側のそうした要求は珍しくもないことなので、マスコミは簡単にぼくの要求を呑んでくれた。

記者会見場には、十五人ほどの記者が集まっていた。通信社、新聞社、テレビ局のスタッフ、それと週刊誌の記者だった。手術を終えての感想とか、臓器移植についての意見とか、ありきたりの質問が向けられた。ぼくはそれらに対し、無難な答えを返しておいた。緊張はしていたが、舞い上がるほどではなく、冷静に答えられたと思う。十五分ほどの記者会見は特に面白いものではなく、横に和泉麗が坐っていなければ記事にもならなかったかもしれない。仮にテレビで報道されても、見た人がすぐに忘れてしまうだろうことは間違いなかった。

記者会見場には、紙谷さんも来ていた。紙谷さんは特に質問の声を上げなかったが、ぼくと記者のやり取りを熱心にメモしていた。今日の様子も、紙谷さんの長編ルポには盛り込まれるのだろう。ぼくは会見がお開きになると、すぐに彼の許に向かった。

「紙谷さん、来てくれてたんですね」

「うん、晴れの退院の日だ。知らん顔しているわけにもいかないからね。車で来たから、君の自宅まで送っていくよ」

「そんな、申し訳ないですよ」

ぼくは遠慮したが、紙谷さんは「いいから、いいから」と言う。

「ねえ、先生。タクシーを拾うより、その方がいいでしょ」

「そうね」

ぼくの後ろにいた母さんは、遠慮するつもりなど最初からないようだった。あっさりと頷いて、紙谷さんの厚意に甘える。ぼくは母さんの分まで含めて、「すみません」と頭を下げた。

それからふたたび病棟に戻り、風間先生や看護婦さんたちに改めて礼を言った。忙しそうな風間先生は、いつもどおり感情を面に出さず、「気をつけて」と短く言っただけだった。芳野さんや立花さんを始め、ぼくが世話になった看護婦さん全員が揃《そろ》って拍手してくれる。ぼくは胸がいっぱいになって、ろくに礼の言葉も言えなかった。ひとりひとりに頭を下げ、感謝の意を伝えた。

「風邪なんてひかないようにしてくださいね」

芳野さんはぼくに、そう声をかけてくれた。ぼくは「ええ」とかろうじて答えた。

「気をつけます。本当に、お世話になりました」

これで二度と会えなくなるわけではなく、ぼくはこれからも通院を続けなければならないのだったが、それでも自分にとってはひとつの別れのつもりだった。芳野さんはこちらの内心など知らずににこにこしているが、ぼくは充分に満足だった。ありがとうと、心の中で何度も繰り返した。

最後に、浜田さんがぼくに花束を渡してくれて、ちょっとしたセレモニーは終わった。看護婦さんたちに見送られてエレベーターに乗り、一階に下りる。病院の正面玄関を出たときにぼくは、外の空気を胸いっぱいに吸ってみた。これが、ぼくの人生の新たなスタートなのだと考えた。

「じゃあ、あたしはここで失礼しますね。何か困ったことがあったら、いつでも相談に乗りますから、遠慮なく連絡してください」

浜田さんはタクシーを摑まえて、そう言った。せっかちな浜田さんは、言い終わる前にもうタクシーに乗り込んでいる。ぼくと母さんの礼もろくに聞かぬまま、そのまま走り去ってしまった。

「あの人、いい人なんだけど忙《せわ》しないわね」

小さくなるタクシーを見送って、母さんがぽつりと言った。その論評があまりに的確なので、ぼくは思わず笑ってしまった。心臓のことなど気にしないで、笑いたいだけ笑うのはとてつもなく気持ちよかった。

ぼくたちは駐車場に向かい、紙谷さんが出してくれた車に乗った。そのまま、目黒にある自宅へと向かう。マンションまでの道のりは、説明するまでもなく紙谷さんが心得ていた。

ぼくと母さんはただ、何もせずに車に揺られているだけでよかった。

「さっき記者会見で、生まれ変わったような気分だって言ってたよね。それはリップサービスじゃなくって、本当なの？」

ハンドルを握りながら、紙谷さんがそう尋ねてきた。ぼくは身を乗り出して、「ええ」と頷く。

「本心ですよ。今のぼくは、手術前のぼくとは別人のような気がしますよ。これまでは消極的な性格が自分でもいやだったんだけど、それも改められるんじゃないかと思ってますし」

「へええっ、そんなふうに感じるのか。でも、それはよかったね」

「ええ。こうなったら、早く大学に復学したいですよ。それで卒業までに、自分に何ができるのかをじっくり見極めたいんだ。せっかくもらった命だから」

「ふたり分の命、というわけだね」

紙谷さんは抽象的な概念でそう言っているのだろうが、ぼくはその言葉をまさしく実感していた。ぼくの中にはもうひとりの人物がいる。その人のために何ができるか、それもゆっくり考えたかった。

「ところで、さっき浜田さんに訊いていたことは何よ。ドナーの死因に疑いでもあるの？」

母さんはぼくと紙谷さんの話が一段落すると、質問を向けてきた。ぼくは紙谷さんの耳を気にし、説明したものか迷ったが、いずれは話さなければならないことだろうと決心した。信じてもらえる、もらえないは別にして、このふたりには自分の体に起きている不思議を知っておいて欲しかった。

「ぼくは今から突拍子もないことを言うけど、頭から馬鹿にしないで聞いてくれる？　そうじゃなきゃ、言わない」

「何言ってるの。あたしがあなたを馬鹿にしたことなんて、これまで一度でもあった？」

心外そうに母さんは顎をしゃくる。確かに言われてみれば、母さんはぼくが小さい頃から、こちらの意思を尊重してくれていた。子供のことだからと割り引いて考えられたり、適当に聞き流された記憶はない。「そうだね」とぼくは頷いて、最初からすべてを説明した。その間、母さんはもちろん、紙谷さんもひと言も発言せずに聞いていた。どの程度信じてもらえているのかは、まったく窺い知れなかったが。

「……それで、今でもドナーは殺されたと思っているわけ？」

長いぼくの話を聞き終え、母さんはまずそう尋ねた。ぼくは一瞬考え、首を傾げる。

「わからない。看護婦さんも浜田さんも、ドナーは交通事故で亡くなったって言ってるからね。浜田さんたちがぼくに気を使って嘘をついている可能性もあるんだけど、どうもそんな感じでもなかったし……」

「夢に出てくる女の人の名前が、〝恵梨子〟だっていうのは間違いないの？」

「間違いないよ。それは断言できる」

　夢など見たそばから忘れてしまうものだが、恵梨子の顔と名前だけは絶対に忘れそうにならなかった。それだけに、浜田さんにドナーの名前は恵梨子じゃないと否定されたときには、そんなはずはないとかなり驚いたのだ。今でもぼくは、浜田さんの方が勘違いしているのではないかと疑っている。

「じゃあ、ドナーの名前さえわかれば、あなたの言っていることが本当かどうか、はっきりするってわけね」

「そうなんだけど、でも浜田さんに訊いても教えてくれないからね。もちろん病院でも教えてくれなかった」

「調べればいいじゃない」

「どうやって？　探偵でも雇えっていうの？」

「そうじゃなくって、ドナーの名前くらいは簡単に調べられるでしょ。だって、死亡した日時がわかってるんだから、新聞で該当する死亡記事を見れば一発じゃない」

「あ……、そうか」

考えもしなかったことを言われ、ぼくは呆然とした。そんな簡単にドナーの名前が判明するとは、盲点だった。確かに、それならばわざわざ探偵など雇わなくても、ぼくひとりで調べられる。インターネット上にある新聞社のサイトにアクセスし、一カ月前の記事を検索すればいいのだから。

「交通事故で亡くなったのなら、小さくっても記事になるわよね、紙谷さん」

母さんは運転席に向かって声をかける。紙谷さんは前を向いたまま、「ええ」と頷いた。

「関東圏の事故なら、関東の新聞には載るはずですよ。仮に同じ時刻に複数の事故があっても、ドナーの年格好はわかってるんでしょう。それで絞り込めるはずです」

「そうだね。さっそく調べてみるよ」

ぼくはわくわくする思いで言った。なんとなく、心臓も喜んでいるような感覚があった。

「ぼくが調べてあげてもいいけど、自分で調べる？」

紙谷さんがそう言ってくれる。ぼくはその厚意には感謝しつつも、遠慮した。

「ええ、自分で調べてみます。ぼく、自分の体に起きている現象を自力で解明してみたいんですよ。この不思議な感覚は、誰に説明しても信じてもらえなかったんだ。だから、意地でも自分で解き明かしてみせる」

「信じないなんて言ってないじゃない」ふたたび母さんは心外そうな声を上げた。「あなたの体験に対しての感想は、ひと言も言ってないつもりだけど」

「じゃあ、信じてくれるの？」

「まだ結論は出せないわ。だって、データ不足だもの」母さんは、いかにも母さんらしい割り切ったことを言う。「そうでしょ。あなたがそんなふうに感じるには、心臓の記憶なんていうことを持ち出すまでもなく、なんらかの科学的説明が付けられるのかもしれない。あらゆる可能性が否定された後じゃないと、信じるとも信じないとも言えないわ」

「紙谷さんはどう？　ぼくの体験は勘違いや錯覚だと思う？」

意見を求めると、紙谷さんは「うーん」と言って首を捻った。

「あまり思いがけないことを聞かされたんで、正直びっくりしてるよ。まだ判断がつかない。もちろん、和泉君が嘘をついていると思ってるんじゃないよ。君が感じていること自体は事実だと思う。でも、ぼくも先生と同意見で、すぐに心臓の記憶という結論に飛びつくことはできないな」

「それはもっともです。ぼくも、自分の言うことをそのまま鵜呑《うの》みにして欲しいわけじゃないんですよ。ただ、頭から否定しないで、そういうこともあるかもしれないと思って欲しいだけなんだ。そういう気持ち、わかってくれます？」

「わかるよ。それに、いやらしい言い方をしてしまえば、非常に興味もある。君が自分の体験について調べたいんなら、ぜひ手伝わせて欲しい。これは、ぼくの方からお願いしたいくらいだ」

「わかりました。ありがとうございます」

少なくともぼくは、一緒に考えてくれる人をふたり得られたわけだ。それが嬉しくて、手術以来の悶々とした気持ちが少し晴れたように感じた。

21

マンションに着くと、紙谷さんは荷物を運ぶのだけを手伝って、そのまま帰ってしまった。ずいぶん引き留めたのだが、ぼくの体調を気遣ってくれたようだ。日を改めて話を聞かせて欲しいと言うので、ぼくも無理強いはしなかった。母さんはいつもの調子で、「助かったわ」などと言うだけで引き留める素振りすら見せなかった。

紙谷さんが帰って母さんとふたりきりになると、生きて帰ってきたんだという実感が湧いてきた。一カ月前には、ここに帰ってくることはないかもしれないと思い定めて家を出たのだ。あのときの覚悟は、ぼくにとって大きいものだった。おそらくこれから生き続けていく上で、大切な経験になることだろう。それだけに、人生最大の賭《かけ》に勝ってこうして帰ってきたことに、ぼくは心の奥底が震えるような感動を味わっていた。

「帰って……きたんだな」

無意識のうちに、思いを言葉にしていた。リビングに立ったまま、初めて来た場所のようにずっと部屋を眺めている。ぼくにとってここは、見慣れた光景であると同時に、感慨を呼び起こす懐かしい部屋でもあった。遥か昔に住んでいて、もう二度と帰ることもないはずだった家に、ちょっとした幸運に導かれて辿り着いた心地だった。

「お帰りなさい」

ぼくの後ろに立っていた母さんは、そう言ってぽんと肩を叩いてくれた。それをきっかけにして、ようやくぼくは我に返った。

「病院も居心地よかったけど、やっぱり我が家はホッとするね」

照れ隠しに笑うと、母さんは「よかったね」と言う。ぼくは以前そうしていたように、「コーヒーでも飲もうか」と提案した。

「コーヒー、飲みたかったんだよ。病院でもよく紙コップのコーヒーを飲んでたけど、やっぱりインスタントだからね。ちゃんと豆を挽《ひ》いて淹《い》れたコーヒーが飲みたい」

「じゃあ、淹れてあげるわ」

「いや、ぼくが淹れるからいいよ。母さんは坐ってて」

ぼくは母さんを無理矢理ソファに坐らせ、まず洗面所に向かった。手と顔を洗い、よくうがいをする。感染症が命取りになるぼくにとって、こうした日常のケアは欠かせないのだった。

その後でキッチンに行き、コーヒーメーカーをセットした。豆やペーパーフィルターなどは、当たり前のことだがぼくが入院する前と同じ位置にある。そんなたわいもないことが、ぼくにとっては嬉しく感じられた。二分ほど待って、できあがったコーヒーをカップに注ぎ、リビングに持っていった。

「悪いわね」

母さんは言って、ぼくがテーブルの上に置いたカップに手を伸ばす。母さんはいつもコーヒーをブラックのままで飲むので、そのまま口に運んだ。ぼくは逆に、ミルクと砂糖をたっぷり入れる。

「あれ、そんなに砂糖を入れるの?」

それを見て奇異に思ったらしく、母さんは不思議そうに言った。ぼくはこのことを説明し忘れていたことに気づいた。

「ああ、これも手術を受けた後の変化のひとつなんだ。ぼく、甘いものがすごく好きになったんだよ。以前はそんなに好きじゃなかったろ。不思議だと思わない?」

「でも、大手術の後では体質が変わって、食べ物の好みも変わるなんてことは、そんなに珍しくないのかもしれないわよ。いかにもありそうなことでしょ」

母さんはあくまで常識的なことを口にする。それはぼくの言うことを否定しているというよりも、逆の見方を提示することで議論を深めようという意図があるようだった。その方がぼくにとってもありがたかった。

「紙谷さんはぼく以外にも、心臓移植を受けた人と付き合いがあるそうなんだ。ぼくの体力が戻ったら、今度紹介してもらえることになってる。その人の手術後の体調と比較してみれば、ぼくの経験が異常なことかどうかわかると思うんだ」

「そう。何かわかったらあたしにも教えてよね」

「ああ、もちろんそうするよ」

わざわざ言うまでもないことを断るところが、いかにも母さんらしかった。

その後は、ぼくの不思議な体験について話し合うこともなく、大学に復学するのはいつ頃になるだろうかとか、定期検診のために病院に通う手段の心配とか、実務的なことを相談した。そしてそれが一段落すると、母さんは仕事があるからと書斎に向かった。すべてが発病する前と変わらない生活にあっさり戻っていることに、ぼくは強い喜びを覚えた。

自分の部屋に戻ると、一カ月のブランクがあったにもかかわらず、埃などは溜まっていなかった。母さんは家の中の掃除を業者に頼んだりしない。今日この日のために、ぼくの部屋を綺麗にしておいてくれたのだろう。何事もないかのように書斎に戻っていったのは、もしかしたら照れ隠しのつもりなのかもしれなかった。ぼくは母さんの心遣いが嬉しく、ひとり微笑んだ。

室内を見渡してひとしきり感慨を味わってから、ぼくはデスクトップパソコンを立ち上げた。入院中もノートパソコンでネットにアクセスしていたので、メールは溜まっていないはずだった。それでもぼくのメールボックスには、思いがけず何通ものメールが届いていた。開いてみるとそのほとんどが、ぼくの退院を祝ってくれる友人からのものだった。テレビやインターネットのニュースで、今日の退院を知ったのだろう。ぼくは時間をかけてありがたくそれらを読み、レスを書いた。

中には雅明君からのメールもあった。送信日時は昨日の夜で、明日は学校があるので退院時に迎えに行けないと詫びていた。そして、退院を祝うパーティーを開かないかと提案している。彼のお母さんが、ぜひともパーティーをしようと言ってくれているようだ。ぼくはその好意をありがたく受け、喜んで出席させてもらうとリプライした。

レス書きをしているだけで、あっという間に時間が過ぎていった。それらをすべて送信し、馴染《なじ》みのサイトを久しぶりに巡回していると、今度はファクスが着信する。パソコンで受けて開いてみると、送り主は雅明君だった。ぼくのレスをさっそく読み、今度はファクスで返事をくれたようだった。

ファクスには、今晩にもパーティーをしないかと書かれていた。雅明君のお母さんは、すでにそのつもりでいるという。承知した旨、こちらもファクスで送り返した。書斎にいる母さんにもそのことを伝えると、珍しく自分も行くと言った。一応仕事をしてはいるものの、今日はもともと時間を空けていたのだそうだ。

そして、六時になるのを待って、ぼくと母さんは家を出た。感染症を避けるために人込みには出ないようにしなければならないぼくだが、マンションの隣室に行くくらいはどうということもない。インターホンを押すと、すぐに雅明君が笑顔で迎えてくれた。《お待ちしてました》と、雅明君は手話で言う。ぼくも手話で、《お招きありがとう》と応じた。

すぐに続いて、雅明君のお母さん――冴子《さえこ》さんという――が顔を出した。「今日はおめでとうございました」と言ってくれる冴子さんと、うちの母さんがひとしきり挨拶を交わしてから、ぼくたちはリビングへと案内された。

基本的にぼくが住んでいる部屋と同じ間取りなのだが、このリビングルームはずいぶんと趣が違う。普通の家電売場ではちょっとお目にかかれそうもないほど立派なオーディオセットがまず目につき、大型のスピーカーも部屋の四隅に存在する。壁際には大画面プロジェクターが設置されていて、おそらくテレビをこれで見ているのだろう。その正面には、プロジェクターと向き合うような形でひとり掛けのソファがふたつ並んでいる。これが雅明君のための、音を振動にして伝えるシステムだ。そうした最新のＡＶ機器が、リビングルームには整然と設置されているのだった。

　ぼくたちは来客用の応接セットに坐るよう促された。ぼくの左側に母さんが腰を下ろすと、雅明君は右側に坐る。互いに筆談で話がしやすいように、並んで坐るのがいつもの習慣だった。

《肉が食べたいんでしたよね。もう食べてもいいんですか》

　雅明君はさっそくノートパソコンを開くと、文字を打ってそう尋ねてきた。ぼくも持参した自分のパソコンで、返事を書いた。

《大丈夫。食生活に関する限り、もう制限はまったくないんだよ》

《それはよかった。いい肉を買ってあるんです》

《ありがとう。嬉しい》

　肉と聞いただけで、口の中に唾が湧いてきた。当たり前のことだが、結局病院ではステーキなど食べさせてくれなかったのだ。ぼくの体を構成する細胞のひとつひとつが、ボリュームのある肉を求めているような感覚があった。
《ところで、ショパンはどうでした。よかったら、もっとありますよ》
雅明君が話題を変えてくる。ぼくは一瞬考えてから、答えた。
《うん、いろいろありがとう。MDは助かったよ。よかったら、今CDをかけてくれないか》
《ショパンを？》
「うん」
ぼくは口で答え、頷いた。雅明君はすぐに立ち上がり、オーディオセットに向かう。母さんはぼくたちがどんな言葉を交わしているかもわからないのに、退屈した様子もなく悠然としていた。
部屋の四方にあるスピーカーから軽やかなピアノの音色が響いてくると、雅明君はぼくの隣に戻ってきた。雅明君は普通のソファに坐っているので、音を感じることはできない。純粋にぼくのためにCDをかけてくれたのだった。
曲の冒頭を聴いただけで、ワルツ十四番、ホ短調遺作と曲目が頭に浮かぶ。今やこうして湧いてくる知識が、手術後に唐突に表れたものか、それとも以前からの自前のものか、判然としなくなっていた。それほど、耳が自然に曲を受けつけていた。ぼくは無意識に指を動かし、旋律を追っていた。ピアノを習ったことなど一度もないぼくの指が、勝手に動いて曲をなぞっている。それでももうぼくは、自分の指の動きに驚いたりしなかった。

ちょうどそこに、キッチンに消えていた冴子さんが、ティーカップを載せたトレイを手にやってきた。ぼくたちの前に紅茶の入ったカップを置き、自分もソファに坐る。

「ピアノ、弾かれるんですか？」

ぼくの指の動きを目に留めたのだろう、冴子さんは意外そうに尋ねてくる。不思議がるのも無理はない。ぼくの家にピアノなどないのは、冴子さんもよく知っているからだ。ぼくは慌てて指を握り締めたが、もう遅かった。

「いや、なんとなく動かしてただけです。ピアノなんて、ぜんぜん弾けませんよ」

説明するのが難しかったので、取りあえずそう言って取り繕った。それでも冴子さんは、思いがけずそのことにこだわった。

「でも、今の指の動きは割と正確に鍵盤《けんばん》を押さえていたように見えましたけど……」

「えっ、そうですか？」

今度はぼくの方が驚く番だった。わずかな指の動きだけで、冴子さんはそんなことまでわかるのか。

「そうですよ。ずいぶん弾き込んでいるような指の動きでしたね。いつの間にそんなに練習したんですか」

　隠すことないのに、と言いたげに冴子さんは目許を綻ばせた。ぼくはなんと答えたものか困り、母さんに目をやった。母さんもどうしたものか考えるような表情をしている。

「冴子さんも詳しいじゃない。ちょっと齧《かじ》ったなんて程度じゃなさそうね」

　助け船のつもりか、母さんは口を挟んでくれた。その言葉に、冴子さんはあまり認めたくなさそうに頷く。

「昔、少し習っていたもので」

《母さんは音大出身なんだよ》

　唇の動きだけでなんとなく我々のやり取りを察していたのだろう、雅明君はキーボードに指を走らせ、ディスプレイをぼくに示した。それを読み、ぼくは不覚にも「えっ？」と声を上げてしまった。隣人となってけっこう長いが、冴子さんが音大出身などとはこれまで一度も聞いていなかった。ではこの立派なオーディオセットは、雅明君のお父さんの趣味ではなく、冴子さんのためのものだったのか。

　だがそれにしては、この家にはピアノがなかった。グランドピアノとはいかないまでも、アップライトピアノくらいはあってもおかしくないだろう。ピアノに限らず、この家には楽器がひとつもないからこそ、ぼくは冴子さんが音大を出ているなどとは想像もしなかったのだ。なぜここにはピアノがないのだろう。

ぼくの疑問は、微妙な表情をしている冴子さんを見て、すぐに氷解した。おそらく冴子さんは、雅明君の耳が聞こえないと判明したとき、ピアノを処分したのだろう。音大に進むほど音楽を好きな人が、自分の子供は音をまったく聞き取れないと知ったとき、果たしてどのような感情を胸に抱えるのだろうか。悲嘆なのか、絶望なのか、ぼくにはよくわからない。冴子さんが味わったであろう辛い思いは、ここにピアノがないという事実が雄弁に物語っていると感じるだけだ。

「でも、ピアノないのね」

雅明君の言葉を読まなかった母さんは、遠慮する気などさらさらない。ぼくはなんとか母さんによけいなことを訊くなと合図しようとしたが、冴子さんを目の前にしては目配せひとつできなかった。

「処分しちゃったんですよ。雅明に聴かせられないんじゃ、あってもしょうがないから」

冴子さんは寂しげに言って、笑った。ぼくはそんな表情が痛ましく思え、目を逸らした。

「なんで？　もったいない。ああいうのって、練習してないと格段に腕が落ちちゃうんでしょ。あたしなんてがさつだから、ろくにピアノも弾けない女になっちゃったけど、せっかく弾けるんなら大事にすればよかったのに」

母さんは無神経とも思えるようなことを、平気でずけずけと言った。冴子さんは困ったように微笑を浮かべる。さすがにぼくは「母さん」と窘めた。

「いいじゃない、そんなこと。立ち入りすぎだよ」

「そうかしら」

澄ました口調で母さんは応じる。まったく悪びれた様子もない。

「雅明君だって、ピアノ聴きたいわよねぇ」

ぼくの肩越しに、今度は雅明君に話しかけた。雅明君は何を言われたのかわからず、ぼくの顔を見る。ぼくはキーボードを叩いて、母さんが言ったことをそのまま書いた。

「うん」

すると雅明君は、思いがけず頷いた。その答えに、一番驚いたのは冴子さんだった。「えっ」と息を呑み、しばらく自分の息子の顔を見つめる。

《私のピアノを聴きたいの？》

冴子さんは手話でそう尋ねた。雅明君も手話で応じる。

《聴きたい。母さんが弾いているピアノを聴いてみたい》

「ほらね」母さんは手話などわからないくせに、勝ち誇ったような態度をとる。「もともと雅明君は、うちの息子なんかよりもよっぽど音楽を聴いてるじゃない。どうしてピアノだけ聞こえないって思うのよ。聴かせてあげれば?」
「そ、そうですね。本当に、そうですね」
感慨に打たれたように、冴子さんは何度も頷く。ぼくが母さんの言葉を伝えると、雅明君は嬉しそうに笑った。
「じゃあ、主人と相談してみようかしら。いまさらピアノを買うなんて、ちょっと恥ずかしいけど」
《買ってよ。ぼくも弾きたい》
《わかったわ。そうしましょう》
冴子さんは手話でそれだけを答えると、「すみません」と断って席を立った。少し涙ぐんでいるようにも見えた。
そんなひと幕の後は、ひたすら文字でのお喋りに時間を費やした。ぼくは迷った末に、自分が手術後に体験している数々の不思議を雅明君に話した。雅明君は目を輝かせて、《それはすごい》と反応する。そんな様子は、年齢相応だった。
《すごいですよ、それ。そんな不思議なことがあるんだ》
《信じてくれるの? これまで、誰も信じてくれなかったんだけど》
《信じますよ。和泉さんがそんな嘘をつくわけないからね》

《ありがとう》

おそらくこういうことは、子供の方が素直に呑み込めるのだろう。ぼくは初めての理解者を得て、心底嬉しかった。手術直後から胸に引っかかっていた孤独感が、急速に氷解していく。

《さっきの話だって、きっと誰も信じてくれないと思う。全聾者がピアノを聴きたがっても、無意味だって思われるだけでしょ。でも、ぼくは音楽が聞こえるんですよ。本当なんだ。和泉さんならわかってくれるでしょ？　だから、ぼくも和泉さんの言うことを信じるんだよ》

ぼくは先ほどの母さんの態度を思い返した。母さんはごく自然体に、雅明君の音楽を聴く能力を認めた。むしろその能力を過小評価していたのは、冴子さんの方だった。それに気づいて、冴子さんは愕然としたのだろう。母さんがどこまで意識してあのような発言をしたのかわからないが、やはりぼくは感心してしまう。母さんは、すごい人だ。

《ぼくはもう少し元気になったら、自分の体の謎を解いてみたいんだ。ぼくの体に何が起こったのか、知りたいから》

《ぼくも手伝います。といってもネットで検索するくらいしかできないけど、何か見つかるかもしれない》

《そうだね。ぼくもネットで調べてみるけど、そういうのを探すのは雅明君の方がうまいもんな。お願いするよ》

《任せてください》

雅明君は胸を張った。体は小さいが、ぼくにとっては頼もしい味方だった。

六時半には、雅明君のお父さんも帰ってきた。高そうなスーツをぴしっと着こなした雅明君のお父さんは、小学六年生の子供がいるとは思えないほど若々しい。格好いいお父さんとはこういう人のことを言うのだろうなと、ぼくはいつも思う。

お父さんが帰ってきたのを機に、全員で食卓を囲んだ。ぼくの快癒を祝って、全員で乾杯してくれる。といってもぼくはアルコールを飲むわけにはいかないので、雅明君とふたり、ぶどうジュースで乾杯だ。親たちは母さんが持ってきた赤ワインを開けた。

雅明君はさっそく、無邪気にぼくの経験を親たちに話した。雅明君のご両親は、手話で語られるその話に、いささか戸惑ったようだった。ぼくの顔を見て、なんとも表現しがたい表情をする。信じていないのは明らかだったが、当たり前の反応なので特に気にならなかった。

《嘘じゃないんだよ。本当なんだよ》

両親のはかばかしくない反応を見て、雅明君はそう主張した。ぼくは困り果て、「いや、いいんだよ」と声に出して言う。

「すみません。別に嘘をついたわけじゃないんです。本当にそういう経験をしてるんですけど、信じられないですよね」

「いや、あまりに思いがけない話だったので、ちょっとびっくりしました」お父さんは婉曲《えんきょく》な表現でそう言う。「心臓を移植するなんていう大手術の後だと、予後にいろいろなことがあるんでしょうねぇ」

「ええ。ドナーの記憶が転移するなんて、奇跡みたいな話ですけど」

《奇跡は起こるよ》どこまで唇の動きを読んだのかわからないが、雅明君は大きな手振りでそう言った。《ぼくだっていつか、耳が聞こえるようになるかもしれない。そう信じてるんだ。だから、奇跡は起こるんだ》

雅明君の両親は、その言葉に胸を打たれたようだった。お父さんは虚を衝《つ》かれた顔をし、冴子さんは思い出したように先ほどのピアノの話を伝える。お父さんはそれを聞いて、強く頷いた。

「そうだな。奇跡は起こる。お父さんもそう思うよ」

手話も交えながら、お父さんははっきりとそう言った。雅明君はぼくたち全員の顔を見回し、そして嬉しそうに微笑んだ。

22

翌日にぼくは、朝からパソコンのディスプレイに向かった。新聞社のサイトにアクセスして、恵梨子の死亡記事を確認するためである。

まずぼくは、うちでも取っているA新聞のサイトにアクセスし、〝恵梨子〟と手術日のふたつのキーワードで複合検索してみた。単語を打ち込み、リターンキーを押す。検索結果が表示されるまでの数秒を、ぼくはどきどきしながら待った。

だが、必ず恵梨子の死亡記事が見つかるはずというぼくの確信は、一瞬後に裏切られた。モニターには、検索結果ゼロという表示が出たのだ。

ぼくは自分の見ている言葉の意味が、すぐには理解できなかった。そんなはずはないのだ。ストーカーに追い回された挙げ句、逆恨みされて殴り殺されれば大変なニュースになる。新聞がそんな事件を取り上げないはずがないのだった。

記事が新聞の締め切りまでに間に合わなかったのだろうかと考え、翌日の分も検索してみた。それでも〝恵梨子〟という名前は引っかからない。ぼくは大仕掛けの詐欺に引っかかったような、納得できない思いを味わった。

仕方なく、日本で最大の発行部数を誇るY新聞のサイトに飛んだ。A新聞で記事になっていなくても、他の新聞ならば載っていた可能性がある。いや、載っていなければおかしいのだ。ぼくは自分の確信が揺らいでいるのを認めたくなくて、そう念じ続けた。

しかし、結果はA新聞のサイトとまったく変わらなかった。手術があった当日も、その翌日にも〝恵梨子〟という名前は記事になっていない。今度は検索だけでなく、三面記事全体にくまなく目を通したが、目立つのはぼくの移植手術についての文章ばかりだった。

交通事故による死亡記事は、手術当日の新聞に見つけることができた。だが事故に遭った被害者の名前は恵梨子ではなく、〝橋本奈央子《はしもとなおこ》〟となっていた。ぼくは取りあえず、その記事をコピーして保存しておいた。

諦めきれず、他の新聞社のサイトでもしつこく検索したが、同じ結果しか得られなかった。〝恵梨子〟という人物が死亡した事件はなく、ぼくの主張は事実によって裏づけられることはなかったのだ。ぼくは激しい混乱と、深い失望を同時に味わっていた。

なぜ恵梨子の死亡記事が見つからないのか。答えは簡単だ。恵梨子という人物は死んでいない——少なくともぼくが手術を受けた日には死亡していないからだ。ぼくはそう認めざるを得なかった。

では、ぼくが手術後に体験している様々なことは、やはり単なる妄想や勘違いに過ぎなかったのだろうか。あれほど鮮明に見た夢は、すべてたわいもない幻想の世界だったのか。ぼくにはどうしてもそうは思えなかったが、しかし事実の裏づけなしには誰も信じてくれないだろうことくらいは判断がついた。ぼくの主張は病み上がりの混乱のせいか、さもなければ妄想癖の産物と見做されるのが落ちだろう。これから社会に適応して生きていくためには、ぼく自身そのように思い込まなければいけないのかもしれなかった。

ぼくは先ほどコピーした、〝橋本奈央子〟の死亡記事を読み返してみた。ぼくの手術があった日に車に轢《ひ》かれて死亡している橋本奈央子は、記事によると二十一歳の若さだったという。事故のあった場所は練馬区羽沢《はざわ》とあるだけで、正確な番地はわからなかった。

この橋本奈央子が、ぼくに心臓を提供してくれたドナーなのだろうか。新聞に載っているだけの短いデータに限るが、橋本奈央子は病院で教えられたドナーの特徴に合致する。彼女がドナーと考えて、何がいけないのだろうか。

ぼくは自分を納得させるために、ひとつ譲歩することを思いついた。ぼくの夢に出てきたあの女性の名前は、恵梨子ではなく奈央子だったのではないか。ストーカーに襲われた記憶とは矛盾するものの、それ以外の趣味嗜好の変化まで否定する必要はない。橋本奈央子の生前の特徴が、現在ぼくの身に生じている様々な変化と一致するなら、やはり心臓に蓄積された記憶がぼくにも転移したと考えられるではないか。

取りあえず、この橋本奈央子について調べてみよう。ぼくはそう決めた。まずは奈央子の遺族に会うべきだ。そうしなければ、すべては謎のまま放置されてしまうだろう。釈然としないながらも、目標が定まったことにぼくは安心していた。

23

退院して一週間後に、紙谷さんの仲介で心臓移植経験者と会うことができた。人と会うにはまだ早すぎるのではないかと心配する紙谷さんを、ぼくの方が強引に押し切った格好だった。幸い、先方はいつでもかまわないと言ってくれたので、早い対面が実現した。こちらの体のことを考えて、場所は我が家でということになった。

紙谷さんと連れ立ってやってきた移植手術経験者は、二十代後半の男性だった。一見したところ心臓移植などという大手術を受けたとは思えないほど、がっしりと逞しい体格をしている。肌も浅黒く日焼けしていて、いかにも健康そうだ。無骨な感じすらする顔立ちの中で、笑ったときにこぼれる白い歯が印象的だった。

「楢崎宏幸《ならさきひろゆき》さんです」

紙谷さんはそう言ってぼくに紹介してくれる。いかにも文弱といった雰囲気の紙谷さんと、逞しい体格の楢崎さんが並んでいるところを見ると、誰もが皆、紙谷さんこそ移植経験者だと思うだろう。その奇妙な逆転がぼくには面白かった。

楢崎さんは自分でも名乗ってから、「手術成功おめでとう」と言って手を差し出してくる。ぼくは少し戸惑いながら、その手を握った。握手した手を、楢崎さんは強く握り返してくる。がっしりした、逞しい手だった。

母さんは最初に挨拶をしてお茶を用意しただけですぐ書斎に戻ったので、ぼくたちは三人で話をすることになった。リビングルームで、応接セットの机を挟んで向かい合う。楢崎さんは改めてぼくのことを見て、「ずいぶん元気そうですね」と言った。ぼくはその言葉に頷く。

「ええ、経過が予想以上に良好なんで、助かってます。免疫抑制剤も幸い、体に合っているようですし」

「それはよかった。抑制剤が合わないと辛いらしいからね」

「楢崎さんは、もちろん今でも抑制剤を服んでるんですよね」

「ええ。朝晩欠かさず服んでますよ」

あっさり楢崎さんは認めるが、思わずそう確認したくなるほど楢崎さんは移植手術の痕跡を外見に留めていなかった。紙谷さんに聞いたところでは、楢崎さんは今からちょうど二年前に手術を受けたのだそうだ。闘病生活中は、筋肉を付ける体力などあったわけがないから、この二年間でよほど体を鍛えたのだろう。

　ぼくが体格の良さを誉めると、楢崎さんは誇らしげに笑った。

「手術前は貧弱な体が恥ずかしくてね。もちろん、恥ずかしがっているような場合じゃなかったんだけど、手術が成功してまず真っ先に考えたのが、『ああ、体を鍛えたいな』ってことだった。ともかく強い体に憧《あこが》れてたからね。体を動かせるようになってからは、馬鹿みたいに鍛え続けたよ」

「どんなスポーツをやってらっしゃるんですか」

　これだけ立派な体格をしているのだから、ただ体を鍛えることだけが目的ではないだろうと考えて、そう尋ねた。楢崎さんは「ヨットだよ」と答える。

「クルージングが趣味でね。クルージングなんていうと優雅な趣味のように聞こえるかもしれないけど、あれでけっこう体力が必要なんだ。帆を操作するためにも腕力がいるしね。お蔭で、これだけ腕が太くなったよ」

　自分の二の腕を、ぱんぱんと叩く。ぼくは少し羨ましい思いで、楢崎さんの仕種を見た。ぼくもいずれは、ここまで快復するのだろうか。

「心臓の手術を受けたことなんて、だからぜんぜんハンディじゃないよ。おれのように、体の調子にさえ少し神経を配っていれば、なんだってできる。移植経験者が普通に生きているところを示さないと、後続の人たちが偏見に苦しむだけだからね。義務のつもりで、意地になって体を鍛えていたこともあったな」

楢崎さんの言う偏見とは、就職や結婚に関してのことだった。手術を受けて完全に快復した後でも、移植手術経験者はいつまでもハンディを背負う。まだまだ移植手術が珍しい日本では、残念ながらそれが実状だった。

現在楢崎さんは、手術後に就職した大手の衣料品販売店に勤め、健康な人となんら変わらない仕事をしているという。だがそれは、幸福な例外でしかない。それがわかっているからこその、楢崎さんの言葉なのだろう。こうしてわざわざ足を運んでくれたのも、ボランティア的精神の発露なのかもしれなかった。

そんなふうにぼくたちは話を始め、移植を受ける決心を固めるまでの葛藤や、手術後に感じた自分の生への疑問などを吐露し合った。楢崎さんは移植を医師に勧められても、最初はそれを拒否したという。他人の死の上に乗っかってまで生き延びたくはないと、そのときの楢崎さんは考えたそうだ。だが自分の死後に、心臓以外のあらゆる臓器を提供すればいいと発想を改め、手術を受けたのだと楢崎さんは言った。ぼくなどとは違って、ずいぶん果断な性格の人だという印象を受けた。

そんな楢崎さんだから、手術後はほとんど悩むこともなかったという。元気になることが自分の義務だと思い定め、ひたすら快復に努めたというから頭が下がる。快復は自分のためだけでなく、今後移植を受けるであろう患者たちのためになるという発想は新鮮だったので、ぼくは少なからず感銘を受けた。ぼくもまた、一日でも早く通常の生活に復帰するようがんばらねばと気持ちを強くした。

そうしたやり取りをしている間、紙谷さんはまったくといっていいほど口を挟まなかった。最初に会話を録音させて欲しいと断っただけで、後はひたすら相槌を打つ役を引き受けている。ぼくも紙谷さんに話を振る余裕などなかったので、ほとんど楢崎さんとだけ言葉を交わしていた。

一応ひととおりのアドバイスを聞いてから、ぼくはおもむろに本題に入った。楢崎さんは手術後の生活こそが本題だと思っているだろうが、ぼくの興味の対象は違う。不自然にならないように心がけながら、さりげなく話題を変えた。

「ところで、手術後に体質が変わるようなことはありましたか？　食べ物の好みが変わるとか」

「そりゃ、激変したよ。何しろ手術前は、数時間後に死んでもおかしくないような状態だったんだから」

こちらの質問の意図など知らず、楢崎さんは明るく答える。ぼくはもう少し突っ込んだことを尋ねた。

「具体的には、どんなふうに変わりましたか？　ぼくは甘いものが好きになったり、肉を食べたくなったりしたんですが」

「ああ、それは体が快復するためのエネルギーを欲してるんだな。おれもそういう感覚があったから、よくわかるよ」

「やっぱりありましたか」

賛同を得られて、ぼくはつい声を大きくした。ようやくぼくの体験を共有してくれる人を見つけたと感じた。

「おれはもともと肉が好きだったんだけどね、胃にもたれるものが食べられなくなってたんだ。だから快復して自分の好きなものを思う存分食べられるようになったときは、本当に嬉しかったな」

「もともと好きだったんですか？　手術後に好みが変わったりはしなかったんですか？」

「嫌いなものが食べられるようになったとか、そういうこと？　それは残念ながらないなぁ。まあ、あんまり偏食する方じゃないけどね」

どうやら、ぼくの意図とは違う返事だったようだ。それでもぼくは諦めず、尋ね続けた。

「じゃあ、手術前にはできなかったことができるようになったり、知らないことがわかるようになったりはしませんか？」

「どういう意味？　もちろん手術前にできなかったことも、今ではたいていできるようになったよ。知らないことは知らないままだけど、そういう意味で訊いてるんじゃないのかな？」

「例えば、突然絵がうまくなるとか、音楽に詳しくなるとか、そういうことはない……ですよね」

口にしているうちに、尋ねるのが空しくなってきた。楢崎さんが手術後の自分の体に違和感など微塵《みじん》も持ち合わせていないことは、ぼくにも理解できたからだ。この健康的な人は、至極普通の生活を送っている。迷いのない態度が、それを強く物語っていた。

「君はそういう経験をしているわけ？　絵が突然うまくなったの？」

逆に尋ね返された。ぼくは不審を買うのを恐れながら、「ええ」と認めた。

「ぼく、あんまり絵はうまくなかったんですよ。それがなぜか、けっこううまく描けるようになって。不思議だなぁって思ってたんです」

「それは、こういうことじゃないかな。手術前は絵に力がなかったのが、手術後は力強くなったということじゃないの。やっぱり弱々しい雰囲気の絵よりも、力強いタッチの方がうまく見えるんじゃない？　素人考えだけどさ」

「ああ、なるほど。そうですかね」

　ぼくはそんな説明ではとうてい納得できなかったが、親切で言ってくれている楢崎さんの前では取りあえず認めるしかなかった。ぼくはもう、心臓によって記憶が転移したという仮説を口にする気がなくなっていた。楢崎さんなら言下に否定するだろうことは、尋ねてみるまでもなく明らかだった。

　ぼくの奇妙な質問には戸惑った様子だったが、楢崎さんは終始快活な態度を崩さなかった。快復期にあるぼくを励ます言葉を、幾度となく投げてくれる。ぼくは内心の失望を押し隠して、勇気づけられた演技をしなければならなかった。

　一時間ほど話したところで、ぼくを疲れさせてはまずいと紙谷さんが話を切り上げた。書斎から母さんを呼び出し、わざわざ足を運んでくれた礼をふたりに丁寧に言う。楢崎さんは最後に、「がんばれよ」と言って肩を軽く叩いてくれた。ぼくは「ええ」とぎごちない笑いを浮かべて応じた。

　帰り際にぼくは、紙谷さんに質問があったことを思い出した。靴を履いている紙谷さんに、声をかける。

「忘れてましたけど、ちょっと訊きたいことがあるんで、後でメールします。時間があるときに読んでください」

「えっ。それはいいけど、今訊いてくれればよかったのに」

「うん、いいんです。大したことじゃないから」

ぼくは楢崎さんの耳を気にして、首を振った。紙谷さんは「そう」と頷く。

「じゃあ、メール待ってるよ。今日はありがとう」

「いえ、こちらこそわざわざありがとうございました。本当に嬉しかったです」

「何か不安になることがあったら、いつでも声をかけてよ。就職のこととか、いろいろ苦労することがあるかもしれないから」

玄関を出て廊下に立っている楢崎さんは、最後まで快活な口振りだった。ぼくはただ、「ありがとうございます」と答えた。

24

ふたりを送り出してから、ぼくはすぐにパソコンに向かった。紙谷さんにメールを書くためだ。ぼくはこの一週間ほど考えて、やはり紙谷さんの知恵を借りるしかないと結論づけていた。

それは、橋本奈央子の遺族捜しについてだった。新聞記事だけでは、橋本奈央子がどこに住んでいたのか知ることはできない。どうせ新聞社やＪＯＳＣに問い合わせても教えてはくれないだろう。となると、ぼくには自力で橋本奈央子の遺族を捜す手段など思いつけなかった。ここは世知に長けた紙谷さんに助言してもらうのが一番いいだろうと考えたわけだった。

インターネットで自分の夢と合致する死亡記事を検索して、それが見つからなかったこと。手術当日の交通事故は橋本奈央子が被害者となった一件だけだったこと。なんとかして遺族と接触をとり、橋本奈央子の生前の趣味嗜好を知りたいこと。それらを簡潔に文章にして、メールを送信した。

ついでに受信メールも確認すると、雅明君からの着信があった。雅明君は先日来、ぼくの言葉を裏づける証拠探しを続けてくれていたようだ。

なかなかこれといった情報はないという前置きの後に、雅明君は面白い一文を付け加えていた。アメリカの心臓移植患者の体験記で、やはりドナーの記憶が転移した現象を綴ったものがあるという。幸いにもそれは、日本でも翻訳出版されているのだそうだ。その本を読めば、なんらかの参考になるのではないかと雅明君は書いていた。

ぼくはそのメールを読み、大袈裟でなく興奮した。参考になるどころではない。今のぼくにとって、それ以上に嬉しい情報はなかった。ぼくは自分の経験を、今のところ誰にも理解してもらっていない。ただひとり信じてくれたのが雅明君だが、彼とてぼくの言葉を嘘ではないと証明する手段は持ち合わせていないのだ。ぼくは未だに、嘘つきとなじられないかとびくびくしている臆病者でしかなかった。

それが、詳細はまだわからないものの、ぼくの他にも同じような体験をした人がいるという。その事実だけで、ぼくは救われる思いだった。ぼくの経験は、心臓移植患者しか共有できない。いや、先ほどの楢崎さんの反応を思えば、同じ移植経験者ですら仲間とは言えないのだ。ぼくは顔も名前もわからない、海の向こうの移植経験者に強い連帯感を覚えた。

さっそくぼくは、その体験記の日本語訳を出版している出版社のサイトに飛び、現在でもその本が絶版になっていないことを確認した。そのまま購入を申し込む。必要事項を記入して購入ボタンを押すと、こちらの手許に届くまでには三日かかるというメッセージが現れた。今すぐにでもぼくはその手記を読みたかったが、自由に出歩けない身にとっては、自宅に届けてもらえるだけでもありがたいと思わなければならなかった。

一度ネットから出て、雅明君へのお礼メールを書き、送信する。先ほどの楢崎さんとの会見では少々落胆していたぼくだが、今はふたたび活力を取り戻していた。わくわくするような興奮が、胸の中に生じているのを感じた。

そのまま三十分ほど、自分でも心臓移植についてネット上で調べたが、やはり目を引く情報には行き当たらなかった。ある程度のところで諦め、ネットから出ると、その数分後に電話がかかってきた。相手は紙谷さんだった。ぼくのメールを読み、すぐに電話をくれたようだった。

「さっきはありがとう。疲れさせてしまって悪かったね」

ぼくのための会見だったというのに、紙谷さんはそんなふうに礼を言う。ぼくは恐縮して、改めて感謝の気持ちを伝えた。紙谷さんはそれに頷き、先を急ぐ。

「メール、読んだよ。なんとかなると思う」

「そうですか！」

思わず声が弾んだ。こんないい返事が返ってくるとは、正直期待していなかった。

「なんとかなるって、遺族の住所がわかるんですか」

「うん。新聞社の知り合いに訊いてみるよ。人権とかに関わるような問題ではないから、少なくとも和泉君が会いたがっているということを向こうに伝えるくらいはできると思う。もちろん、会ってくれるかどうかは別だけどね」

「そりゃ、そうですね。でも助かります。お願いしちゃっていいんですか」

「いいよ。その代わりと言ってはなんだけど、もし遺族に会えることになったら、ぼくも同行させてもらえるかな」

「それはもちろんかまいません。助かります」

退院のときに自力で調べてみると宣言してしまった手前、こんなにすぐ紙谷さんを頼るのは心苦しかったが、そんなことはぜんぜん気にしていないようだった。ぼくはたくさんの厚意の上に生きているのだと、改めて自覚した。

「じゃあ、すぐに当たってみるよ。接触がとれたら、また連絡する。それでいい？」

「けっこうです。すみませんが、よろしくお願いします」

「いや、いいんだよ。それで和泉君の気が済むんなら」

親身な口調で紙谷さんは言ってくれる。だがその言葉で、やはり紙谷さんはぼくの主張をあまり信じていないことがわかった。難しいものだなと、ぼくは受話器を置いてからひとりごちた。

25

楢崎さんと長い時間話をして疲れなかったことで、ぼくは自分の体に自信が持てた。もう家の中にいる限り、普通に生活していてまったく支障がない。風呂にも入れるし、食事も特に気を使わずなんでも食べている。まるで、自力ではとても登れないと思っていた山の頂上に、いつの間にか目と鼻の先まで近づいていたかのような気分だった。

ぼくはその翌日に、ひとりで近所を散歩してみた。まずはマンションの周囲を恐る恐る歩いて、眩暈や動悸《どうき》などまったく覚えないことを確認してから、少し足を延ばして公園に向かう。公園までは、ゆっくり歩いてだいたい十分ほどの距離だった。

都内でも敷地の広さではベスト二十に入るだろうその公園は、常緑樹が多く、森林浴を楽しむ人の姿が絶えない。ベビーカーを押している若いお母さんや、大きな犬を連れているおじいさんたちに交じって、ぼくもゆっくりと公園を一周した。途中、ベンチで休んで深呼吸をすると、清冽《せいれつ》な空気が肺に入ってきて、心臓だけでなく体の細胞すべてが新しくなったような気分が味わえた。そのときに初めて、ぼくにはこれから長い人生があるのだと実感することができた。

紙谷さんからの連絡は、すぐにはなかった。だがぼくは待つことしかできないので、焦ることなくのんびり構えていた。その日から日課と決めた散歩が思いの外に楽しく、ぼくは退屈などまったく覚えずに日々を過ごした。

心臓移植経験者の体験記は、注文した日からきちんと三日後に到着した。ぼくはそれを宅配便で受け取ると、すぐに封を開け、大袈裟でなく時間も忘れて読みふけった。三百ページほどの決して薄くはない本だったが、ぼくは五時間ほどで読破した。

読み終わったとき、ぼくは深い満足感を味わっていた。この体験記の主人公であるエミリア・ドースンは、ほとんどぼくと同じ経験をしている。心臓の移植に伴い、ドナーの記憶や趣味嗜好までもが転移していたのだ。そしてぼくとは違い、彼女の場合は長い時間をかけてその裏づけをとっている。理由は未だわからないものの、ドナーの記憶が転移したことは間違いがないのだった。

エミリアが違和感を初めて覚えたのは、移植手術から三日目のことだったという。もともとアルコールがほとんど飲めない体質だったにもかかわらず、無性にビールが飲みたくてならなかったそうだ。それを皮切りに、エミリアは様々な嗜好の変化を体験した。そして退院間際に、エミリアは決定的な夢を見る。彼女は夢の中でひとりの男性と出会い、握手をしたという。そのときエミリアは、この男性こそが自分に心臓を提供してくれたドナーであると確信した。

結果的に、エミリアの確信が正しかったことは、手術から二年後に証明される。エミリアは自分の体に生じた奇現象にこだわり続け、周囲の誰もが信じてくれない逆境の中、ドナーのことを調べた。移植コーディネーターや執刀医がドナーの名前を明かしてくれないことにも負けず、新聞の死亡記事を頼りにドナーの名前を確かめ、それが夢の中で知った男性の姓名と一致することに彼女は驚く。ますます確信を強めたエミリアは、その後様々な伝《つて》を辿ってドナーの遺族に会うことに成功し、特別な感覚を得た。生き別れた身内に巡り合ったような、魂が震撼《しんかん》する瞬間を経験するのだった。

エミリアとドナーの遺族は、長い時間をかけて話し合い、手術後に変化したエミリアの趣味嗜好がすべてドナーのそれと共通することを確認し合った。もちろん、エミリアと生前のドナーに面識や間接的な接点すらもないことは疑いがない。この不思議な現象を説明するには、心臓の移植に伴いドナーの特徴までも転移したと考えるより他にないということを、ドナーの遺族も最終的には認めた。

残念ながら、エミリアと遺族たちの友好的な関係は長続きしなかったという。すでに死んでしまった家族が、中途半端な形で甦っても、遺族にはただ辛いだけだったのかもしれないとエミリアは語る。それでもエミリアは、短い間ながらもドナーの遺族たちと話ができてよかったと考えていた。エミリアは自分の体にはふたり分の生命が宿っているという自覚を強くし、現在では移植経験者のメンタルケアのためのカウンセリングを、ボランティアでやっているという。エミリアの言葉によれば、心臓移植でドナーの特質まで転移する現象は、決して珍しいことではないそうだった。

ぼくは本を読み終えたとき、大いに勇気づけられていた。ぼくのような経験をしている人は、他にも大勢いる。ぼくは決して、奇妙な妄想に取り憑《つ》かれていたわけではないのだ。そう考えることは、暗闇の中で光を見たような安堵感をぼくに与えた。自分はひとりじゃない、たとえ太平洋を隔てていても、話をする機会さえあればすべてを理解してくれる人がいるのだ。この発見は新鮮であり、また感動的だった。

エミリアの体験記の中で特にぼくが注目したのは、やはり夢の記述だった。エミリアは夢の中でドナーと出会い、手を握り合っている。それはちょうど、ぼくが初めて恵梨子のことを知ったあの夢と酷似してはいないか。ぼくはなんの根拠もなく、恵梨子こそがドナーだと確信していたが、それは間違いではないかもしれないのだ。エミリアもまた同様の確信に従って行動し、ドナーの遺族に会うことができたのだから。

そのことを、退院以来初めて遊びに来た如月に話した。気まぐれな如月は、ほとんど毎日のように遊びに来るかと思えば、二、三カ月まったく音沙汰がないなどということもある。今はたまたま暇なのか、それとも彼なりにぼくのことを気遣ってくれているのか、どちらかなのだろう。如月はなんの予告もなくふらりとやってくると、まるで自分の家のようにくつろいでソファにふんぞり返った。

「面白いこともあるもんだなぁ」

ぼくの話を聞き終えた如月の第一声は、こんなものだった。如月は興味のない話には露骨に退屈そうな態度をとるが、今はいたずらっ子のようにきらきらと目を輝かせている。彼のこんな表情は、長い付き合いになるぼくでもあまり見たことはなかった。

「それで、そういう現象が起こるメカニズムについては、どんな説明がされているんだ？」

「説明はない。エミリアもあちこちの病院に行って調べてもらったんだが、結局解明はできなかったそうだ」

「だろうな。もしメカニズムが明らかになっているのなら、これまでの常識を覆すような大発見だ。騒ぎにならないわけがない」

「メカニズムが解明されなくったって、けっこうセンセーショナルな現象だと思うけどな。どうしてこれまで話題になってなかったんだろう」

ぼくは本を読み終えた後に感じた疑問を口にした。如月は醒《さ》めた態度で肩を竦める。

「そりゃ、誰も信じてないからだろ。おれだって、知り合いの身に起きたことじゃなければ、眉唾な話だと思うところだぜ」

「じゃあ、今は信じてくれているのか」

「信じた方が面白いからな」

そう言って如月はにやりと笑う。理解者を得られたと喜んでいいのかどうか迷ってしまう、人の悪い笑みだった。ぼくは言葉を継いだ。

「ぼくもさ、エミリアと同じようにドナーの遺族に会って確かめてみようと思ってるんだ。

ぼく自身はドナーの記憶が転移したと確信しているんだけど、やっぱり事実を確認しないことには気分が落ち着かないからね」

「でも、お前の場合はその体験記の著者と違って、夢で知った名前と新聞の死亡記事に出ていた名前が一致しなかったんだろ。それはどう考えてるんだよ」

如月は痛いところを突いてくる。ぼくは一瞬言葉に詰まり、もごもごと答えた。

「うん。だからそのわけを知るためにも、遺族に会ってみたいんだ」

「本当に遺族に会って後悔しないのか。エミリアという人は、あまり愉快じゃない経験をしたんだろ。それでもいいのか」

如月の口調はあくまで軽かったが、その問いかけはぼくにとって重かった。ぼくはしばらく考えて、頷いた。

「うん、いい。遺族にとっては迷惑かもしれないけど、それでもぼくは会ってみたい。たぶん今行動しなければ、これから先ずっと後悔すると思うんだ。自分の体のことだからな。やっぱりすべてを知っておきたい」

「まあ、お前がそういう覚悟なら、別に他人がとやかく言うことじゃないけどさ。満足いくまでとことんやってみるのもいいだろうよ」

如月の言葉は一見投げやりだったが、それでもぼくは勇気づけられた。自分の決意を肯定して欲しかったのだと、ぼくはそのとき初めて気づいた。

26

紙谷さんから電話があったのは、橋本奈央子について調べて欲しいと頼んだ日から一週間後のことだった。紙谷さんの第一声を聞いたとたん、それがあまりいい報《しら》せではないとすぐにわかった。紙谷さんはまずぼくの体を気遣ってくれてから、おもむろに本題に入った。

「それで、この前頼まれた件なんだけど、どうもうまくいかないんだ」

「やっぱり住所は教えてもらえませんか」

ぼくは落胆を押し殺して、そう訊き返した。だが紙谷さんの返事は複雑なニュアンスを含んでいた。

「うん、教えてもらえないといえば確かにそうなんだけど、新聞社の方も実はよくわかっていないようなんだ」

「わかっていない？　被害者の住所までは把握していないって意味ですか」

「そういうことなのかな。A新聞に知り合いがいるんで、そいつに頼んであの事故の記事を書いた人に遺族のことを訊いてもらおうとしたんだよ。ところが、どうも不思議なんだけど、あの記事を書いた人が誰だかよくわからないらしいんだ」

「それ、どういうことですか。そんなに昔の記事じゃないのに、もうわからなくなってるんですか」

「変なんだよ」紙谷さんの声には、はっきりととまどいの色があった。「そんなことは普通あり得ないはずなんだ。署名原稿じゃなくても、記事を書いた記者の名前ははっきりしているはずだからね。それなのに、例の事故の記事だけは、文責者がわからないと知り合いは言うんだよ。そんなはずはないだろうとずいぶん粘ったんだけどね、どうも嘘をついているとか、隠し事をしているという感じじゃないんだ。そいつ自身、どういうことかわからないで戸惑ってたくらいなんだよ」

「編集長もわからないんですか」

わけがわからず、取りあえず思いつく質問をしてみた。それでも紙谷さんは、怪訝そうな声を隠さない。

「わからないと言うんだ。わからないはずがないんだけどね」

「じゃあ、編集長が隠しているんですか」

「そうとしか考えられないけど、でも確証はないよ」

ぼくは混乱していた。ただの死亡記事の書き手を、どうして新聞社は隠さなければならないのか。日本のどこかで毎日のように起きている、ごく普通の交通事故を報じただけの記事ではなかったのか。

「どういうことなんでしょう。どうして記事の書き手を隠す必要があるんですか。遺族の所在を教えないためなんですか」

「ぼくも最初はそう考えた。それ以外に理由が思いつけなかったからね。だからA新聞の線は諦めて、伝を辿って他の新聞社に接触をとってみたんだよ。ところが……」

「そっちも駄目だったんですか」

ぼくは愕然として、思わず紙谷さんの言葉を先取りしてしまった。紙谷さんは重苦しい声で、「うん」と答える。

「Y新聞の方は、ただ単に拒絶されただけなんだけどね。そういうことを外部の人に教えることはできないって、けんもほろろな返事だった」

「じゃあ、A新聞だけが隠し事をしているってことですか」

「それはなんとも言えない。遺族の住所くらい、マスコミの間だったら教えてくれるのが普通なんだけどね。どうもこの件はよくわからないんだ」

歯切れの悪い返事を申し訳ないと思っているような、紙谷さんの口振りだった。ぼくは事態を理解できず、なおもしつこく問い続けた。

「どうしてなんでしょう。橋本奈央子の死亡事故は、ただの交通事故じゃなかったってことですか？　もしかして、一般に報じられているより、ずっと大事件だったんでしょうかね」

「それもよっぽどのことでない限りあり得ないはずなんだ。誘拐事件の場合、被害者の安全を配慮して報道規制に協力する場合がある。でもそれは、あくまで例外中の例外であるはずなんだ。今回の場合、すでに被害者は死亡しているから、その種の配慮は必要ないはずなんだけど……」

「加害者はまだ捕まってないんですか。実はその人が大物政治家の息子とかで、事故のことを一般に報道しないように圧力をかけている、なんてことはないですか」

　単なる思いつきだったが、それでもそんな突飛なことでも想定しない限り、説明がつきそうになかった。紙谷さんはぼくの言葉を聞いて、「うーん」と唸《うな》る。

「どうかなぁ。政治家なんて、一般の人が思うほど権力を持っていないはずだけどね。警察の側が発表を渋っているのならともかく、新聞社が箝口令《かんこうれい》に協力するわけがないと思うよ」

「そうですか。じゃあ、どういうことなのかな」

「率直に言って、よくわからない」紙谷さんははっきりと言い切った。「いずれにしても、すぐに遺族の所在がわかると思っていたぼくが甘かったようだ。ごめんね」

「いえ、謝ってもらう必要はありません。ぼくの方こそ、面倒なことをお願いしてしまってすみませんでした」

「諦めるつもりはないんだ。どういうことなのか、ぼくも興味が出てきた。もうちょっと粘って調べてみるよ。あんまり期待してもらっても困るけど」

「どうやって調べるんですか?」

「そうだね。取りあえず事故現場に行って、周辺に目撃者がいないかどうか訊いて回ろうと思ってる。事故の現場が被害者の行動範囲内であることは間違いないんだから、もしかしたら被害者のことを知っている人がいるかもしれない」

「ああ、そうですね」

そんな聞き込みをするなんてことは、自分では思いもつかなかった。おれは自分の思慮の浅さを内心で恥じた。

「それ、ぼくもやります。ぼくも連れてってください」

「えっ、和泉君を?」

紙谷さんの声は裏返っていた。よっぽど思いがけない申し出だったのだろう。

「体は大丈夫なの? まだ感染症が怖いでしょ」

「最近はずいぶん出歩いてるんですよ。マスクをしていきますから、大丈夫です」

「本当? お医者さんは許可してくれたの?」

「別に制限されてません。ぼくは一日でも早く、普通の生活に戻りたいんですよ。だから連れてってください」

ためらう紙谷さんを、ぼくは強引に押し切った。紙谷さんは気が進まないようだったが、それでもなんとか承知したという返事を引き出すことができた。

「でも条件があるよ。少しでもだるいと思ったり、調子が悪いと感じたら、すぐ病院に行くんだ。絶対に痩《や》せ我慢はしないこと。その約束を守れないなら、連れていかない」

「わかりました。約束します」

ぼくは力強く頷いた。紙谷さんが心配するまでもなく、無理をするつもりはなかった。ぼくはドナーのためにも、一日でも長く生きなければならないのだ。その責任を、一瞬といえども忘れたことはなかった。

27

退院後初の定期検診には、自分ひとりで行った。母さんはついていこうかと言ってくれたが、遠慮しておいた。いい年をして、いつまでも母親に頼っているわけにはいかない。病院くらいはひとりで行けないと、この先何もできないだろうと考えたのだ。

検査の結果は良好だった。拒絶反応はなく、また免疫抑制剤による感染症も併発していない。自分の体調はよくわかっているつもりだったが、それでもきちんとした検査でお墨付きをもらうと安心できた。ぼくは普通の生活に向けて、まず一歩を踏み出す自信を得た。

検査の結果を紙谷さんにメールで報せると、ようやくこちらの健康を信頼してくれたような返事があった。紙谷さんとしては、連れ回したせいでぼくにもしものことがあったらと、気が気でなかったのだろう。こちらとしても医者に太鼓判を押してもらえれば、大手を振って紙谷さんと同行できるというものだった。

橋本奈央子の事故現場に行くのは、その週の土曜日ということにした。平日よりも聞き込みがしやすいだろうと判断したためだ。ぼくはその前日、まるで次の日に遠足を控えた小学生のように、興奮して眠れなかった。家の近所を歩いているときとはまったく違う緊張感を、ぼくは覚えていた。

ぼくたちはその日、西武有楽町線の新桜台《しんさくらだい》駅で待ち合わせをした。橋本奈央子の事故現場には、この駅が最も近い。待たせては悪いと早めに家を出たのだが、待ち合わせの改札口に着いたときにはすでに紙谷さんの姿があった。地下からの強い風が吹く中でじっと立ち尽くしている紙谷さんは、ぼくを強風に曝すわけにはいかないと考えて早めに来たのだろう。申し訳なさに身が縮む思いだった。

「すみません、お待たせしてしまって」

頭を下げて駆け寄ると、紙谷さんは「やあ」と頷く。

「まだ待ち合わせの時間には早いから、別に謝ることはないよ。ちょっと早く着きすぎちゃったんだ」

考えてみれば、紙谷さんは誰に対しても恩着せがましいことを口にしたことがない。ぼくに接する際も、こちらの負担になるような態度は一度もとったことがなかった。自分もこういう大人になりたいものだと、密かに心に思う。

「じゃあ、行こうか」

紙谷さんはぼくを促して、エスカレーターに向かった。後を追って、地上に出る。家に籠っているうちに梅雨も明けたので、天気はすこぶる良かった。外を出歩いても、風邪をひく心配はあまりない。もちろん、口許はマスクで防備していた。

地上に出てすぐ目の前は、環状七号線だった。乗用車から大型トラックまで、様々な車が行き交っている。これほどの交通量があれば、死亡事故のひとつやふたつ、起きても不思議はなさそうだ。橋本奈央子は、この車の洪水に呑まれて命を落としたのか。

「場所が場所だけに、ちょっと手強いと思うよ」

車の流れを呆然と見ているぼくに、紙谷さんはそう声をかけた。ぼくは振り返って、訊き返す。

「手強いって？」

「うん。事故現場が環七なんかじゃなくもっと小さい道路だったら、目撃者や被害者の知り合いも見つけやすいだろうけど、これじゃああまりそういうことは期待できないかもしれないってことだよ。ほら、道路沿いの建物を見てみて。マンションすらほとんどないでしょ。もうちょっと道路から離れていれば一軒家も増えると思うけど、沿線の住人は少ないだろうね」

「ああ、そうかもしれませんね」

「いずれにしても、まず事故現場を特定しないとね。駅と事故現場の途中には、橋本奈央子の家はないはずだから」

「でも、事故があった正確な位置すら、わからないんですよね」

「そうだけど、でもそれくらいはちょっと訊いて回ればわかると思うよ。和泉君だって、近所で死亡事故があれば、しばらく憶えてるでしょ」

「そうですね。じゃあ、取りあえずどの辺から始めますか」

尋ねると、紙谷さんは鞄から地図を取り出す。この辺りが載っているページを開いて、ぼくに示した。

「羽沢は、ここよりももうちょっと先なんだ。少し歩いて、それから沿線のマンションにでも当たってみよう」

「はい」

ぼくはこんなとき、どういうふうに行動すればいいのか、見当がつかない。全面的に紙谷さんの指示に従うつもりだった。

地図を見る紙谷さんと並んで、しばらく歩いた。「この辺かな」と紙谷さんが言った地点で立ち止まり、目の前に建っているマンションを見上げる。マンションは騒音対策のためか、道路側には小窓程度しか開いていなかった。明かりが見えないので、ここにどのくらいの数の人が住んでいるかは、外から窺い知ることはできない。

「ちょっと嘘をつくけど、黙っててね」

エントランスで、紙谷さんはおどけるように言った。ぼくはどんな嘘なのかわからなかったが、取りあえず頷いておく。エントランスには管理人がおらず、咎《とが》められることなく中に入っていくことができた。

エントランスに一番近い部屋のインターホンを、紙谷さんは無造作に押した。少し間があって、「はい」と中年女性の声がスピーカーから聞こえる。紙谷さんはインターホンに顔を近づけて、こう言った。

「すみません。週刊Yの者ですが、ちょっとこの辺で起きた交通事故について伺いたいんですけど」

「週刊Y？　取材なの？」

「ええ、そうなんです。ちょっとお話を伺わせていただけませんか」

「いいけど……、なんの話？」

「二カ月ほど前に、この近くで被害者がお亡くなりになる交通事故があったかと思うんですが、ご存じないですか。正確には、五月の十二日のことなんですけど」

「死亡事故？　たまに起きてるのは知ってるけど、それがどうかした？」

「その五月十二日の事故がどこで起こったのか、ちょっと検証したいことがあるので正確な場所を知りたいんですよ」

「五月十二日ねぇ」中年女性は考え込むように、しばらく黙る。「さあ、知らないわぁ。この近くであった事故なの？」

「ええ、羽沢で起きた事故なんですけど、ご存じないんですね」

「知らないわね。ごめんなさい」

「では、橋本奈央子さんという方をご存じでないですか？　その事故の被害者の方なんですが」

「さあ。うちはあまり近所付き合いがないもので」

「お名前を聞いたこともないですか」

「ないですねぇ」

「わかりました。それでしたらけっこうです。お時間をとらせて申し訳ありませんでした」

丁寧に謝って、紙谷さんは引き下がる。インターホンが切れるとぼくの方を振り返り、口をへの字に曲げた。

「まあ、こんな感じ。以前に週刊Yでは仕事をしたことがあるから、ちょっと名前を使わせてもらうくらいはいいかなと思ってね」

周囲の耳を気にして、紙谷さんは小声で囁く。ぼくも微笑んで、頷いた。

「でも、有名な週刊誌の名前を出すと、聞き込みも楽なんですね。びっくりしました」

「まあ、そういうもんだよね。いきなり素性のわからない人が訪ねてきても、相手をする気になれないでしょ。手間を省くためにはやむを得ない、ってところかな」

じゃあ次に行こう、と言って紙谷さんは隣のインターホンを押す。その態度に緊張した様子はなく、いかにももの慣れた風情だった。物腰が柔らかく、決して押しが強いとはいえない紙谷さんだが、ぼくはその姿を誰よりも頼もしく感じた。

隣にもやはり中年の女性がいたが、あれこれやり取りした結果は先ほどと変わらなかった。

この辺の住民は感覚が麻痺《まひ》して死亡事故など珍しくなくなっているのか、それともこのマンション自体が現場から離れているのか。いずれにしても、二回の空振り程度で簡単に音《ね》を上げるわけにはいかなかった。

「要領がわかりましたよ。時間を節約するために、手分けをしませんか。ぼく、ひとりでも聞き込みができそうです」

　ぼくはそう提案してみた。紙谷さんは少し驚いた顔をしたが、「じゃあ」と納得してくれた。

「取りあえず、次はぼくも一緒にいようか。それで困ることがなければ、手分けしよう。まあ、あと五軒くらい訊いて駄目だったら、他のマンションを当たった方がいいと思うけど」

「わかりました」

　ぼくは言われたとおり、すぐ隣のインターホンを押した。だが今度はしばらく待っても応答がない。留守のようなので、次へと向かった。

　さらに隣の部屋からは、男性の応答があった。一瞬後込《しりご》みする思いが湧いたが、紙谷さんもいるのだからと自分に言い聞かせ、用件を切り出す。週刊誌の名前を出すと、邪険にされることなく男性は応じてくれた。

「事故ねぇ。ここ最近は知らないな。ちょっと待ってください。女房にも訊いてみるから」

男性は思いの外、親身になってくれたが、それでも結果は芳しくなかった。諦めて、礼を言って引き下がる。

「うまいよ。あれくらい冷静に質問できれば大したもんだ。ぼくがフリーライターに成り立ての頃は、緊張してなかなか思うように取材はできなかったけどね」

「ぼく、こういうことに向いてるんですかね」

少し気分が良かったので、冗談半分にそう応じた。以前のぼくは、知らない人と口を利くのが大の苦手だったのに、大した変化だ。これもまた、心臓移植の賜物《たまもの》なのだろうかと、ふと考える。

ぼくひとりでも大丈夫そうなので、ふた手に分かれることにした。ぼくはエレベーターで最上階に行き、そこから聞き込みを始める。四軒訊いて何も情報が得られなかったら、ここは引き上げることにした。待ち合わせ場所をエントランスと決めて、ぼくたちは別れた。

ぼくは快い緊張感と、胸が躍る充実感の両方を味わっていた。手術前の、いつ発作が起きるかわからないと怯えて暮らしていた日々が嘘のようだ。こうして自由に出歩き、自分のために行動することが嬉しくてならない。ぼくは嬉々《きき》として、体当たりの聞き込みを続けた。

留守の家も多かったが、住人がいる場合はどこも快く応じてくれた。邪険にされることも覚悟していたのに、不快な思いは一度もしないで済んだ。だがどこの家でも目新しい情報は得られなかったので、ぼくの気持ちは複雑だった。聞き込みをして回っていること自体に満足する気持ちと、成果が得られないもどかしさでは、今のところ前者の方が勝っているのだ。こんなことではいけないと思うが、自分の気持ちはどうにもならない。

　ノルマの四軒を訪ね終えても、何も得るものはなかった。それでもぼくは失望することなく、エントランスに下りていった。こちらの方が早かったようで、二分ほど待っていると後から紙谷さんも現れた。紙谷さんはぼくを見て、ゆっくりと首を振る。

「駄目だったね。そちらは？」

「こちらも駄目です。どうも、事故現場はこの近くじゃなかったみたいですね」

「うん、ぼくもそう思う。もう少し歩いてみようか」

　そんな言葉を交わして、連れ立って外に出る。紙谷さんが「どうだった？」と尋ねてくるので、けっこう楽しかったと正直に答えた。

「ぼく、以前はこういう性格じゃなかったはずなのに、これも移植手術の影響なのかもしれません。どうもドナーは、ぼくとは違って行動的な人だったようだから」

「臓器提供のドナーカードにサインするなんて、確かに行動力や決断力がないとできないことだよね。ぼくも遅ればせながら、和泉君の病気のことを知ってからカードにサインをしたけど、そうでもなければ自分の臓器を提供する気にはなれなかったな。困っている人がいることは知っていても」

「そうですよね、普通」

ドナーの遺族に会うことができたら、その点もぜひ尋ねてみたいと思っていた。どうして自分の臓器を提供する気になったのか、ぼくは知っておきたい。そして、その気持ちのお蔭でぼくがこうして生きているという感謝を、きちんとした言葉で伝えたかった。遺族に会いたいというぼくの希望は、自分の身に生じた謎を解き明かしたいためばかりではないのだ。

「ところで、体調は大丈夫？　絶対に無理はしないでくれよ」

「大丈夫です。痩せ我慢じゃなくって、本当に調子がいいんですよ。この分だと、考えていたより早く大学に復学できるかなと思っているくらいで」

「そうか。それはよかったね。手術以来何度も感じたことだけど、やっぱり心臓移植ってのはすごいことなんだな」

紙谷さんは手術を受ける前の、顔色が土気色のぼくを知っているだけに、落差に驚いているのだろう。元気になったことを驚かれなくなって初めて、ぼくは本当の意味で社会復帰を果たせるのだ。その日はさほど遠くないだろうと信じている。

ぼくたちは百メートルほど歩いて、またマンションに入った。ここもオートロックなどではなかったので、難なく中に入ることができた。今度は最初からふた手に分かれて、聞き込みを分担する。ぼくは聞き込みのこつを、もはや完全に摑んでいた。

ノルマの五軒を終えてエントランスに戻ってきたとき、ようやくぼくは徒労感を覚えていた。このマンションの住人もやはり、先ほどと同じく事故のことを誰も知らなかったのだ。遅れてやってきた紙谷さんの方も、収穫がなかったことは表情を見ただけでわかる。ぼくたちは顔を見交わし、力なく首を振った。

「まだ諦めるのは早い。もう少しがんばってみよう」

それでも紙谷さんは、明るい声で言う。「そうですね」と、ぼくも沈みかける心を奮い立たせた。

さらにもうひとつのマンションを当たって、ぼくたちは昼食にすることにした。三つ目のマンションでも、事故のことを知る人はいなかった。そうした事件に無関心なのか、近所付き合いがほとんどない地域なのか判然としなかったが、ぼくの手応えとしては両方という気がした。いずれにしても、事故現場くらい簡単に特定できると考えていたぼくたちは、かなり甘かったということがわかった。

「疲れたかい？」

環七沿いのファミリーレストランに落ち着き、紙谷さんはまずそう尋ねてくる。ぼくはマスクをしたままだったが、それでも顔に疲労が表れているのかもしれない。

「ええ、少し」

「じゃあ、しばらくゆっくり休もう。いくら元気になったとはいえ、大手術を受けたばかりの人には少し酷だったね。ごめん」

「大丈夫ですよ。普通に疲れただけです。紙谷さんも疲れたでしょ」

「うん、まあね」

紙谷さんは認めて、お冷やに手を伸ばした。ぼくも気づいてみれば、ずいぶん喉が渇いている。一気に水をグラス半分ほど飲み干した。

「どういうことなんでしょう。どうして誰も、橋本奈央子のことを知らないんでしょうね。橋本奈央子はこの辺りの住人じゃなかったってことでしょうか」

グラスを置くと、ぼくはたまらず質問を向けた。紙谷さんは少し考えて、頷く。

「そうだね。その可能性はある。何かの用事でこの辺りに来ていて、そして事故に巻き込まれたのかも。でもそうだとしても、事故があったこと自体は誰かが知っていてもおかしくないよね。そのことすら知っている人が見つからないのは、少し不思議だ」

「無関心なんでしょうね、そういう事故に」

ぼくはなんとなく寂しい思いになって、言った。人ひとりが命を落としたというのに、それを憶えている人が見つからない。もし死者の言葉を聞くことができたら、橋本奈央子はいったいどんな思いを口にするだろうと考えた。

「それもあるだろうけど、周辺の住民が気づかないほど迅速に事故処理がされたのかもしれない。何しろ環七は交通量が多い。事故のためにいつまでも一車線を塞《ふさ》いでいるわけにはいかないんだろう。三十分もかからずに処理されたのなら、気づいた人が少なくてもおかしくないよ」

「ああ、そうか」

紙谷さんの説明を聞いて、ますます事態が困難であることを認識した。海の向こうのエミリア・ドースンはあっさりとドナーの遺族に会えていたが、ぼくに同じような幸運は訪れてきそうになかった。

「午後は環七沿線から離れて、もう少し奥まったところも当たってみよう。一軒家が多い地域の方が、近所付き合いは多いだろうから」

「そうですね」

それで何かがわかればいいがと、ふと弱気な考えが頭をよぎったが、慌ててそれを振り捨てた。ぼくの身に生じたことにはなんの関係もない紙谷さんがこれだけ親身になってくれているのに、肝心のぼくがそんなことを考えていてどうする。なんとしてもドナーの遺族に会うのだと、ぼくは改めて自分の決意を確認した。

食後のコーヒーまで飲んだので、ぼくたちはファミリーレストランに一時間半ばかり居座っていた。ようやく活力が戻ってきたので、気持ちを新たに出発する。紙谷さんの地図を見ながら、今度は一軒家を虱潰《しらみつぶ》しに当たってみた。

結果から言えば、午後の聞き込みも完全な空振りに終わった。橋本奈央子の痕跡は、この地域にはまったく残っていなかったのである。

28

ぼくはその日のことを、メールで雅明君に報せた。これだけ努力して何もわからなかったことに対し、彼がどのような意見を持つか聞いてみたかったのだ。もともとぼくは雅明君のことを子供だなどとは考えていなかったが、手術以後はますます一目置く気持ちが強くなっていた。雅明君はぼくにとって、大事な相談相手のひとりだった。

一時間もせずに雅明君からファクスが入り、チャットで話をしようと持ちかけられた。承知したとの返事を送って、すぐインターネットに接続する。いつものチャットコーナーに入り、雅明君と落ち合った。

《メール、読みました。どういうことなんでしょうね》
前置きもなく、雅明君はそう尋ねてくる。ぼくはモニターの前で首を傾げ、キーを叩いた。
《紙谷さんも不思議だって言ってた。ひとりくらいは事故のことを知っている人が見つかると思ってたのに、って》
ぼくたちの探し方が悪かったのかもしれないが、手分けしたことでもあるし、捜索範囲はかなり広かったはずだ。それでも手がかりひとつ見つけられなかったのは、少し奇妙なことだった。紙谷さんは、こんなはずはないと幾度も首を傾げていた。
《二カ月近くも前のこととはいえ、人ひとり亡くなっていれば少しは噂になるのが普通ですよね。それなのに誰も知らないっていうのは、おかしくないですか？》
雅明君も同じような印象を持ったようだ。ぼくはここぞとばかりに、自分の疑問を聞いてもらう。
《変なんだよ。まるで新聞が嘘の報道をしたか、あるいはあの地域の人たちが口を揃えて嘘をついているのか。どっちにしてもあり得ないことだから、不思議でしょうがないんだ》
《新聞の記事が間違ってたってことはないですか？　嘘の報道をしたわけではなくて、誤認があったのかもしれない》

《誤認？　でも、どの新聞を見ても、練馬区羽沢で事故が起きたと書いてあったんだよ》
《じゃあ、警察の発表が間違っていたとか、あるいは警察が故意に事実と違う情報を流したとか》
《警察が？　どうしてそんなことを》
想像もしなかったことを雅明君は言う。ぼくは驚いて、しばし返事を打つ手が止まってしまったほどだった。ニュースソースを疑うことなど、ぼくは考えもしなかった。
《わかりません。でも事故の被害者が見つからない理由としては、そんなことくらいしか思いつきませんから》
《ぼくはこんなことも考えてみたんだよ》
雅明君の言葉を受けて、ぼくは政治家の息子云々《うんぬん》という推測を続けて書いた。一度は紙谷さんに否定された説だが、雅明君の意見の後ではいかにもありそうな話に思えてくる。雅明君の返事はすぐに返ってこず、三十秒ほどしてようやくモニターに文字が現れた。
《そういうこともあるかもしれませんね。ぼくにはよくわかりませんけど》
《もし仮にこの想像が正しかったとすれば、ぼくはどうがんばっても橋本奈央子の遺族には会えないってことになると思うんだ。政治家の都合なんかでぼくの体の謎が永遠に解けないんだとしたら、頭に来るよ》

ぼくは率直に、自分の思いを文章にした。期待が大きかっただけに、調査が空振りに終わったことには落胆している。それが苛立ちとなって、胸の底に溜まっていた。

《でも、本当にそうなんでしょうか？　なんか、あまりピンと来ないんですけど》

ためらいがちな反論が、モニターに表示される。雅明君が首を傾げている姿を、ぼくは思い浮かべた。

《どうしてピンと来ないの？》

《もし政治家にそんな力があるんなら、最初から事故の報道なんて抑えてしまえばいいじゃないですか。警察が発表しなければ済むんだし、何も嘘の情報をマスコミに流すことはないでしょ》

ぼくは雅明君の言葉を読んで、思わず唸ってしまった。言われてみればそのとおりで、ぼくの説は確かに矛盾がある。では、いったいどういうことなのだろう。

《じゃあ、他に警察が嘘の発表をする理由はあるのかな。あまり思いつかないけど》

《警察の発表が嘘と決まったわけじゃないですよ。ぼくも単に思いつきで言ってみただけですから》

《そうでないとしたら、やっぱりぼくたちの調査不足だったのかなぁ。ずいぶん訊いて回ったのに》

《事故処理が早かったと考えるしかないんですかね。橋本奈央子のことを知っている人が見つからなかったのは、やっぱりその地域の住人じゃなかったからでしょう。だとしたら、何も聞けなくても仕方ないですよ》
《うーん》
　雅明君の意見は至極もっともだったので、ぼくは何も反論できなかった。やはりそう考えるのが妥当なのだろうか。素人のすることなど、しょせんはこんなものということかもしれない。
　その後もしばらくこの件について話し合ってみたが、雅明君もこれ以上の意見はないようだった。ある程度のところでチャットを切り上げ、ぼくは接続を切った。納得しがたい思いがしこりのように胸に残っていたが、それをうまく言葉にはできなかった。

29

　夢でしか恵梨子に会えないのは、ぼくにとってひどく切ないことだった。ふたりを隔てるものが物理的な距離であるなら、それを克服する手段はいくつもあるだろう。だがぼくと恵梨子の間に横たわるものは、どんな障害よりも絶望的だ。何しろ相手はすでに死んだ人であり、会いたいといくら強く望んでも、それは叶うこともない。かろうじて夢の中でのみ、ぼくは恵梨子の姿を見ることができるが、それとて自分の意思のままになるわけではないのだ。これほど絶望的な距離があろうか。

ぼくは退院以後、一度も恵梨子の夢を見なかった。最初のうちこそ、いずれ会えるだろうと思っていたが、日を経るにつれてだんだん不安になってきた。もう二度と恵梨子は夢に現れないのではないかという恐怖が、じわじわと心に浮かんでくる。そのせいで、眠りに就くのが怖くなってしまったほどだった。

だから、恵梨子と再会できたときのぼくの喜びは、とても言葉では言い表せないものだった。夢から覚めた瞬間、ぼくは嬉しさと同時に寂しさを覚えた。次に恵梨子に会えるのはいつだろうかと、とっさに考えてしまったからだ。恵梨子への思いは、日を追うごとに強くなっていくようだった。

今度の夢は、初めて恵梨子に会ったときの続きのようだった。広い芝生と、そこで思い思いにくつろいでいる人々。ぼくもまた、なんの不安もなくその場でリラックスしながら、同時にここはどこなのだろうかと考えていた。夢の中のぼくは、当事者としての自分と、それを他人事のように俯瞰《ふかん》するもうひとりの自分として存在するのだった。

「ねえ、喉渇かない？」

ぼくの横に坐っていた恵梨子が、そう話しかけてくる。恵梨子は、どちらかといえば童顔の女性だ。薄い化粧が少年っぽい雰囲気を醸し出し、それが彼女に躍動感を与えている。笑うとできるえくぼが愛らしく、ついつられて微笑みたくなる。髪型は耳が隠れる程度のショートカットだ。それを掻き上げる仕種を、ぼくは記憶に留めた。

「渇いたね。じゃあ、そろそろ美術館に行こうか。確か、館内に喫茶店があったはずだよ」

「うん、行こう行こう」

言うと恵梨子は、飛び跳ねるように立ち上がった。ぼくがゆっくり腰を上げていると、「早く」と急かして軽くその場で足踏みする。ぼくは苦笑して、「はいはい」と応じた。

並んでみると、恵梨子の頭はぼくの首の辺りにあった。百六十センチくらいだろうか。特別身長が低いわけではないが、目立つほど高くもなさそうだ。肩幅は狭く、どちらかといえば華奢《きゃしゃ》な体格だが、快活な雰囲気が弱々しさなど感じさせない。間違っても、「風にも耐えない」といった風情は持ち合わせていなかった。

芝生から遊歩道に出て、それに従って歩いた。三分ほど散策すると、前方に大きな建物が見えてくる。砂色のタイルを張った外観は、鋭角なシルエットと相まってどこか現代的な印象だった。ガラス張りの大きな入り口には、「第四十六回　日本現代美術展」と書かれたポスターが掲示されていた。

ぼくたちは建物を回り込んで、美術館と回廊で結ばれている喫茶店に落ち着いた。こちらも総ガラス張りで、外の景色を眺められるようになっている。ぼくたちは窓際の席に坐り、ミルクティーを頼んだ。

「ねえ、風景画は描かないの？」

しばらく外に視線を投げていた恵梨子が、こちらに顔を向けると唐突にそう言った。ぼくは何を言われたのかわからなかったが、口が勝手に答えていた。

「うん、別に嫌いじゃないけどね。人物画よりは好きだよ」

「静物もいいけど、見てて面白いのは風景画だと思うな。今度、ちゃんと挑戦してみてよ」

「自分でも描けばいいじゃないか」

「あたし？　あたしだって、描けるものなら描きたいけど、でも画才がね」

「ぼくは恵梨子の絵が好きだけどな。恵梨子は自分に厳しすぎるんだよ」

なぜぼくは恵梨子の絵を好きだなどと言えるのだろう。恵梨子の記憶が、ぼくにそう言わせるのだろうか。

「あたしにとって、絵は趣味のまま置いといた方がいいと思う。その方が、ずっと幸せだと思うから」

「別に無理に出展しろとは言わないけどさ。でも、趣味だと思えるなら、それでいいじゃやないか。趣味の作品にまで、厳しい目を向ける必要はないんじゃない？」

「そうなんだけどね」

恵梨子はふと寂しそうな表情になった。どうやら恵梨子は、自分の画才にかなり懐疑的だったようだ。移植前のぼくからすれば、恵梨子の実力は相当なものだと思えるのだが、自己評価は違うらしい。なるほど、恵梨子は自分に厳しい女性なのだろう。

「——ところでさ」しばらく黙り込んだ後、一転して恵梨子は明るい声になった。「少し、おなかが減らない？」

「別に減らないけど、何か食べる？」

「ケーキ食べたい。一緒に食べない？」

「ああ、じゃあ付き合おうか」

夢の間のごく短い時間しか恵梨子に会っていないぼくだが、それでも彼女の魅力がどの辺りにあるのか、もう理解していた。恵梨子が見せる様々な表情の変化は、ぼくにとって何にも増して新鮮で、深く心に刻みつけられた。

ウェイトレスを呼んでメニューをもらい、ぼくはアップルタルト、恵梨子はレアチーズケーキを注文した。すぐに運ばれてきたそれにフォークを立て、恵梨子は嬉しそうに目許を綻ばせる。

「おいしい。レアチーズケーキなら《アン・リーヴ・ドゥ》のが一番おいしいと思ってたけど、ぜんぜん負けてないわ」

「うん、こっちもおいしいな。どう、食べてみる？」

「あ、食べたい」

恵梨子はフォークを伸ばして、こちらのアップルタルトの端をつついた。口に運び、また嬉しそうな顔をする。

「おいしい！　この美術館にこんなおいしいケーキを出す喫茶店があったなんて、知らなかったなぁ。これまで何度も来てたのに」

「もったいなかった、って？」

「うん、もったいなかったよ。あー、後悔」

心底悔しそうな声を出しながらも、手は休めずにケーキを攻略している。おいしいおいしい、という言葉とともに、見る見る恵梨子のケーキは小さくなっていった。

「食べちゃった」

名残惜しそうなことを言いながらも、表情は満足げだった。恵梨子はその後もしばらく、いかにこのケーキがおいしいかをあらゆる言葉を使って説明してくれた。ぼくは相槌を打ちながら、そんな恵梨子を満ち足りた思いで見守った。

紅茶を飲み終えてから、ぼくたちは腰を上げて喫茶店を出た。そのまま美術館の入場料を払い、館内に進んでいく。有名な画家の個人展ではなく、現代画家の作品をいくつか集めた展示なので、それほど客は多くない。その分ぼくたちは、ゆっくりと館内を見て回ることができた。

この展示会は、どちらかというと抽象的なタッチの作品を集めたもののようだった。静物、風景、人物、いずれを取っても写実的な作品は少ない。だがそのデフォルメされた光景は素人目にも面白く、ぼくは退屈することなく絵を鑑賞した。

「あ、これいいね。こういうの、好き」

恵梨子は言って、一枚の絵の前で立ち止まった。その絵は全体に水色が目立つ色調で、ポップな印象がある。基本的には風景画なのだろうが、円を多用した抽象画で、似たような作品が多い中、異彩を放っていた。どこかの町並みを描いているはずなのに、建物の輪郭はどれも丸い。遠近法を完全に無視した奥行きのないその光景は、非現実的であるのと同時にどこか愛嬌を感じさせた。

「面白いな。コンセプチュアル・アートの技法を風景画に導入しているのかなぁ。これは意外な筆致だよね」

「川窪俊郎《かわくぼとしろう》か。へえ、憶えとこう」

絵の下に添えられた説明を読んで、恵梨子は言う。その名前はぼくの記憶にも残った。

「そんなに若いわけじゃないんだ。こんな人、知らなかったな」

説明に書かれている生年から計算してみると、川窪俊郎は現在三十七歳ということだった。既成のイメージに囚われない筆致から、もっと若い人だろうと瞬間的に考えたので、少し意外だった。どんな人がこういう絵を描くのかと、ぼくは興味を持った。

館内をすべて見て回っても、結局川窪俊郎の作品ほどインパクトのある絵はなかった。ぼくの夢は、そこで終わった。

30

恵梨子が絵画に興味を持っていたことは、心臓を移植されてから突然絵がうまくなったことで予想はついていたが、今度の夢でそれが証明された。もともと絵の知識などかけらも持っていないぼくの脳では、どう転んでもあのような夢を見るはずがないのだ。ぼくは夢の中で見た川窪俊郎の抽象画や、恵梨子と交わした絵に関する会話のすべてを、しっかりと記憶に留めた。

ぼくは川窪俊郎という画家の実在を少しも疑っていなかったが、調べてみる価値はあると考えた。もし本当に存在するのなら、ぼくは知りもしない画家の名前を夢で見たことになる。これもまた、心臓移植によって記憶が転移したことの証左になるはずだった。

絵のことなら如月が詳しい。ぼくは迷わず電話をかけ、川窪俊郎という名を知っているか尋ねた。

「知ってるよ。それがどうした」

寝起きだったらしい如月は、不機嫌そうな声を出す。ぼくはかまわず、質問を重ねた。

「どういう絵を描く人なんだ。円を多用した風景画を描くんじゃないか」

「知ってるなら訊くなよ。それだけか。じゃあ、お休み」

「待てよ。寝てるところだったら悪かったけど、どうせ起きちゃったんだろ。もう少し付き合ってくれ」

「なんだよ。どうして川窪俊郎なんかに興味を持ったんだ」

「夢で見たんだよ。たぶん、心臓の記憶だと思う」

「ああ、そう。そりゃよかったな」

ほとんどこちらの言葉を聞いていないような返事である。ぼくは如月の頭をしっかりさせるために、しつこいくらい夢のことを説明した。最初は気のない相槌を打っていた如月だが、徐々にしゃんとした返事が返ってくるようになった。

「以前に川窪俊郎の絵を見たことはないと、はっきり言えるんだな」

　ぼくの説明を聞き終えた如月は、そう確認してきた。ぼくは頷く。

「うん。現代アートになんて、これまでまったく興味がなかったからね」

「テレビや雑誌でちらっと見て、面白いなと思ったこともないか。自分では憶えていないつもりでも、深層心理に名前が刻みつけられていたのかもしれないぞ」

「そんなことは絶対ない。恵梨子は川窪俊郎の絵が好きだったんだ。だから、ああいう形でぼくの夢に出てきたんだと思う」

「まあ、どちらかといえばマイナーな人だからな、川窪俊郎は。お前が目にする機会も少ないだろう」

「やっぱり、あんまり有名じゃないのか。けっこう面白い絵だと思ったけど」

「面白いよ。オリジナリティーはあると思う。でも、ちょっと印象が淡いんだよな。筆致のせいか、色使いのせいか。たぶん、両方だろうけど。そのせいで、あんまり画壇の評価は高くない」

「難しいんだな、絵の世界は」

「おれは好きだけどね。もともとコンセプチュアル・アートってのはどこか冷たい印象があったり、荘厳さを狙いすぎて宗教臭かったりして好きじゃないんだけど、川窪俊郎はその手法を風景画に用いて、しかも淡い色目を使うことで弊害《へいがい》を免れている。もっと評価されてい い人だと思うけどね」

「川窪俊郎の年齢は三十七歳で間違いないのかな」

「そんなことまでは知らないよ。自分で調べてみな」

「どうやって調べればいいんだろう。美術年鑑みたいなものを引けば載ってるのかな」

「どうだろうな。載ってないと思うけど。インターネットで検索してみれば？」

「そうだな。それが手っ取り早いか」

いくら如月が絵画の世界に詳しいといっても、あまり有名でない一画家のことなどこれ以上は知らないだろう。ぼくは川窪俊郎の話をそこで打ち切り、話題を変えた。

「ところで、今度ぼく、絵を始めてみようかと考えてるんだ。油絵がいいかなと思ってるんだけど、教えてくれないか」

「絵を？　お前がそんなことを言い出すとはね。やっぱり心臓移植で人が変わったのか」

「たぶん、けっこううまく描けると思うんだよ。病院でお前も見ただろ。せっかくだから、本格的に始めてみたくなったんだ」

「まあ、別にいいけどね。取りあえず画材を揃えておけば、基本くらいは今度教えてやるよ」

「どういう画材が必要なんだ」

　ぼくは質問して、如月が並べ立てる単語をメモに書き取った。礼を言って、受話器を置く。その日のうちにぼくは、言われた物を買い揃えた。

　数日後に如月はやってきて、道具の使い方を教えてくれた。筆の洗い方、絵の具の溶き方、画材の保存の仕方などを簡単にレクチャーしてくれる。だが構図の取り方や、デッサンの描き方など、絵の出来に関わることはひと言も言わなかった。絵を描くのにうまい下手などない、自分の描きたいように描いた絵がいい絵なんだと、如月は言い切った。ぼくはそんな如月の言葉に後押しされ、なんの気負いもなく絵を描き始めた。

　まずは、窓から見える風景を描いてみることにした。特に面白くもない構図だが、始めの一歩としては充分だ。真っ白いキャンバスに木炭を走らせ、眼下に見えるビルや一軒家の屋根を写し取る。以前は描く対象ひとつひとつのバランスが悪くてどうにも落ち着かなかったものだが、今はそんなこともなく順調に進んだ。やはり、自分以外の力が絵を描かせているのだと確信した。

「うん、デッサン力はあるみたいじゃないか」

　辛口の如月も認めてくれた。ぼくは嬉しくなって、しばらくデッサン描きに没頭した。如月が学校に行くからと帰った後も、木炭を休ませることはなかった。

この絵ができあがるまでに、恵梨子について何かを知ることができるだろうか。ぼくは期待を込めて、白いキャンバスを埋めていった。

31

思いがけない報せがあったのは、絵を描き始めて三日目のことだった。すでにデッサンは完成し、いよいよ筆に絵の具を載せようかというところで、ぼくの絵は中断を余儀なくされた。それほど、その報せは意外だった。

「本当ですか？」

ぼくは受話器に向かって、思わず疑うようなことを言ってしまった。たった今聞いた言葉が、現実として感じられない。一瞬思考が空白になり、どう対処すべきかもわからなくなった。

「本当なんだよ。ぼくもびっくりしたんだ」

紙谷さんはこちらの言葉に気を悪くした様子もなく、少し興奮したように言った。早口に、先ほどの説明をまた繰り返す。

「ついさっき、電話があったんだ。先方は君に会いたがっている。どうする？」

「ど、どうしましょうか……」

ぼくは戸惑って、情けない声を出した。こんなふうに事態が展開するとは、まったく予想すらしていなかったのだ。

紙谷さんの報せは思わぬものだった。なんと、今朝になって橋本奈央子の遺族が接触をとってきたというのだ。ぼくたちが捜していたという話を聞き、ぜひとも会いたいと考えたそうだ。紙谷さんに連絡をしてきたのは、中年の女性だったという。おそらく橋本奈央子の母親だろうと、紙谷さんは言った。

「週刊Yの記者だって嘘をついて回ってただろ。だから、問い合わせがYの編集部に行ったんだ。そのときたまたま応対したのがぼくの知り合いで、とっさに事情を察してくれた。ぼくが取材のときにYの名前を使わせてもらっていることは、その人も知っていて黙認してくれてたんでね。適当に話を合わせて、ぼくのところに連絡をくれたんだよ」

その女性は、週刊Yの記者がなぜ自分を捜しているのか疑問に思い、接触をとってきたらしい。そこで紙谷さんは、正直なところを話して相手の反応を待った。ここで向こうが興味を示さないなら、ぼくには遺族から接触があったことは内緒にしておくつもりだったという。だがレシピエントが会いたがっているという話は、先方にも深い感銘を与えたようだ。ぜひとも会ってみたいと、強い口調で女性は言った。

「記憶が転移したという話は、まだしていない。いきなりそんな話を始めて、胡散臭く思われるのも損だからね。実際に会ってみて、君の判断で話をするかどうか決めればいい」

紙谷さんも突然のことに興奮しているようだが、判断はあくまで冷静だった。ぼくは必死で頭を回転させ、まず確認すべきことを思いついた。

「それで、間違いなく橋本奈央子がドナーだったんですか。ぼくと無関係の、単なる交通事故の被害者だったら会ってもしょうがないし」

「それは間違いない。ぼくも最初に確認したよ。橋本奈央子さんはドナーだった。脳死の判定を受けて、心臓と腎臓を提供している。その心臓が君に移植されたという保証はないけど、事故に遭った日付と時刻から見てほぼ間違いないだろう」

「やっぱり、そうだったんですか……」

では、夢で知った恵梨子という名前はなんだったのだろう。ドナーは恵梨子ではなく、奈央子という名前だったのか。ぼくは遺族と会えることになった喜びと同時に、その小さな齟《そ》齬《ご》にかすかな不安も覚えていた。何かがおかしいと、心の底で訴えるものがあった。

「どうする？　やっぱり会うのが怖くなった？」

ぼくの鈍い反応に、紙谷さんは様子を窺うような声を出した。ぼくは慌てて否定する。

「いえ、そんなことはないです。会いたいです。会わせてください」

「じゃあ、先方にそのように伝えるよ。君が直接連絡してもいいけど、やっぱりぼくみたいな第三者が間に入った方がいいと思う。任せてくれる？」

「もちろん、ご迷惑でなければお願いします。やっぱり、緊張しちゃうから」

「了解。じゃあ、すぐにも連絡をとって、会う日を決めよう。先方は早ければ早いほどいいと言っている。君の方はどう？」

「ぼくも、いつでもけっこうです。あちらの都合に合わせます」

「じゃあ、セッティングはぼくに任せてくれ。連絡がついたら、すぐ折り返すよ」

「お願いします」

頭を下げて、受話器を置く。電話を終えた後も、ぼくはしばし呆然としていた。あれほど捜して見つからなかった遺族が、こんなふうに簡単に現れるとは。もちろん、あの日に足を棒にして歩き回ったからこそ、こちらのことが橋本奈央子の遺族に伝わったわけで、いわば努力が実った形ではある。だがそれでもぼくは、あまりに簡単すぎるという違和感を拭《ぬぐ》えなかった。うまくいくときは、得てしてこんなものなのだろうか。

もうひとつの違和感は、橋本奈央子がドナーだったという事実についてのものだった。橋本奈央子の遺族を捜していながらもぼくは、心の底で間違ったことをしているのではないかと考えていたようだ。ぼくの心臓はあくまで恵梨子のものであって、橋本奈央子という女性が提供してくれたものではない。そんなふうな思い込みが抜きがたく存在していることに、ぼくはいまさらながら思い至った。

　だがそれは、ぼくにとって無視できない齟齬であったとしても、事実の前には無意味だということくらい承知している。大事なのは、移植手術後にぼくの身に生じた様々な変化が、生前の橋本奈央子の特徴と一致するかどうかだ。橋本奈央子が肉や甘いものを好み、音楽や絵にも造詣《ぞうけい》が深かったなら、やはり心臓移植でドナーの趣味嗜好が転移したと確信することができる。そして何よりも確かめたいのが、生前の橋本奈央子の容貌だった。ぼくの知る恵梨子の顔と一致していたなら、ぼくはそのときどう感じるのだろう。安心するだろうか、それとも恵梨子がもう戻らぬ人だとはっきり確認し、悲しく思うだろうか。自分でもわからなかった。

　三十分後に紙谷さんからの折り返しの電話があり、遺族と会うのは今度の日曜日と決まった。場所は練馬区にある橋本家。住所によると、ぼくたちが捜していた地域からは外れた場所にあるそうだった。やはり、一日捜し回ったくらいでは足りなかったということだろう。紙谷さんは少し悔しそうに、そう言った。

　ぼくは複雑な思いで、承知したと伝えた。遺族との会見がどういう結果に終わろうと、ぼくにとって大きな出来事となるのは間違いなかった。

32

橋本家までの道筋は、紙谷さんがファクスで地図を受け取っていたので迷うこともなかった。ぼくたちは先日と同じように新桜台駅の改札口で待ち合わせ、橋本家へと向かった。

橋本家は、西武池袋線の江古田《えこだ》駅に近い、瀟洒《しょうしゃ》なマンションの一室だった。エントランスはオートロックで、外部の者を拒絶している。この前、仮にぼくたちがこのマンションまでやってきていたとしても、入れないからと聞き込みを諦めていたことだろう。そう考えると、先日の徒労感も少しは薄らいだ。

自動ドア横の数字ボタンを押し、橋本家の人を呼び出す。すぐに女性の声が応じて、自動ドアを開けてくれた。ぼくたちは中に入り、エレベーターに乗った。

五階で降りて、橋本家の部屋番号を探した。すぐに「橋本」と表札の出ている部屋が見つかる。ぼくの体は、軽い緊張で竦んだ。インターホンには一階のときと同じように、紙谷さんが手を伸ばした。

短いやり取りの後、ドアが開いた。少し小太りの、だが品のいい顔立ちの中年女性が顔を出す。この人が、橋本奈央子の母親なのだろう。ぼくは堅苦しい口調になりながら、自分の名を名乗った。

「お待ちしておりました。どうぞ、お入りください」

そう言って女性は、ぼくたちを請《しょう》じ入れてくれた。出されたスリッパに遠慮なく足を入れ、導かれるままに奥へと進む。採光充分の広いリビングルームには、瘦身の中年男性がいた。こちらを見て、「ようこそいらっしゃいました」と言う。その声には深みがあり、年齢相応の落ち着きと自信が感じられた。

「大手術を終えたばかりの方をお呼び立てして、本当に申し訳ない。こちらから伺ってもよかったのですが、お話の内容からすると我が家の方がいいかと思ったもので」

「もちろん、そんなことはかまいません。このとおり、すっかり快復しましたので、ちょっとした外出程度ならどうということはないんです。これも、丈夫な心臓をいただけたお蔭です」

ぼくは改めて、橋本氏と夫人に頭を下げた。これが言いたくて、ぼくはここまでやってきたのだ。

「どうぞ、おかけください。そんなところに立っていられては、こちらも恐縮してしまう。さあ、紙谷さんもどうぞ」

橋本氏は歩み寄ってきて、こちらの肩に手を置いた。「さあさあ」と言いながら、ソファに坐るよう促す。ぼくは素直にその言葉に従った。

「本当に、よく訪ねてくださいました」

正面に坐った橋本氏は、もう一度繰り返した。感銘を受けている様子で、ぼくのことをじっくりと見る。ぼくもまた、複雑な思いで橋本氏を見つめ返した。

正直なところ、ぼくはこの会見に神秘的なものを期待していた。遺族に出会ったとたん、心臓が跳ね上がるような顕著な反応があるのではないかと想像していたのだ。だが実際には、ぼくの心臓は少し速く拍動しているものの、それは緊張のためでしかなく、特別な反応ではなかった。橋本氏や夫人の顔も、特に既視感があるものではない。ぼくにとって橋本夫妻は、あくまで初対面の人物だった。そのことにぼくは、密かに失望していた。

「こちらこそ、ご連絡をいただけて嬉しかったです。お目にかかれる機会を作っていただき、ありがとうございます」

回りくどい言い回しだが、ぼくとしてはそのように述べるしかなかった。ぼくの存在が橋本夫妻にとって、いったいどういうものであるかまだ見当がつかないからだ。彼らにしてみれば、ぼくは会いたくもない人物であってもおかしくない。娘の心臓を奪った憎い奴と思われても、仕方ないところなのだ。それが筋違いの逆恨みであっても、ぼくにはひと言も反論できない。

それでも橋本夫妻は、揃って歓迎の意を示してくれた。橋本奈央子がドナーカードにサインした意思を、完全に理解して尊重しているのだろう。だからこそぼくが元気でいるところを見て、彼らは喜んでくれているのだ。ぼくは心に重くのしかかっていたものが、ほんの少しだけ軽くなったように感じた。

キッチンに下がっていた夫人が、トレイにコーヒーを載せて運んできた。ぼくたちの前にカップを置き、「どうぞ」と勧める。そのまま夫人は、橋本氏の隣に坐った。

「本当に、ずいぶんお元気そうですねぇ。心臓移植なんて大手術を受けたばかりの方とは思えませんわ」

夫人もまた、ぼくのことをしげしげと眺めて感想を口にした。ぼくは「自分でも信じられません」と応じた。

「二カ月前は、ほとんど死人も同然のような顔色だったんです。大袈裟でなく、いつ死んでもおかしくなかった。それが、手術を受けてからはなんの不安もない生活に変わりました。全部、心臓を提供してくれたドナーの方のお蔭です」

「そんな言葉を聞くと、私どもも少し安心します」橋本氏はゆっくりと頷いた。「娘が脳死状態になったと告げられたときは、文字どおり目の前が真っ暗になりました。情けないことですが、何をどうしていいのかわからなくなり、完全に理性を失っていたのです。そこに、医者の方から臓器提供の話をされました。ドナーカードにサインしたことは、娘から聞いて知っていましたが、まさかそれが役に立つ日が来ようとは想像もしていませんでした。でも私は混乱しながらも、これは同意しなければならないと判断しましたよ。娘が望んでいたのだから、私たちがそれを妨げたりしてはいけない。まだ呼吸している娘の心臓を摘出されるのは、本当に身を切られるような思いでしたが、今こうして和泉さんにお会いしてみて、自分の判断が間違っていなかったことを知りました。事故の日以来、ずっと後悔をし続ける日々でしたが、それも今日で終わりにできそうです。本当に、よかった」

それが、橋本氏の偽らざる気持ちなのだろう。橋本氏の顔は満足そうで、隣に坐る夫人も同様だった。娘の死という理不尽に少しでも意味を見いだせたことが、夫妻にとって救いとなっているようだ。それは、ぼくにとっても嬉しいことだった。

「こちらの感謝の気持ちは、とても簡単には表現できません。何しろ、ぼくは奈央子さんに命をもらったのですから。そうでなければぼくは、もうこの世にはいなかったかもしれない。ここで脈打っている心臓は、確かに奈央子さんのものなんです」

ぼくは自分の胸を指差して、言った。夫妻は穏やかな表情で、ぼくの言葉を受け止めた。こちらに対しての複雑な思いなど、少なくとも表面上はまったく見られなかった。

ぼくはこのとき初めて、ドナーの遺族とレシピエントが接触できないように図られている意味を実感した。ぼくは感謝の気持ちを、言葉だけでなく何か形で表したいと考えている。たまたまぼくは学生で、金銭的な礼などできない立場にあるが、母さんだったらやはり具体的な行動をとるだろう。それはたとえ禁止されていたとしても、抑えがたい感謝の念なのだ。こうしたことは頑固に禁止しておかなければ、歯止めが利かなくなる。そのことを、ぼくは悟った。

どのようにしたらもっとこちらの気持ちを伝えることができるだろうかと考え、やがて諦めた。物品でなく言葉だけで感謝を伝えようとするなら、時間がいくらあっても足りはしない。幸い橋本夫妻は恩着せがましいことを言うつもりはないようだし、こちらの言葉も素直に受け取ってくれている。気持ちは伝わっているだろうと期待した。

「ぼくが奈央子さんの遺族を捜した動機は、どうして奈央子さんがドナーカードにサインしたのか、その理由を伺いたいと思ったからなんです。日本ではまだ、特別な興味がない限りドナーカードにサインする機会は少ない。奈央子さんはどんな気持ちでぼくに心臓を提供してくれたのか、できたらそれを伺わせていただきたかったのです」

ぼくは充分に言葉を選んで、本題に入った。橋本夫妻の好意的な態度に甘えるつもりはないが、それでもこれだけは訊かずに済ますわけにはいかない。この心臓と死ぬまで付き合い続けるからには、元の持ち主の気持ちを知らずにはいられなかった。

ぼくの言葉に、夫妻は顔を見合わせた。少し困ったように眉を寄せ、やがて橋本氏が口を開いた。

「実は、私もよくわからないのです。ある日突然、娘がドナーカードを家に持ってきましてね、『こういうのがあるからサインをした方がいいよ』と言うんですよ。私はもう若くないですから、申し訳ないことですがわざわざサインはしませんでした。ですが娘は、ちゃんと臓器提供の意思を持って、サインしていたんです。娘は優しい子でしたから、どこかで和泉さんのような方たちの話を聞いたのでしょう。それで、思うところあって臓器を提供することにしたんだと思います」

橋本氏の言葉を黙って聞いている夫人も、同意するように頷いた。臓器提供の意思を固めた確たる理由は、ふたりともあまり知らないようだった。

橋本奈央子にしてみれば、もしかしたらドナーカードにサインをしたことはほんの弾みだったのかもしれない。たまたま臓器移植を待つ人たちの話を聞き、かわいそうだと単純に同情した。取りあえずできることといえば、まずはドナーカードにサインすることである。まさか自分が死ぬ日が迫っているとは想像もせず、橋本奈央子は軽い気持ちでサインをしたのかもしれなかった。そうであったとしても、ぼくには何も言う権利などないのだが。

曖昧な返答に、ぼくは続けて何を尋ねるべきか迷ってしまった。そんなこちらの様子を見て、それまで黙っていた紙谷さんが助け船を出してくれた。

「もしよろしければ、奈央子さんがどういう方であったか、詳しく伺わせていただきたいんですが。彼はずっとそれを望んでいたんです。奈央子さんの人となりを知れば、これまで以上に感謝の気持ちを強く持てますから」

紙谷さんはぼくの方にちらりと視線を向け、そんなふうに代弁してくれた。ぼくもすぐに口を挟む。

「そのとおりなんです。もしご迷惑でなければ、奈央子さんのことを教えていただけませんか。奈央子さんという人を詳しく知りたいんです」

「娘のことですか。じゃあそれは、家内から話してもらいましょう」

橋本氏は傍らの夫人に目をやって、頷いた。夫人はぼくたちのことを交互に見て、やがて口を開いた。

「主人も申し上げたように、奈央子はとても優しい子だったんです。今はたまたま飼っていませんが、以前はアビシニアンをかわいがっていまして、年を取って死んでしまったときはしばらく泣いていました。あんまり悲しむので、こちらが心配になってしまうほどでした」

「ああ、奈央子はあれをきっかけに、死について考えるようになったのかもしれないね。ドナーカードを持ってきたのは、あれからしばらくしてのことだったから」

うけど」

「そうかもしれませんわね。まさかすぐに自分も死んでしまうとは思いもしなかったでしょうけど」

「趣味はどんなことを？　例えばスポーツをやっていらしたとか、あるいは絵や音楽が好きだったとか」

　紙谷さんはぼくが知りたいことを的確に質問してくれた。ぼくは少し身構えて、夫妻の返事を待った。

「中学高校と、ソフトボールをやっていました。活発な子で、運動神経もよかったんですよ」

　夫人が少し自慢そうに言う。ぼくはたまらず問いを繰り返した。

「絵がお上手だったとか、そんなことはないですか。あるいはクラシックが好きだったとか」

「絵、ですか」

　ぼくの質問があまりに具体的だったので、少し奇異に思ったのだろう。夫人は戸惑ったように橋本氏を見て、首を振った。

「いえ、そういう美術系の才能は、親に似たのかあまりありませんでしたね。本人もそれほど興味がなさそうでしたし。音楽は、もっぱらロックを聴くくらいで、クラシックなんてぜんぜん」

「そうなんですか？」

そんなはずはないという思いを込めて、ぼくは橋本氏にも確認した。だが橋本氏は、あっさりと夫人の言葉を肯定する。

「ええ、家内の言うとおりです。美術や音楽の成績は、悪くはないけど特に自慢できるほどではなかったですねぇ。どちらかというと、そういうことよりも体を動かしているのが好きな子でした」

どういうことなのだろう。夫妻の語る生前の橋本奈央子は、ぼくの予想していた人物像とはあまりにも食い違っていた。ドナーは絵の才能があり、音楽にも造詣が深くなければおかしいのだ。そうでなければ、手術後にぼくの身に生じた出来事に、説明がつかない。何かの間違いではないかと、ぼくは呆然と夫妻の顔を見た。

「どうしてそんなことをお訊きになるんですか？　奈央子のことを、どなたかから伺ったんですか」

逆に橋本氏から、不思議そうに尋ねられてしまった。ぼくはなんと答えていいかわからず、ただ「いえ」と曖昧に応じただけだった。

ぼくは自分の変化について語ろうか、迷っていた。せっかく夫妻は好意的に接してくれているのに、そんな突拍子もない話を始めては胡散臭く思われてしまうかもしれない。だが趣味や嗜好の変化を話さなければ、こちらの質問の意図も理解してもらえないだろう。夫妻は何か勘違いして、謙遜《けんそん》しているのかもしれないではないか。

「いえ、そういうわけではないんです。彼も絵が好きなので、そう訊いただけです」

だが、場の雰囲気を敏感に察した紙谷さんが、橋本氏の質問をごまかした。ぼくは少し不本意だったが、文句を言うわけにもいかなかった。紙谷さんは質問を続ける。

「ところで、奈央子さんはどうして事故に遭われたんですか。私たちは、詳しいことを何も知らないんです」

「ああ……」

橋本氏は嘆息した。そのときだけ、娘を失った悲しみがわずかに露呈したようだった。

「相手の不注意ですよ、間違いなく。奈央子はちゃんと青信号で横断歩道を渡っていたんです。それは、事故を目撃した方の証言からも確かなんですよ。それなのに、奈央子を轢いた相手は無理に通り過ぎようとした。それで、奈央子のことを引っかけてしまったそうです」

「事故の相手は、まだ捕まっていないんですよね」

「ええ、残念ながら」

橋本氏は内心の怒りを抑えるように、唇をきつく結んだ。夫人は横で目を伏せている。彼らにとって、娘を失った悲しみよりも、加害者への怒りの方がまだ大きいのだとぼくは知った。無念であろう心境を思うと、ぼくは何も言えなかった。

「すみません。よけいなことを尋ねてしまいました。一刻も早く加害者が明らかになることを祈っております」

紙谷さんは言って、丁寧に頭を下げる。ぼくも言葉は添えず、低頭した。橋本氏は「いえ」とだけ短く応じる。

ぼくはそんなことよりも、橋本奈央子の人となりがこちらの抱いていたイメージと一致しない方が不可解でならなかった。性急すぎるかとは思ったが、身を乗り出して頼まずにはいられなかった。

「あのう、もし差し支えなければ、奈央子さんの写真を見せていただきたいのですが。どんな写真でもけっこうです。ひと目、生前の奈央子さんの顔を拝見したいので」

「ああ、わかりました。見てやってください」

橋本氏はそう言って、夫人に目配せをした。夫人はすぐに立ち上がり、キャビネットからアルバムを取り出す。その一ページを開き、こちらに差し出した。

「これが、亡くなる一週間前の奈央子です。こんな若い子が、理不尽に死ななければならなかったんです」

夫人の言葉には憤りが込められていたが、ぼくはそれに応じている余裕もなかった。目の前に置かれた写真に視線を奪われ、言葉は簡単には出てこなかった。

そのときのぼくの衝撃は、一生に幾度もないほど深甚《しんじん》だった。心臓が跳ね上がったように感じたが、それはかつての持ち主の容貌に反応したからではないだろう。ぼくの受けたショックが、心臓にも直接伝わっていた。

このマンションのエントランス前で撮られたとおぼしきその写真で、橋本奈央子は少しはにかむように微笑んでいた。両手を前で軽く握り合わせ、視線をしっかりとカメラに向けている。確かに写真を見ただけで、優しそうな性格が想像できる顔立ちだった。穏やかで控えめな、派手なところのない雰囲気だ。

そしてそれは、ぼくにとっていっさい馴染みのないことばかりだった。ぼくは橋本奈央子の容貌に、まったく感銘を受けなかった。なぜなら橋本奈央子は、夢に現れた恵梨子とは似ても似つかない人物だったからだ。

33

橋本家を辞去した後、駅で紙谷さんと別れ、ひとりで帰宅した。そのまま自分のベッドに倒れ込み、白いだけの天井を見上げる。ぼくの頭は混乱し、思考はぐるぐると渦を巻いていた。

ぼくの知る恵梨子は、橋本奈央子ではなかった。名前が違うだけならまだしも、趣味も容貌もまるで似ていないのでは、そう考えるしかない。だが、だとしたら手術後にぼくの身に生じたことはいったいなんなのか。

橋本奈央子がぼくに心臓を提供してくれたドナーであることは、間違いない事実だろう。心臓の元の持ち主が別にいる可能性は、ゼロだ。あの日、日本国内で心臓移植手術は、ぼく以外誰も受けていないからだ。心臓をもらったレシピエントがいて、同じ日に提供したドナーがいるなら、その両者の間で心臓の授受があったと考えるしかない。

つまり、心臓の移植に伴って記憶まで転移したという仮説そのものが、間違っていたということなのだ。手術後のぼくの変化は、生前の橋本奈央子の趣味嗜好とは合致しない。ぼくの体に様々な変化が現れたことは事実としても、それは橋本奈央子とはなんの関係もないことなのだ。いくら認めがたいことだとしても、事実の前には納得するしかなかった。

すべてはぼくの妄想なのだろうか。ぼくは自分の足許が崩れていくような衝撃の中で、ぼんやりと考えた。恵梨子などという人物はかつても今も存在せず、ただぼくが頭の中で作り上げた架空の女性だったのかもしれない。ぼくの深層心理が、理想の女性を夢の中に登場させたということか。だからこそ、ぼくは会ったこともない恵梨子にこんなにも恋しているのだろうか。

そんなわけはない。絶対に、そんなはずはないのだ。恵梨子がぼくの妄想の産物だなどとは、とても考えられない。ぼくは今こうして目を瞑《つぶ》っただけで、恵梨子の面差しを思い浮かべることができる。かつて、これほどまで生々しい夢など見たことがなかった。毎晩見ては忘れていく夢のひとつなどではなく、恵梨子の登場する夢が特別だったことは、ぼくにとって太陽が東から昇るのと同じくらい確かなことだった。

では、現実には橋本奈央子がドナーだったという事実はどう解釈すればいいのか。ぼくは恵梨子が実在したという確証を、何ひとつ得ていない。これではぼくの夢を知らない第三者に説明して、納得などしてもらえないだろう。誰が聞いても、すべてぼくの妄想としか思えないはずだ。それが、一番常識的な判断なのだから。

しかし、それでもぼくは信じる。恵梨子がかつてどこかに存在したことを、ぼくは知っているのだ。どんなに理性や常識が否定しようと、ぼくは自分の主張を曲げたりしない。ぼくが忘れてしまえば、恵梨子はもうどこにも存在しなくなってしまうのだから。

ぼくは恵梨子と交わした会話を思い返した。不条理な夢は幾度も見たことがあるが、少なくともそれはぼく自身の知っている範疇《はんちゅう》で組み立てられていた。それなのに恵梨子の登場した夢では、ぼくの知らない言葉がいくつも出てきた。あの不思議は、どう解釈すればいいのか。

現に、川窪俊郎という画家は実在したではないか。ならば、もしかしたらあの美術館もどこかにある施設なのかもしれない。併設されている、ケーキのおいしい喫茶店も。

ただ残念ながら、ぼくはあの美術館がどこにあるのか知らなかった。夢の中でも、美術館の名前を知る機会はなかった。建物の外観ははっきり憶えているが、だからといって日本全国の美術館を片端から訪ねて回るわけにもいかない。それに、たとえ美術館が見つかったとしても、そのこと自体は恵梨子の存在を裏づける傍証にすらならないのだ。

恵梨子は他に何かを言っていなかっただろうか。恵梨子に辿り着く手がかりは他にないのか。

ある。ぼくはいまさら思い出した。恵梨子はケーキを食べながら、どこか他の店の名前を口にしなかったか。その店のケーキと同じくらい、あの美術館に併設された喫茶店のケーキはおいしいと誉めていた。あの店の名前は、なんだったか。

フランス語のような店名だったことは憶えている。《アン・バン・ドゥ》だったか。いや、そうではない。《アン・テン・ドゥ》？　違う。《アン・リーヴ・ドゥ》だ。

間違いない。恵梨子は確かに《アン・リーヴ・ドゥ》と言っていた。あの口振りでは、かって幾度もそこのケーキを食べたことがあるようだった。《アン・リーヴ・ドゥ》を見つけて、そこの店員が恵梨子のことを憶えていたなら、彼女の存在を証明する大事な証言となる。恵梨子がぼくの妄想の産物などでないことを客観的に裏づけられる。

ぼくは自分の考えに興奮し、思わず身を起こした。思いついたらいてもたってもいられなくなり、脱いだばかりのジャケットをふたたびまとった。そのまま家を出て、駅前の本屋へと急ぐ。目当ては、都内のケーキ屋を紹介したガイドブックだった。

比較的大きめの本屋は、幸いなことにその種のガイドブックをたくさん備えていた。ぼくはその中から適当に何冊かを選び出し、後ろの索引を片端から調べていった。これほどの数のガイドブックが出版されていれば、どれかには必ず《アン・リーヴ・ドゥ》のことが書いてあるはずと信じた。

果たして、ぼくの予想は当たった。五冊目に調べたガイドブックに、《アン・リーヴ・ドゥ》の文字があったのだ。ぼくは慌ててページを捲り、その紹介文を読んだ。《アン・リーヴ・ドゥ》の所在地は笹塚《ささづか》だった。チェーン店などではなく、そこにしかない個人経営の店のようだ。紹介文では、レアチーズケーキが人気商品のひとつと書いてある。この店で間違いないのではないかと、ぼくの胸は激しく高鳴った。

ぼくはそのガイドブックを買って、帰宅した。もう夕方になったので、今から笹塚まで向かうわけにはいかない。逸《はや》る気持ちを抑えて、明日になるのを待った。

そして翌日。ぼくは朝食を終えてすぐに家を出た。ガイドブックによると、営業時間は九時からとなっている。店が開くのを待つまでもなく、店員の話を聞くことができそうだった。

電車を乗り継ぎ、笹塚駅に降り立った。ガイドブックを開き、もう一度場所を確認する。駅の北側に位置する商店街に、店はあるはずだった。

ガイドブックの地図はシンプルだったが、店はすぐに見つけることができた。店の外観は、ケーキ屋にはよくあるガラス張りで、特に特徴もない。中のインテリアは総木目調で、落ち着いた雰囲気を醸し出していた。ケーキが並んでいるケースの裏には、ぼくより少し年上に見える若い女性の店員さんがいた。

客はひとりだけいたが、会計を終えるとすぐに出ていった。話を聞くにはちょうどいい。ぼくは自動ドアをくぐって、中に入った。

すぐに、「いらっしゃいませ」と女性店員がにこやかに声をかけてくる。ぼくは「すみませんが」と言いながら、店員さんに近づいた。

「お忙しいところすみませんが、ちょっとお伺いしたいことがあるんです」

「はい、なんでしょう？」

ケーキの予約とでも思ったのか、店員さんは身構えた様子もなく応じた。ぼくは自分が描いた恵梨子の似顔絵を取り出し、広げてみせた。

「こちらのケーキがおいしいと評判を聞いて、買いに来たんですけど、こういう女性はよくいらっしゃいませんか」

突然似顔絵を見せられて、店員さんは驚いたようだったが、邪険にはされなかった。絵をしげしげと見て、にっこりと微笑む。

「はい、よくいらっしゃいます。ここのところ、お見えになりませんが」

「来るんですか！」

思わずぼくは声を張り上げてしまった。期待はしていたものの、こうもあっさりと証言が得られるとは思わなかった。ぼくは興奮のあまり言葉につかえながら、重ねて尋ねた。

「この人に間違いないんですね。この人は、こちらの店の常連なんですね」

「はい。よくお買い上げいただきますが……」

それがどうしたのかと尋ねたそうな顔を、店員さんはした。ぼくは全力で自分の興奮を鎮めようとしたが、なかなかうまくはいかなかった。

「この方、もしかしたら亡くなっているかもしれないんですが、そんな話は聞いていませんか。事故か何かで亡くなっている可能性があるんですけど」

「えっ？　亡くなられたんですか？　そんな……」

逆に驚かれてしまう。店員さんは目を丸くして、開いた口に手を当てた。

「いや、わからないんです。本当に亡くなられたのかどうかはわからないんですよ。最近いらっしゃらないと、さっきおっしゃいましたよね。それはいつ頃からですか」

「そうですねぇ」店員さんはしばらく考え、自信なさそうに言う。「二カ月くらい前からでしょうか」

それはぼくが手術を受けた頃と一致する。恵梨子は手術の日を境に、この店に現れなくなった可能性がある。

「以前にも、二カ月くらい来なくなることはありましたか」

「いえ、二週間に一回か、場合によっては一週間に一回くらいはお買い上げいただいていました。私が知る限りでは、こんなに間が空いたことはありませんから、お引っ越しでもされたのかと思っていました」

こちらの言葉に衝撃を受けたのか、店員さんは質問の意図など詮索せずに正直に応じてくれた。ぼくは調子に乗って、もっと突っ込んだ質問を向けた。

「名前なんてわからないですよね。予約とか受けたことはありませんか」

「さあ、お名前までは存じ上げませんが……」

「じゃあ、住所なんてわかりませんよね」

「申し訳ありません」

店員さんは丁寧に頭を下げる。ぼくは多少がっかりしたが、そこまで判明するとは期待していなかった。たとえ名前を知っていたとしても、顧客の情報を簡単に漏らしたりはしないだろう。

さすがに胡散臭く思われ始めたようで、「その方が何か……？」と店員さんは控え目に尋ねてくる。ぼくは「捜しているんです」とだけ答えて、適当にケーキを見繕った。それを箱に詰めてもらっている途中でも、何か他に恵梨子に関する情報を得られないかとあれこれ質問したが、店員さんはそれ以上語ってはくれなかった。それでもぼくは、恵梨子の実在を確かめられて満足だった。

四個のケーキと、確かな希望を携えて、ぼくは店を後にした。

34

恵梨子は妄想の産物などではなかった。それが裏づけられ、ぼくは興奮していた。ぼくの夢に出てきた人物は、この世のどこかに存在した。いくら様々な事実が記憶の転移を否定しようと、ケーキ屋の店員さんの証言だけは覆せないはずだ。自分の信じていることは間違いでないと、改めて確信した。

自信を持てたことで、ぼくは矛盾する事実になんとか整合性を見いだそうと、頭を捻って いろいろ仮説を立ててみた。一番それらしい説明は、橋本奈央子と恵梨子が知り合いだった のではないかという考えだ。ふたりが知人であったなら、橋本奈央子の記憶がぼくに転移す るのに伴い、恵梨子に関する情報も伝わったと考えられる。ぼくは橋本奈央子の視点から、 恵梨子を見ていたというわけだ。

だがその仮説も、あまり事態をうまく説明しているとは言えない。ぼくの身に生じた変調 は、夢で恵梨子に会うことだけではないからだ。食べ物の好みが変わったり、突然絵がうま くなったことは、疑問として依然残ってしまう。

心臓移植と恵梨子に関する記憶は、実は無関係なのだろうか。ぼくは一度はそう考えてみ たものの、それもまた妙であることは承知していた。両者が無関係ならば、恵梨子のことは いったいどこで知ったのか。ぼくはこれまでの人生で、会ったこともない人が出てくる夢な ど一度も見たことがない。夢を見始めた時期のことを考えても、心臓移植がぼくの体の変調 と無関係とはどうしても思えなかった。

わからない。ぼくはそう結論する以外になかった。いくら考えても、すべてをうまく説明 することはできない。自分ひとりで頭を悩ましても、ここまでが限界だと悟った。

ぼくは次の定期検診のとき、思い切って風間先生に相談してみた。頭から否定されてしまうことが怖くて、これまで風間先生には一度も説明していなかったが、やはり専門家の意見も聞いてみたくなった。アメリカでは記憶転移の事例がいくつもあるくらいなのだ。専門家の風間先生ならば、この奇現象に納得のいく説明をつけてくれるかもしれないと期待した。

これまでと同じように心電計でぼくの鼓動のリズムを測り、それから軽い問診があった。ぼくは体の不調などまったく感じないと説明してから、タイミングを見て切り出した。

「それとは別に、少し気になることがあるんです。実は入院中から起こっていたことなんですけど……」

ぼくは食べ物の好みが変わったことから始め、知らないはずのクラシック音楽を聴き分けたこと、自分でも驚くほど突然に絵がうまくなったこと、夢で見知らぬ人物と出会い、これまで聞いたことのない人名や店名を知り、それらが実在していたことなどを、順を追って説明した。風間先生はいつもどおりの無表情で、ぼくの言葉に耳を傾けている。その顔からは、こちらの話をどのように受け止めているのか推し量ることはできなかった。

「……それで、そのことがどうしても気になるってわけ？」

ぼくが説明を終えると、風間先生はおもむろにそう言った。当然だと、ぼくは頷く。

「気になります。これはたぶん、ドナーの記憶がぼくに転移したんです。実際、アメリカではそういう事例がいくつもあるらしいじゃないですか。ぼくの身に生じたことも、それなんじゃないかと思うんです」

「言うまでもないことだと思うけど、人間の記憶は脳に蓄積される。心臓に記憶が残るわけじゃないんだ。だから、心臓を移植したからといってドナーの特質がレシピエントに転移するようなことは起こらない。それは、小学生でもわかることだと思ってたけどね」

　風間先生は呆れたのか、口調が冷ややかだった。やはり、記憶の転移など信じてくれないらしい。ぼくは少しむきになって主張した。

「でも、そうとでも考えなければ、知らないはずのことを知っていたり、下手だった絵が突然うまくなったことは説明つかないじゃないですか。ぼくだけのことだったらまだしも、アメリカでは同じような経験をしているレシピエントが何人もいるんです。それなのに、気のせいだと言うんですか」

「つまり君は、自分の体の変調にうまい説明をつけて欲しいわけだね。きちんと納得のいく説明さえあれば、それで満足なわけだ」

　風間先生は表情ひとつ変えず、淡々と言う。ぼくは不承不承頷いた。

「そうです。自分の体のことですから、妙なことがあればどうしても気になりますので」

「じゃあ、説明してあげよう。何も記憶の転移なんていう荒唐無稽な仮説を持ち出さなくても、君の体に生じたことは説明がつけられるんだ」そう言って風間先生は、坐っていた椅子を回してこちらに体を向ける。「まず食べ物の好みが変わったことについて。これは、不思議でもなんでもない。手術前の君は、心臓を患っていた。心臓が不調なら、新鮮な血液を体全体に送り込むことが難しくなり、様々な不調が現れる。血液を送る機能の低下が、ホルモンの異常分泌を促すんだ。その心臓悪液質が、健康な心臓を移植することで解消された。以前には食べられなかった肉や甘いものが、普通に食べられるようになるのは当然の結果だ。君はまだ若い。若い人が肉や甘いものを好むのは、特殊なことなどではなくむしろありふれている。君は手術を受けて普通の生活ができるようになったというわけだ」

それは、ぼく自身も一度は考えたことだった。だがそのこと以外の不思議は、そんな常識的な発想では説明できない。ぼくは黙って次の言葉を待った。

「積極的な性格に変わったような気がするのも、同じことだよ。人間、体の調子が悪ければ消極的になる。外を自由に出歩く気にはなれないし、進んで人と接しようとも思えない。それが、健康になったことで障害がなくなった。特に君の場合、肝臓や腎臓の移植ではなく心臓移植だ。生まれ変わったような気分になるのも無理はない。気分が変われば、積極性も出てこよう。これも、不思議なことではない」

ぼくの実感とはずいぶん違う気がするが、一応筋が通っていることは確かだった。他の変調がなければ、そういうことなのかもしれないとぼくも納得しているところだろう。しかしその考え方では、他のことまで説明はできないはずだった。

「それから、知らないはずのことを知っていたり、夢で見たことについてだけど、これは人間の記憶の不思議さだと思う。人間は一度見たことや聞いたことを、確実に意識の表層に留めておけるわけじゃない。忘却も、人間にとって大切な機能のひとつだ。だがひと口に忘却といっても、実は様々な形がある。自分では忘れてしまったつもりでいても、深層心理にしっかりと刻みつけられて残っていることもあるんだ。例えば特に集中もせず見ていたテレビの一光景を、いつまでも憶えていることだってある。初めて来たはずの場所を、なぜかかつて訪れたことがあるような気がするデジャヴュというのは、これで説明がつく。デジャヴュを覚えたときは、実は事前になんらかの知識があった場合がほとんどなんだ。その場所そのものの情報でなくても、似たような光景や会話が記憶の中で改変され、不意に表層に浮かんでくる。それを頭の中で組み合わせ、デジャヴュだと感じる。人間は意識せず、そうした作業を頻繁に行っているものなんだよ。君だって同じだ。ショパンの曲くらい、誰だって一度は聴いたことがある。無名な画家の名前も、どこかで聞いたきり忘れていたんだろう。そんな記憶の断片が、夢の中で突然甦ることは誰だってあることだ。ことさらに、心臓移植と結びつけて考える必要はない」

「でも恵梨子という女性は、実在しているんです。ぼくだけじゃなく、夢で知ったケーキ屋の店員さんが証言してくれたんですから」

「だから、君はその女性と会ったことがあるんだよ。忘れてしまうくらい前のことか、あるいはほんの一瞬の出会いだったのであまり意識しなかったか。その女性は、なかなか美人なんだろう。自分では気にしていないつもりで、実は相当印象が強かったんじゃないか。だから、何度も夢で見るんだ」

「会ったことなんてないですよ。絶対に、会ったことなんてない。それだけは、確実なんです」

「自分の記憶は自分が一番よく把握していると考えるのは間違いだ。記憶については、現代の医学でも不明確な点が多い。それこそグラビアで一瞬だけ見た女性のことを、脳がいつまでも憶えていることだってある。絶対に会ったことないという君の主張は、あまり説得力がないよ」

「グラビアで見ただけの女性なら、その人が通っているケーキ屋を見つけることなんて不可能でしょう。芸能人が行きつけの店のことを語っていたのなら、店員さんもそのことを言うはずですし、有名じゃないただのモデルだったらそんな記事になるのも変だ。ぼくが恵梨子を知っている人を見つけたのは、ただの偶然だとでも言うんですか」

「グラビアで見たというのは、ただの譬《たと》えだ。逆に考えれば、君があっさりそのケーキ屋に行き着いたのも、恵梨子という女性が君にとってそれほど遠い関係の人物ではないからとも言える。君は恵梨子さんを知っているんだ。だから、行きつけの店を簡単に見つけることができた。そう考える方が、ずっと自然だとは思わないか」

銀縁眼鏡の奥にある風間先生の目は、あくまで冷静だった。興奮することも、こちらを馬鹿にすることもなく、淡々と説明を続ける。ぼくは言葉に窮し、困った果てに最後の疑問をぶつけた。

「じゃあ、絵がうまくなったことはどう説明するんですか？　これぱっかりは、説明がつかないと思うんですが」

「それについては、手術前に描いた君の絵を見たわけではないから、なんとも言えない。絵がうまくなったといっても、実はそれほど上達したわけではなく、君の気分が変わったから自己評価も変わったのかもしれない。私が客観的に判断できることじゃない」

風間先生の口調は、小揺るぎもしなかった。どんな言葉でも打ち崩せない自信が、先生の説明には漲っている。ぼくはひたすら「違う」と主張したかったが、風間先生の理性的な態度の前ではいかにも無力だった。忙しい先生を、これ以上煩わせることもできなかった。

「納得したかい。心臓の移植で記憶が転移したなんていう考えは、神秘的で面白いから、散文的な説明ではがっかりしただろう。だが事実とはそうしたものだ。人間の体に残された神秘は脳にだけ存在していて、心臓にあるわけじゃない。心臓の機能など、君が考えるよりずっと単純なものなんだよ」

「……わかりました。つまらないことを言ってすみません」

ぼくは引き下がらざるを得ず、礼を言って頭を下げた。風間先生は気分を害した様子もなく、次の検診の日を事務的に指定した。一度カルテに目を戻すと、先生は病室を出ていくぼくに一瞥《いちべつ》もくれなかった。

35

紙谷さんは二週間に一度ほど、ぼくの話を聞きに訪ねてくる。すでに長編ルポルタージュの大まかな構想は立っていて、後は細部のイメージを固めるだけだそうだ。紙谷さんには退院後もひとかたならぬ世話になっていることもあるので、こちらもできる限り力になるつもりでいた。

一応インタビューということなのだが、実際にはほとんど雑談に終始していた。身構えて話が堅苦しくなるよりも、いつもどおりのリラックスした状態でぼくに喋らせたいようだ。

だからぼくも特に文章になることは意識せず、思いつくままにあれこれと自分の経験を語ることにしていた。

そんな雑談の途中で、ぼくは恵梨子を知る人を見つけたことを話した。すると紙谷さんは、ぼくが思っていたよりもずっと驚いたようだった。ソファの背凭《せもた》れから身を起こし、「ほ、本当なの？」と言葉を詰まらせながら尋ね返す。

「つまり和泉君の夢に出てきた女性は、ドナーではなく別に存在したってことなのか」

「よくわからないんですが、恵梨子がぼくの想像の産物などでないことはこれではっきりしたと思うんです。でも、よけい説明がつかなくなったとも言えるんですけど……」

ぼくは思い余って風間先生に相談してみたことも告げた。その結果、至って常識的な返答でぼくの考えが否定されたことも。紙谷さんは風間先生の説明に、「うーん」と唸って腕を組む。しばらく自分の考えを固めるように黙り込んでから、おもむろに口を開いた。

「先生の説明は、無難でわかりやすいと思う。普通に考えるなら、それ以外に真相はなさそうだよね。もし和泉君が恵梨子さんを知っている人を見つけていなければ、ぼくも納得していたと思う。でもやっぱり、会ったこともない人を夢で見るっていうのは、どう考えても奇妙だよね。夢で何度も見るほど印象が強かった人なら、忘れちゃうわけもないし。ともかく、恵梨子さんという女性が実在していることはこれで間違いない。後は、どうしてその人の夢を和泉君が見るようになったか、だよね」

「ドナーが橋本奈央子さんだったことは、否定しようのない事実だと思うんです。その点、恵梨子がドナーだと考えていたぼくは間違っていたことになる。でも、趣味嗜好の変化は、明らかに心臓移植後に起こったことなんです。無関係のはずはないのに、ぼくの身に起こっていることと橋本奈央子さんはなんの関係もない。この矛盾は、どうしたって説明がつかないんですよ」

「不思議だね。心臓移植で記憶が転移したと考えるのも不思議だったけど、今の状況の方がもっと謎が深まっているような気がする。やっぱり、もう少し調べてみようか」

「ぼくもそうしたいんですけど、でももう手がかりはないんですよ。川窪俊郎の線から恵梨子に辿り着けるとも思えないし」

「アプローチを変えてみようよ。原点に返って、君の体に起こっていることそのものを調べてみるんだ」

「ぼくの体に起こっていること、そのもの？」

「うん。つまり自分以外の人間の記憶が混入していると思える謎さ。ちょっと今思いついたんだけど、以前に取材で脳医学に詳しい大学の教授と会ったことがあるんだ。偉そうなところのない、気さくな人でね。もし時間を作ってもらえるなら、君のことを相談するにはいい相手かもしれない」

「脳、ですか」

ぼくは自分の脳そのものが変化したとは思っていない。だから紙谷さんの提案には今ひとつ乗り気になれなかったが、かといって無下に断るのも気が引けた。どうせ八方塞がりなら、そうした手段をとるのもひとつの手かもしれない。ぼくはそう考えて、紙谷さんの提案に同意した。

「こんな話を持ち込んでも、その教授に迷惑はかからないでしょうか。もし迷惑でないなら、一度相談してみたいですけど」

「じゃあ、話をするだけしてみようか。向こうが忙しそうだったらまた今度にすればいいし、興味を持ってくれるならありがたいから。帰ったら、さっそくアポを取ってみるよ」

「すみません。いつも頼りっぱなしで」

「なに、ぼくも不思議でならないんだ。気になったことは徹底的に調べる主義なんでね。恐縮することはないよ」

「ありがとうございます」

紙谷さんは押しが強いタイプとは正反対なのに、行動力は人一倍ある。そんな会話を交わした翌々日には、もうアポイントメントが取れたと連絡があった。

「ざっと話しただけなんだけど、先方はすごく興味を持ったらしくてね。すぐにも会いたいって言うんだ。君の方の都合はどうかな」

「病院の定期検診以外、予定なんかありませんから、いつでも大丈夫です。その教授の都合に合わせます」

「じゃあ、さっそくセッティングしよう。明日とかでもかまわないよね」

「大丈夫ですけど、先方はそんなに乗り気なんですか」

「うん。医学的興味以前に、こういう話が大好きらしいんだ。ちょっと面白い人なんだよ。会えばわかると思うけど」

面白い人、という表現に、ぼくは少し戸惑いを覚えた。単なる興味本位で会いたいと望んでいるなら、そんな人は願い下げだからだ。だが紙谷さんはこちらの不安になど気づかないようで、「また追って連絡する」と明るい声で電話を切った。

結局、その翌日にぼくは大学を訪ねることになった。多摩市にあるその大学まで、ぼくと紙谷さんは新宿で待ち合わせて一緒に向かった。教授の名前は、真崎《まざき》というのだそうだ。四十代前半の、まだ若い教授らしい。紙谷さんの口振りからすると、真崎教授と会うのを楽しみに感じているようだ。

「編集者だった頃にね、ぼくが担当している作家の方が脳をテーマに小説を書きたいと言うんで、あちこち当たって取材させてくれる人を捜したんだ。ところが、先方にしてみれば忙しい時間を割いてまで会う必要性を感じられないらしくて、なかなか取材に応じてくれる人が見つからなかったんだ。そんな中で、真崎教授だけは親切に応じてくれた。できあがった本を送ったら、丁寧な感想まで返してくれたくらいでね。もし自分が脳手術を受けなくちゃならなくなったら、絶対に真崎教授にお願いしたいと思ったよ」

「その教授はぼくのことを、医学の対象として見ているんでしょうか。そうじゃなくって、単なる物珍しさだったら、ちょっとぼくは……」

言わずに済まそうかと考えてはいたが、結局ぼくは内心の不安を表明してしまった。事ここに至っても、脳は関係ないという意識が拭えなかったのだ。

陽気に真崎教授の人となりを話していた紙谷さんは、ぼくが警戒していたことを初めて知り、ふと表情を曇らせた。それを見てぼくは、よけいなことを言ってしまったと後悔した。これだけ紙谷さんが親身になってくれているのに、悪いことをしたと思う。紙谷さんは困った顔のまま、ぼくの言葉に答えた。

「いくら珍しい症例だからといって、患者を実験動物扱いするような人でないのは、ぼくが保証するよ。でも、興味本位じゃないとは、ちょっと断言できないかもしれない。何しろ面白がりな人でね。会えばわかると思うんだけど」

「そうですか。面白半分でもいいから、何か参考になる話を聞かせてもらえるといいんですけど……」

紙谷さんの説明にますます不安になって、ぼくは語尾を濁した。紙谷さんも複雑な表情のまま、それ以上のことは言わない。以後は話も弾まないまま、電車は大学の最寄り駅に到着した。

大学は、徒歩で十分ほどの距離にあった。伝統のある大学なので、キャンパス内の校舎は一様に古い。正門脇の案内板を見て、ぼくたちは老朽化した建物の間を進んだ。

目指す医学部はキャンパスの一番奥にあった。エレベーターを使って、真崎教授の研究室に向かう。ドアをノックすると、誰何《すいか》されることもなく「どうぞ」と返事があった。

「お邪魔します」

紙谷さんはそう声をかけて、中に入った。ぼくもその後に続く。部屋の中は、いかにも大学の研究室らしく雑然としていた。レポート用紙やファイル、医学雑誌などが、部屋の中央にある大きな机の上に山積みになっている。かろうじて残された隙間《すきま》に、ノートパソコンが何台か置かれていた。

「ああ、よくいらっしゃいました。どうぞその辺におかけください」

部屋の一番奥で液晶ディスプレイに向き合っていた人が、こちらを振り返りもせずに言った。なにやら忙しそうに、キーボードを叩いている。この人が真崎教授のようだった。

　ぼくたちは言われたとおり、適当な椅子に腰かけた。そのまま黙って、真崎教授の背中を見つめる。隣の部屋から女性が一度顔を出すと、しばらくして使い捨てカップにインスタントコーヒーを淹れて持ってきてくれた。女性はすぐに、隣の部屋に戻っていく。

　そのまま五分ばかり待っていただろうか。「よし」という声を発して、ようやく真崎教授はこちらを向いた。そしていまさら気づいたというように、「ああ、君たちか」と言う。

「そういえば、約束していた時間だね。待たせてしまって申し訳ない」

　どうやら、客が誰かも確認せず、ひたすら仕事に没頭していたらしい。時間すら忘れていたようだ。時間を確認して五分もほったらかしていたことを知ると、恐縮したのか「いやあ、面目ない、面目ない」と繰り返した。

　白衣を着ていたので後ろ姿からは何もわからなかったが、真崎教授はぼくの予想とはまるで違う外見の人だった。まず、その顔に注意を引かれる。真崎教授はまるでイタリア人のように彫りの深い顔立ちをしていた。鼻が高く顎が鋭角で、大学教授というよりモデルのようだ。おまけに髪の色も茶色がかっているので、とても純粋の日本人には見えない。実際、親か祖父母が外国人なのかもしれなかった。

　そしてその服装もまた、大学教授には似つかわしくなくおしゃれだった。ダーク系の色を基調としたスーツは地味な印象だが、よく見るとかなり高級そうだ。ぼくにはわからないが、有名なブランドなのかもしれない。しかもそのスーツを、いかにも自然に着こなしている。忙しさに身なりなどかまっていられない人なのだろうと勝手に想像していたが、それは見事に裏切られた。

「あ、コーヒー出てるね。うちの助手は気が利くんで、いつも助かってるんだ。彼女がいないと、ぼくなんてほとんど禁治産者だよ。もっとも、人間にできることには限りがある。なんでもかんでもできるような人は、実は時間を無駄にしていたりするものだ。こういう役割分担は実に合理的と言える。おっと、もちろんお茶を淹れるのは女性の仕事と言ってるわけじゃないよ。ぼくがもう少し気配りのできる人間なら、お茶を淹れる担当になってもいいところだが、実際にはそうじゃなかった。能力と性別にはなんの関係もない。その点はわかってるかな?」

教授は立ったまま、いきなりべらべらと喋り始めた。ぼくと紙谷さんは圧倒されて、最後の問いかけにただかくかくと頷いた。理解が得られたと思ったか、教授は実に嬉しそうに笑うと、それまで坐っていた椅子を引っ張ってきてぼくたちの前に落ち着いた。

「うん、喋っているうちに用件を思い出した。紙谷君と一緒にいるということは、君が問題のレシピエントだな。そういえば、テレビでやっていた記者会見で顔を見た気がする」

「そ、そうです。和泉と言います。お忙しいところ、お時間を作っていただいてありがとうございます」

真正面から見つめられて、ぼくは慌てて自己紹介をした。真崎教授はこちらの目をじっと見たまま、視線を逸らさない。日本人はあまり人の目を見て話をしないと言われるが、そんな点も真崎教授は日本人離れしていた。ぼくは我知らずどぎまぎして、机の上に視線を落とした。

「申し訳ないんだが、あまり自由になる時間がない。ひととおりの話は紙谷君から聞いているけど、こちらが何も知らないと思って最初から説明してくれないかな」

真崎教授は単刀直入にそう促してくる。本題に入ったことでぼくはホッとして、これまで幾度も人に説明してきたことを繰り返した。教授は「ふんふん」と頷きながら、耳を傾けている。その間も、視線はまったく逸らされなかった。

「……なるほど。簡潔で要領を得た、いい説明だ。説明の所要時間は二分十二秒か。君が頭のよい人だということがわかった」

いつの間にか、時計で時間を計っていたらしい。ぼくはテストを受けたような気分になり、少し腹が立った。確かにぼくは学生だが、ここには試験を受けに来たわけではないのだ。

「おっと、誉めたのだから気を悪くしないように。頭がよいというのは、ぼくが口にする最高の賞賛なのだ。だから素直に受け取って欲しいな。君が頭の悪い人なら、今聞いた話は少し割り引いて考える必要がある。だからこそ、君の頭のよし悪しを測らせてもらったわけだ」

「そ、そうですか。それはどうも」

なんとなく煙に巻かれたような気分で、ぼくは礼を口にした。確かに紙谷さんが言っていたとおり、かなり面白い人だ。いや、面白いというよりも、変わっている。ぼくの知り合いの中では如月がぬきんでて変人だが、この教授なら負けていないかもしれない。

「頭のいい君が心臓の移植で記憶まで転移したと考えるなら、それは無視できることではないだろうね。単なる気のせいなどではなく、考察に値する現象だということがわかった」

「ぼくにとっては、確かにそうです。でもぼくの手術を担当してくれた先生に相談したら、あっさり否定されてしまいました」

続けてぼくは、風間先生の解釈を話した。真崎教授は、「なるほど」と簡単に頷く。

「まあ常識的な、わかりやすい説明だな。どの医者に話しても、似たような返事が返ってくるだろう」

「教授もやっぱり、同じ意見ですか」

同じなら、わざわざ訪ねてきた意味がない。今度はこちらが試験するつもりで、そう尋ねた。

「同じとも違うとも、今の段階では言えないな」真崎教授はあっさりと答えた。「執刀した先生の意見は、一応論理的で突き崩す余地がない。先生の意見を覆す材料は、今のところないわけだろう。しかし、それが正解だと断言するだけの確証もない。もう少し検証する必要はあるだろうね」

「他人の記憶が転移することなど、あるものなのでしょうか。心臓移植のレシピエントに限ったことではなく」

脳に関する専門家なら、やはり記憶のシステムについて質問するべきだろう。何か有用なアドバイスをもらえるなら、その点以外にないはずだとぼくは考えた。

「ないよ」しかし教授は、きっぱりと言った。「偶然にしろ人為的にしろ、記憶の移植は今のところ不可能だ。記憶を蓄積するシステムそのものが、まだ完全に解明されたわけじゃないからね。人為的に記憶を移植する技術が将来確立するとしても、それにはまだ百年以上の時間がかかるだろう。しかも、仮にそれが可能になったとしても、クローン人間と同じでやってはいけないことなのかもしれないし」

「でも、アメリカではぼくと同じような経験をしている人が何人もいると聞いています。ぼくだけならともかく、いくつも症例があるのなら、それは合理的なメカニズムがあるということにはなりませんか。記憶のシステムが完全に明らかにされていないのなら、心臓に記憶が蓄積されている可能性だってあるわけですよね」

「紙谷君から君の話を聞いて、ぼくも少し調べてみた。アメリカの症例に関するデータも、いくつか入手している。しかしそのいくつかは、あまり面白くない説明で解明できてしまうね。実際、アメリカの医師もそう診断していることだろう」

「と、いいますと?」

「心臓移植のレシピエントは、手術後にメンタル面でのケアを必要とする場合があるそうだね。すでに亡くなってしまったドナーに対する強烈な罪悪感が、レシピエントを長く苦しめることがある。そんな場合レシピエントは、できる限りドナーのことを知りたいと願うのが普通だ。情報が限られていればいるほど、知りたいと思う気持ちは強くなる。そうだろう?」

紙谷さんからぼくの話を聞いてから今日まで、あまり時間はなかったはずなのに、真崎教授はレシピエントにつきまとう問題を正確に理解していた。ぼくは「そのとおりです」と同意する。

「レシピエントはドナーに関する知識を、断片的に入手する。すると、ドナーへの負い目から無意識のうちに一体感を持ってしまうようだ。死んでしまったドナーの代わりの人生を歩もうと、意図せずに自分の趣味嗜好を変えていく。特に心臓移植の場合、そんな自己暗示が生じやすい。何しろ人間の臓器の中でも、要《かなめ》の存在だからね。そしてどんどんドナーに似ていくレシピエントは、あたかも記憶とともにドナーの特徴まで移植されたように感じる、というわけだ」

「でもぼくの場合、ドナーの情報なんてほとんど教えてもらってませんよ。だいたい、ドナーは絵がうまかったと聞いたからって、自分まで突然にうまくなるもんじゃないでしょう。その解釈では、ぼくに起きていることは説明できないと思います」

「だから、アメリカで見られる現象のいくつかを説明する仮説だと断っただろう。そんなに焦らないで」

　ぼくは少しむきになっていたのかもしれない。真崎教授に宥められて、はっと我に返った。教授に食ってかかっても仕方のないことなのだ。ぼくは「はい」と頷いて、自重するよう自分に言い聞かせた。

「君が言うとおり、今の仮説では君の体に起きた現象は説明できない。他の仮説を立てる必要があるだろう。とはいえ、仮に心臓に記憶が蓄積されることが証明されたとしても、君の場合はどうも事情が違うようじゃないか。ドナーは絵がうまかったわけじゃないんだろう？」

「そうなんです」

ぼくの声はトーンダウンした。ドナーが恵梨子であったなら、いくら現代の医学が記憶の転移を否定しようと、ぼくは自分なりに納得することができた。だが実際には、ドナーは恵梨子ではなく橋本奈央子だった。だからこそぼくは、今なおこだわり続けなければならないのだ。この謎は、合理的に解けることなどあるのだろうか。

「面白い。実に面白い」

真崎教授は両手を握り合わせると、いかにも嬉しそうににやにやした。その表情は一流大学の教授というよりも、ほとんど子供のようだった。ぼくは忘れていた不安を、また思い出した。

「これは思っていたよりもずっと手強い謎だ。今すぐに快刀乱麻を断つような答えを言ってあげることはできない。少し時間をくれないか」

「も、もちろんそれはかまいませんが……」

時間さえあれば納得いく説明をつけてくれるというのだろうか。ぼくは半信半疑で、教授の言葉に頷いた。

「人間の記憶に関しては、以前から少し疑問に思っていたことがあるんだ。君の話は、ぼくにとって大変興味深い。しかも君の場合、単なる記憶の問題だけではないような気もする。

ひとつひとつデータを検証しないことには、合理的な説明には辿り着けないだろうね」

そう言うと同時に真崎教授は、壁の時計を見た。そして「おっ」と声を上げる。

「申し訳ない。そろそろ病院の方に行かなければならない時刻だ。取りあえず聞きたいことは聞けたから、続きはまた今度ということでいいかな。これ以上時間を割いても、ぼくは何も言ってあげられない」

「もちろん、最初からそういう約束でしたから、これで失礼します」

これまで黙っていた紙谷さんが、ようやく口を開いた。ぼくたちは礼を言って立ち上がり、研究室を後にした。真崎教授はにこにこしながら、「またおいで」などと愛想のいいことを言う。その人なつっこい笑顔を見てぼくは、確かに紙谷さんの言うとおり、この風変わりな教授はいい人なのだろうなと感じた。

36

ぼくにとって油彩初挑戦となる風景画は、二十日ほどで完成した。手術以前は絵心などかけらもなかったぼくが、曲がりなりにもキャンバスにそれらしい絵を描いた。ぼくはそのことに感動と、そして不思議を同時に味わった。誰がなんと言おうと、この絵を見ればぼくの変化は疑いようのないことだった。

絵の出来映えは、以前の自分の実力を知っているだけに、なかなかなものと思えた。見飽きたはずの平凡な風景が、キャンバスの上に別世界のように存在している。ただの風景写真とは違う、ぼくというフィルターを通して現れた、ここにしかない新しい景色があった。これならば、公募展などに出展しても笑われることもないような気がした。

実際、ある日ふらりと訪ねてきた如月に見せたところ、及第点をつけてもらえた。口の悪い如月が誉めるのだから、やはり客観的に見てもそこそこの出来なのだろう。ぼくはそのことを誇らしく思うよりも、むしろ戸惑いを強く感じた。自分の体が、自分以外の何者かに乗っ取られるような違和感を覚えたのだ。だが如月はそんなことには気づかず、無邪気に感想を言う。

「お前の経験していることを誰も信じなくっても、おれだけは絶対に信じてやるぜ。以前のお前はこんな絵が描ける奴じゃなかった。それはそれはお粗末なものだったもんな。なのに、手術を受けただけでこんなに上達するなんて驚きだぜ。こりゃどう見ても、お前自身が描いたものじゃない。心臓の前の持ち主が描かせたものだよ」

「相当な実力の持ち主だったんだろうなぁ……ドナーは」

恵梨子は、と言おうとして、ぼくは途中でやめた。もはやドナーの名前が恵梨子でないことはっきりしているのだ。いつまでも恵梨子の名を口にするのは不正確だし、ぼくも他人も混乱する。恵梨子のことを忘れるつもりなどさらさらないが、その名はぼくの胸の裡だけに秘めておこうと考えた。

「例えば、この辺りの陰影の付け方なんて、かなりオリジナリティーがある。人に習ったからって、こういう個性はなかなか出せるもんじゃない。普通に描くなら、影はこういうふうに付くだろ」如月は少し興奮したような口振りで、キャンバスの上に指を走らせた。「それなのにこの絵では、逆に宙に向かうように影が伸びている。言ってみればかなり奇抜な画風だけど、それでも全体の調和を乱すことなく、風景画として違和感なくこの手法が生きているんだ。これは面白いな」

そんなふうに具体的に指摘されて、初めて自分が描いた絵の特徴に気づいた。確かに影の付け方が独特で、その部分だけ取り出したなら妙にすら見える。だが絵全体ではそれが強く自己主張するわけでもなく、ちょっとしたアクセント程度に留まっていた。ぼくは筆致のオリジナリティーなど何も意識せずに描いていたので、如月の説明にかえって驚いた。やはり、自分以外の何者かが絵を描かせたのだと感じる。

「実力としては、どのくらいのものなんだろう。美大に入るくらいの力はあるのかな」

ぼくはほとんど他人事のように尋ねた。目の前にある絵は、あくまで恵梨子が描いたものだという意識がある。だからぼくは、恵梨子の実力を評価してもらうつもりで、如月に質問を向けた。

「もちろん、まだまだ拙《つたな》いところはいっぱいあるよ。例えば、こういう構図ならこのビルとこのビルの大きさは不釣り合いだろ。左のビルが大きすぎて、遠近感が少し狂ってる。意識して描いたにしちゃデフォルメが少なすぎるから、ちょっと変な感じがするよな。まあこの程度のことは、意識するだけで直るから大した問題じゃないが。全体的には高く評価してやれるよ。お前、美大に入り直そうかと考えてるのか？」

「いやいや、そういうわけじゃないけど」ぼくは慌てて否定する。「ドナーの通っていた大学は美大だったのかな、と思っただけだよ。実際には違うみたいだけど」

「は？　どういう意味だよ、それ。お前、自分の言っていることを理解してるか？」

　如月はようやく絵から視線を外して、ぼくのことをまじまじと見た。確かにぼくの言い種は、奇妙以外の何物でもないだろう。仕方なく、橋本奈央子の遺族に会えたことを説明した。

「なんだ。そんなことがあったんなら教えてくれよ。それって大変なことじゃないか」

「ああ、悪かった。ぼく自身、どういうことなのか整理がつかないでいるんで、なかなか他人に話す気にはなれなくってね」

「するってえと、お前はドナーとはまるで関係のない特質を獲得したってことか。変じゃないか」

「変なんだよ」

「実は別人の心臓を移植されたんじゃないか、お前」

「別人の？」

心臓の元の持ち主は橋本奈央子ではなかったと、如月は言いたいのだろうか。だが、それはあり得ないのだ。ぼく自身何度も検討して、その可能性がないことは確認した。如月にも、それを説明する。

「だからさ、病院が隠してるんだよ。それ以外、考えられないじゃないか」

如月はすぐに反論する。ぼくは首を捻って問い返した。

「なんのために病院がそんなことをするんだよ。だいたい、別人の心臓を移植されたなら、当然その人は死んでいるわけだろ。人ひとりの死を、いくら病院とはいえ隠せるわけないじゃないか」

「だからそこは、公《おおやけ》にはできない複雑な事情があるんだよ。人体実験とかさ」

「馬鹿なこと言うなよ」ぼくは呆れて言い返した。「あの病院がそんなことするわけないだろ。お前だって何度も見舞いに来て、病院の雰囲気はわかってるんじゃないのか。ぼくはあの病院に命を救ってもらったんだ。そんなふうに悪くは考えたくない。だいたい、今どき人体実験なんてするかよ。しかも患者に内緒で」

「じゃあ、どういうことなんだよ。お前、説明できるって言うのか」

逆に如月は尋ね返した。それを言われると、ぼくは言葉がない。確かに如月の言うようなことが行われたと考えた方が、一応筋は通るのだ。ぼくは口籠って、「わからないけどさ」とだけ答えた。

「でも、いくらなんでも人体実験はないだろ。そもそも、患者に内緒でドナー以外の心臓を移植したところで、それがなんの実験になるんだよ。ぼくに移植された心臓は牛の心臓だとでも言うのか」

「なるほど。牛の心臓を人間に移植したんなら、内緒にもしたくなるな」

如月は本気で考え込む。ぼくは「冗談だよ」と語気を強めた。

「心臓が牛のものだったら、話がぜんぜん変わってきちゃうだろ。突然絵がうまくなったから、ドナーの能力が転移したと考えたんじゃないか。絵がうまい牛なんかいるかよ」

「それもそうだな。するとやっぱり心臓の元の持ち主は人間か」

「当たり前だろ。人間以外だったら、世界中でニュースになってる」

ぼくは苦笑してそう言ったが、しかし如月の思いつきもまんざら馬鹿馬鹿しいとは思えなかった。別人の心臓を移植されていたのなら、ぼくの抱える疑問はほとんど解消される。だが実際には、そんなことはあり得ないのだ。自分が実験台に使われた自覚など、ぼくは微塵も持ち合わせていなかった。

「そうだ、忘れてたよ」

唐突に如月は、手を打って自分の鞄を引き寄せた。ファスナーを開けて、中から雑誌を取り出す。差し出されたそれは、これまでのぼくの人生ではまったく縁のなかった美術雑誌だった。ぼくはその雑誌と如月の顔を交互に眺めた。

「何、これ」

「付箋《ふせん》が貼ってあるページを見てみろよ。川窪俊郎の絵が載ってるぜ」

「川窪俊郎？」

その名を聞いて、ぼくは慌ててページを捲った。中央のカラーページに、何枚かの絵の縮小写真が掲載されている。そしてその中の一枚に、ぼくは見憶えがあった。

「こ、これだ。この絵だよ、ぼくが夢で見たのは」

「やっぱりそうか。そうだろうと思った」如月はにやにやしながら言う。「割と特徴的な絵だからな。間違いないと思ったんで、買ってきてやったんだ」

「ありがとう。助かるよ」

ぼくは礼を言いながらも、その絵から視線を外せなかった。あの美術館に展示されていた、円を基調とした風景画が目の前にある。恵梨子の実在を裏づける物証が、またひとつ見つかったのだ。興奮しないではいられなかった。

「この前はちゃんと聞かなかったんだけど、お前が夢で見た美術館のことをもう一度説明してくれないか。都内にある美術館なんて数が知れてるから、どこのことかわかるかもしれない」

そう言われて、ようやくぼくは顔を上げた。そして、モダンな外観や入り口脇の喫茶店について説明する。如月は少し聞いただけで、「ああ」と声を上げた。

「たぶん、そりゃ世田谷美術館だ。間違いないよ」

「世田谷美術館？」

名前は聞いたことがあったが、もちろん一度も行ったことはない。どこにあるのかすらわからなかった。

「知らないのか？　非文化的な生活を送ってるなぁ、お前は。美術館で芸術を鑑賞して、心を豊かにするような趣味はないのかね、君は」

「いいじゃないか。美術には疎くても、パソコンはお前より詳しいぞ。それより、その美術館のことを教えてくれよ」

「世田谷区の、砧《きぬた》公園内にある美術館だよ。千歳船橋《ちとせふなばし》からバスで行ける。気になるなら、一度行ってみれば？　付き合ってやってもいいぜ」

「行きたい。悪いけど付き合ってくれるか」

「じゃあ、近いうちに行こうか」

気軽に如月は応じてくれた。口は悪いが、如月はこうしたことで労を惜しむタイプではない。改めて、友人の存在をありがたく感じた。

その週末に、ぼくたちは新宿で待ち合わせて美術館に向かった。如月が調べたところ、世田谷美術館では今、特別な展示は行われていないそうだ。川窪俊郎の絵が常設されているとも思えないから、行ったところで実物を拝めるわけではない。それでもぼくは、夢で見た建物を自分の目で確かめたかった。

バスを降りて公園内に入った瞬間、ぼくは雷に打たれたような衝撃を覚えた。ぼくはこの公園を知っている。かつて一度も来たことはないはずなのに、そうした確固たる確信が湧いてきて、ぼくの胸に居座った。この感覚は、橋本奈央子の家を訪れたときにも味わえなかったものだ。デジャヴュなどよりもっと強い既視感は、絶対に錯覚などではなかった。

「どうしたんだ。何か、変な物でもあったか」

こちらの反応を見て、如月が怪訝そうに尋ねる。ぼくはただ「いや」とだけ言って、首を振った。今のぼくの思いは、とても言葉では言い尽くせなかった。

砧公園はかなり広いらしく、公園前のバス停で降りてから美術館まではけっこう距離があった。公園内の道は、青々とした芝生の間を縫うように続いている。途中、見晴らしよく開けた場所に来たとき、ぼくは立ち止まった。

「ここだ……。ここだよ、ぼくが夢で見たのは」

その芝生の広場には、平日にもかかわらず多くの人がいた。犬を散歩させている人、芝生にシートを敷いて弁当を食べている家族、ぴったりと寄り添うように歩いているカップル、サッカーボールを蹴る子供たち……。

道は途中で人工の小川を渡り、その脇にはちょっとした林が見える。何もかも、ぼくが夢で見た光景そのままだった。

「ぼくはこの芝生に寝転んでいた。そうしたら、恵梨子がやってきて声をかけたんだ。恵梨子は犬を散歩させている人と話をしていた。恵梨子は犬が好きだから、散歩している犬を見るとすぐに近づいていくんだ。ぼくは夢の中で、恵梨子とここにいたんだ――」

ぼくは如月に聞かせるでもなく、譫言《うわごと》のように呟いた。言い知れぬ感動が、足許から込み上げてくる。恵梨子とともにいたあの瞬間、ぼくは確かに幸せを味わっていた。あの思いが、今もまざまざと甦ってくる。そしてそのとき初めて、ぼくは恵梨子と実際に会うことはできないのだと意識し、強い喪失感を覚えた。

ぼくはしばらくそこに立ち止まり続け、ひとり自分の思いに没入していたが、如月はそれに苛立つこともなく、ただ待っていてくれた。二分ほどしてぼくはようやく我に返り、複雑な思いで「行こうか」と彼に言った。如月はただ、「ああ」とだけ答える。

ふたたび歩き出してすぐに、美術館は見えてきた。記憶と寸分違《たが》わぬ、あの現代的な建物だ。入り口の前で立ち止まって建物を見上げるぼくに、如月は「間違いないか」と確認してくる。ぼくは力強く頷いた。

「間違いないよ。ここだ。ここでぼくは、恵梨子と一緒に川窪俊郎の絵を見たんだ」

入り口に向かって左手には、人工の滝があった。滔々《とうとう》と流れる水が涼しげだ。滝の前を横切るように延びている回廊は、喫茶店へと続いている。あの喫茶店で、ぼくは恵梨子とケーキを食べたのだ。

「中に入ってみるか」

如月は言って、ぼくを促した。如月はぼくのようにきょろきょろすることなく、真っ直ぐに入場券を売っているカウンターに向かった。そこでぼくの分も一緒に入場券を買い、そのついでに売場の女性に話しかけた。

「すみません。つい最近、現代画家の作品を展示する特別展をやりませんでしたか」

「現代画家ですか」受付の若い女性は、如月の言葉を繰り返して首を傾げる。「定期的に何度もやっていますが、そのことでしょうか」

「たぶんそうだと思います。川窪俊郎という画家の絵が展示されていたはずなんですけど」

「申し訳ありません。展示された画家の方のことまでは、今すぐここではわかりかねます。もしどうしてもお知りになりたいということであれば、事務局の方でお尋ねいただければわかるかと思いますが」

「そうですか。ありがとうございます」

如月は後ろで待っていたぼくのところにやってきて、券を渡す。そして、「聞いてた？」と確認を求めてきた。

「事務局に行けばわかるそうだ。どうする？　行ってみるか」

「いや、いいよ。ここで間違いないんだ。わざわざ確認することもない」

「そうか」

如月は頷いて、先に館内に入っていった。ぼくもその後に続く。

ぼくの意識が変わったせいか、それともこれもまた心臓移植の影響なのか、以前は退屈でしかなかった絵画の鑑賞もなかなか楽しく感じられた。ぼくが興味を示すたびに如月がその画家や使われている手法について解説してくれるので、ますます面白くなる。ぼくたちは一時間ほどかけて館内の展示物をすべて見て回り、最後に喫茶店に入って休んだ。如月はコーヒーしか注文しなかったが、ぼくはその他にレアチーズケーキを頼んだ。ケーキは確かに、笹塚の《アン・リーヴ・ドゥ》と同じくらいおいしかった。

　今日付き合ってくれたことの礼を如月に言うと、彼はぶっきらぼうに「気にするな」と言う。照れているのかもしれない。ぼくは自分がどんなに感謝しているかをなんとか伝えたかったが、うまく言えそうになかったし、如月もそんなことは望んでいないだろうから、やめておいた。いつものようにつまらない雑談をして、ぼくたちは店を後にした。

　如月とは新宿で別れた。ぼくは以前よりもずっと長く外出していられるようになっていたが、やはりまだまだ普通の体力に戻ったとは言えない。かなり疲れてしまったので、帰宅するとそのままベッドに倒れ込んでしばらくぼうっとした。今日受けた衝撃は、一生忘れられそうになかった。

　その夜。ぼくは奇妙な電話を受けた。「和泉さんですか」と尋ねる女性の声に、ぼくは心当たりがなかった。ぼく専用の電話回線の番号は、親しい知人にしか教えていない。声に聞き憶えのない人から電話がかかってくることなど、めったにないことだった。訝《いぶか》しい気持ちを抑えて取りあえず「はい、そうです」と応じると、女性は淡々とした口調でこう言った。

「ドナーのことは、あまり調べて回らない方がいいと思いますよ」

　すぐには、相手の示唆することが理解できなかった。一瞬言葉に詰まり、かろうじて「どういうことですか」と問い返した。

「何をおっしゃっているんですか？　あなたは誰なんですか」

「誰でもありません。あなたのことを心配する者です」

「ぼくを心配する？　どういう意味です？」

「忠告はしました。聞き入れていただけることを願ってます」

「ちょっと待って！　もしもし、もしもし！」

引き留めたが、電話はすぐに切れてしまった。ぼくは強い戸惑いを覚えたまま、電話の子機を手放せずにいた。

37

電話の声の主に心当たりはなかった。初めて聞く声であったことは間違いない。だがそれならばなぜ、女性はあんなことを言ったのだろうか。あの口振りからすると、ぼくの受けた手術のことや、その後のぼくの動きなどについても熟知しているように思える。一面識もない人が、どうしてそんなにぼくについて詳しく知っているのだろうか。しばらく考えてみたが、納得のいく答えは見つからなかった。

ぼくのことを心配するとは、いったいどういう意味なのだろうか。ドナーについて調べ続けると、ぼくの身に危険が迫るとでも言いたいのか。しかし、具体的にどんな危険があるのだろう。今のところぼくは、差し迫った危機など感じないし、自分に向けられる悪意も自覚していない。女性の電話は何もかもが謎だった。

電話を終えた後は、ただ当惑だけを強く感じていたが、日を経るにつれてだんだん不安が頭をもたげてきた。女性の言葉を、必要以上に大袈裟に捉えている自分がいる。臆病になり、手術以前のように家に引き籠りがちになった。

ぼくが思い出したのは、何者かに鈍器で頭を殴られる夢のことだった。あの夢から覚めた朝、ぼくは全身にびっしょりと汗をかいていた。心の底からの恐怖を味わったことなど、あのときが初めてかもしれない。それほど鈍器を振りかざしてきた〝奴〟の形相は恐ろしく、忘れがたかった。

ぼくの身に迫る危険があるとしたら、〝奴〟が関係するのだろうか。今のぼくにはそうとしか考えられない。だが恵梨子を殺した〝奴〟が、なぜぼくにまで危害を加えるのか。ぼくが恵梨子について調べることで、〝奴〟に辿り着いてしまう可能性があるからか。ならば、ぼくに警告を与えたあの女性は、この件にどう関係するのか。

そうした疑問の数々を、次に紙谷さんに会ったときに話した。いつものようにぼくの話を聞きに来た紙谷さんは、唸って腕を組むとそのまま黙り込んだ。難しそうな顔で何かを考えているようなので、ぼくも先を促さずに待つ。ようやく口を開いたときには、思いがけない言葉が飛び出してきた。

「そのことについては、いろいろな可能性が考えられると思う。例えば、君の友人が言っていたように、病院が何かを企《たくら》んでいた場合だ」

「病院が？」

紙谷さんまでが、そんなことを本気で考えているのだろうか。ぼくはあまりに意外だったので、開いた口が閉じられなかった。

「そんな可能性は低いと思うけど、妙な警告があったことを考えると無視するわけにはいかない。その警告を与えてくれた女性は、病院の看護婦かもしれないからね」

「でも、病院がいったい何をしたっていうんですか。いくらなんでも馬鹿馬鹿しすぎますよ」

病院には命を救ってもらったという恩義を感じるので、ぼくはむきになって反論した。紙谷さんも、そのとおりだと言わんばかりに頷く。

「馬鹿馬鹿しいとは思うよ。何か公にはできない思惑が絡んでいた手術だとしても、それがなんであるか想像することもできない。だから、ひとつの仮説として提示したまでだ」

「他にも仮説があるんですか」

「もうひとつは、やはり君が見た夢に関することだよ。恵梨子という女性が本当に何者かに殺されていて、まだ犯人が捕まっていないなら、ぼくたちの動きは犯人にとって非常に目障りだろう。鈍器で人を殴るような乱暴な人間なら、君にも危害を加えてくる可能性はある。でもその場合、ぼくたちはすでに犯人に肉薄していたことになるけどね。そうでないと、向こうは脅威になど感じるわけがないから」

「今まで会った人たちの中に、恵梨子を殺した犯人がいるんでしょうか」

「犯人、もしくは犯人に近い人物だね。犯人に近い人物が、君に警告を与えたとも考えられる」

「でも、ぼくは電話の声に心当たりがありませんでしたよ。絶対に、聞いたことのない声だった」

「声なんて、いくらでも変えられるよ。受話器を布で包むだけでもずいぶん違うと思うし、他に手段はたくさんある。でもこの説で問題なのは、ぼくたちは橋本奈央子さんのことを調べていただけで、恵梨子という女性にはぜんぜん近づいてないことなんだ。橋本奈央子さんの知人が恵梨子さんを殺した犯人だと考えるのも、ちょっと無理があるしね」

「ぼく、橋本奈央子さんと恵梨子が知り合いだったんじゃないかとも、一瞬は考えたんです。

それでも矛盾は解消されないんで、それっきり忘れてましたけど。でも、ご両親に確認するくらいのことはしてみればよかった」

「じゃあ、今すぐ確認してみようか。奥さんなら家にいると思うし」

「電話番号、わかりますか」

「わかるよ。ちょっと電話を貸してくれる?」

紙谷さんは電子手帳を広げて、電話番号を検索する。ぼくが子機を渡すと、そのままダイヤルボタンを押した。

「あれ?」

子機を耳に当ててしばらく待っていた紙谷さんは、一度電話を切ってもう一度ダイヤルし直した。それでも繋がらないのか、不思議そうに首を傾げる。さらにもう一度、今度はいちいち番号を読み上げながらボタンを押したが、結果は同じだった。

「いないんですか」

尋ねると、紙谷さんは渋い表情で子機を置いた。

「いないんじゃなくって、繋がらないんだ。この電話は現在使われていないっていうアナウンスが流れるだけで」

「えっ? 使われていない? じゃあ、引っ越しちゃったんですかね」

「引っ越すなんて話は聞いてなかったけどなぁ。それに、引っ越したとしても、普通は引っ越し先の番号をアナウンスしてもらうようにするでしょ。おかしいなぁ」

「変ですね」

　連絡がとれないとなると、ますます会いたくなってくる。橋本奈央子と恵梨子が知り合いだったと本気で考えているわけではないが、なんとしてもそのことを確認したくなった。

「ぼく、またあのマンションを訪ねてみますよ。引っ越してないなら、会えるでしょう」

「うん。もちろん、あのご夫婦が引っ越したとしても、ぼくたちに連絡する必要なんてないからね。引っ越していたとしても不思議じゃないんだけど……」

　紙谷さんは釈然としないようだった。ぼくもそれは同感なので、なんとなく奇異な感じを覚える。ぼくの周囲で、知らぬ間に何かが起きているような不気味さを感じた。

「話を戻しますけど、警告の電話について、他に何か考えがありますか？」

「ああ、そのことね。うん、あるにはあるんだけど……」

　紙谷さんは言いづらそうに口籠る。ぼくは「なんでもいいから言ってください」と促した。

「この話が一番荒唐無稽なんだけど、ちょっと気になることを耳にしたんでね。その警告と結び合わせて考えると、一概に荒唐無稽とも言えなくなるんだ」

「どんなことなんですか」

紙谷さんが言い渋れば渋るほど、ぼくの不安も大きくなる。どんな話が飛び出すのかと、ぼくは身構えた。

「和泉君は、ゴッド・コミッティーという言葉を聞いたことある？」

「ゴッド・コミッティー、ですか？」

初耳だった。なんのことだか見当もつかない。

「日本語に訳せば『神の委員会』ということになるだろうね。レシピエントを社会的有効性の観点から判断する功利主義的発想で、透析機器が貴重だった時代にシアトルの腎センターで採用されていたそうだ。わかりやすく言えば、どのレシピエントに優先して臓器を移植するか決定するのに、レシピエントがどれだけ社会貢献度の高い人物かという点で判断するってことなんだ」

「社会貢献度で」

そんな考え方があるとは、まったく知らなかった。そのような基準で判断されたら、ぼくなど社会貢献度はゼロに等しい。優先リストで一番下に来てしまい、おそらく一生臓器移植など受けられないだろう。恐ろしい発想だが、実際に採用している病院があったという事実も、こちらの背筋をさらに寒くさせる。

「もちろん、そんな簡単に説明できることじゃないんだ。手術の成功の確率や、余命の予測、それから家族への依存度なども勘案されるからね。それに社会貢献度とひと口に言っても、過去の社会貢献の実績と、未来の社会貢献の予測がある。つまり君のような若い人の場合、将来社会貢献度の高い人物になると判断されれば、ポイントも高くなるわけだ。総合的に考えると、おそらく老人よりも若い人の方が優先される考え方じゃないかな」

「でも、未来の社会貢献度なんて、誰が判断できるんですか。そんなの、神様でもないとわからないでしょう」

「だから、それを判断する委員会は《ゴッド・コミッティー》と呼ばれるんだよ。人の生死を左右するわけだから、まさしく神の立場だよね」

「そんな……」

それはあまりに傲慢《ごうまん》な発想ではないだろうか。いったい誰が、人間の存在価値に優劣などつけられるのか。そんなことを平気で行える人がいるとしたら、その人物は鈍感を通り越して、異常だ。通常の神経でできることではないだろう。

「君は当事者だから、ひどい考え方だと思うだろうね。でも、かつて実際に採用されていたように、まったくひどい発想というわけでもないんだ。例えば、完全に平等にして、くじ引きで優先順位を決めたとする。それでリストのトップに来た人が、余命幾ばくもない老人だったとしたらどう感じる？　前途が有望な若い人を差し置いて、心臓病以外の理由で明日にも息を引き取るかもしれない人に移植が行われたら、やはり納得できないと感じる人も多いだろう。もちろん、明日にも死ぬかもしれなくても、本人も家族も移植して欲しいと思うのは当然だ。『あなたはもうすぐ死ぬのだから、諦めなさい』とは誰も言えない。つまり、どんな方法を採ったとしても、誰もが納得できるシステムなどないってことなんだ。完全に平等であることが一番望ましいわけでないのなら、いろいろな事情を勘案して優先順位をつけるのは、言ってみればごく当然のことではある」

「もちろん、実際にはくじ引きで決めているわけじゃないのは知ってますよ。待機日数や、臓器の適合性などから判断してレシピエントは選ばれているんですから。でも、社会貢献度まで考慮に入れてしまうのは、いくらなんでも行き過ぎでしょう」

「うん。だからこの考え方には批判も多い。実際にそんな観点からレシピエントの優先順位を決めている国はないはずだ。でもね、ぼくが耳にした噂では、この日本にはゴッド・コミッティーが存在するというんだ。厚生省もJOSCも否定しているけど、噂はいっこうに消えないらしい」

「日本に、ゴッド・コミッティーが……」

あまりにも意外な話に、ぼくは言葉を失った。どこかの誰かがぼくの存在価値を数値化し、一覧表にまとめているとでもいうのか。だとしたらぼくは、いったいどのような評価を受けたのか。移植を待つ多くの患者よりも、ぼくの方が価値ある人間と判断されたということなのか――。

「もしその噂が本当だとしたら、君に警告を与えた人物はゴッド・コミッティーの関係者だとも考えられる。ぼくたちは知らず知らず、ゴッド・コミッティーに迫っていたのかもしれない」

「でも、その話が一番現実味がないですよ。ゴッド・コミッティーなんて存在を持ち出すくらいなら、まだ病院が人体実験を行っていたと考えた方が信じられる。いくらなんでも、ゴッド・コミッティーなんて、そんな……」

自分に、他人の心臓をもらってまで生き延びるだけの価値があるのかどうかという点は、幾度も自問したことだった。だがだからといって、それを他人に測って欲しいとは思わない。噂はあくまで噂であって、現実にはそんなことはないのだと信じたかった。ぼくが手術を受けられたのは、あくまで適合性が高かったという幸運のお蔭なのだ。

「うん。ぼくも馬鹿馬鹿しいとは思うよ。和泉君にとっては不愉快な話だったかもしれない。言わない方がよかったかな」

「いえ、それはいいんです。でも、ぼくはその説は違うと思うな。橋本奈央子さんの周囲に、恵梨子を殺した犯人がいるという推理を採りますよ」

「恵梨子という女性が何者かわからないんだから、何を考えても仮説でしかないよね。やっぱり橋本奈央子さんのご両親に確認するのが一番いいのかも」

「明日にでも、ぼく、訪ねてみます」

「明日か。明日じゃなければ、ぼくも一緒に行けるんだけど、どうする？」

「大丈夫です。ぼくひとりで行きますよ」

これくらいのことは付き添ってもらわなくても平気だ。ぼくが力強く言うと、紙谷さんは内心の心配を隠し切れていない顔で頷いた。ぼくはそんな紙谷さんに、不安を押し殺して笑いかけた。

38

今回は西武池袋線の江古田駅で降りて、ぼくは橋本家に向かった。前回来たときに道順は把握していたので、迷わずマンションまで辿り着く。オートロックのエントランスで部屋番号を入力し、反応があるのを待った。

だが、予想していたことではあったが、しばらく待っても返事はなかった。もう一度呼び出してみても、誰も応答しない。念のためにさらに同じことを繰り返して、留守であることを確認した。

やはり誰もいないようだ。たまたま外出しているだけなのか、それとも引っ越してしまったのか。電話が繋がらないことを考えると、やはり引っ越したのだろう。そのことを確認するために、ぼくは管理人室のガラス戸を叩いた。

室内でテレビを見ていた中年の管理人は、小窓を開けてこちらをギロリと見た。住人以外の人は警戒するのが習性なのか、むすっと押し黙ったまま声も発しない。ぼくは気圧《けお》されて少し口籠ったが、かろうじて必要最小限のことは尋ねた。

「すみません。五〇三号室の橋本さんを訪ねてきたんですが、いくら呼び出しても反応がないし、電話も繋がらないんです。もしかして引っ越されたんでしょうか」

「五〇三号室？」無愛想な管理人は、不審そうに語尾を上げる。「ああ、ついこの前引っ越したよ。それがどうかしたの」

「やっぱりそうだったんですか。引っ越し先とかはわかりませんか」

「あんた、知り合いなんじゃないの？　知り合いのくせに、引っ越し先を教えてもらえなかったわけ？」

「そうなんです」

管理人はますます不審者でも見るような目つきになったが、事実なので否定のしようがない。素直に認めて、もう一度同じことを繰り返した。

「どうしても連絡をとりたいんで、ご存じだったら引っ越し先を教えていただけませんか」

「駄目だね」しかし管理人の口調は、取りつく島もなかった。「どこの誰とも知れない人に、そんなことを教えられるわけがないだろ。だいたい、おれは引っ越し先なんて聞いてないよ。引っ越してきたばっかりなのにまた出ていっちゃったような人なんだから、ろくに付き合いはなかったんだ」

「え？　引っ越してきたばっかり？」

管理人が吐き捨てるように言った言葉に、ぼくは反応した。引っ越してきたばかりとは、いったいいつのことを言っているのか。

「そうだよ。あんた、知らなかったの？　本当に知り合いなのか？」

こいつは何者なのかとでも言いたげな顔で、管理人はこちらの全身をしげしげと眺める。ぼくは居心地が悪かったが、引き下がるわけにもいかなかった。

「一度こちらにお邪魔しただけなんですが、知り合いなのは嘘じゃないです。橋本さんがこのマンションに引っ越してこられたのはいつか、憶えていますか」

「さあな。どうしてそんなことをおれが教えてやらないといけないんだ」

「すみません。すごく大事なことなんです。いつ頃越してきたかくらいは、話しても問題ないんじゃないですか」

「そりゃ問題ないよ。七月だ。それでいいか」

「七月？」

そんな馬鹿な。橋本奈央子が死亡した事故は、五月のことだ。それ以後に橋本夫妻がこのマンションに越してきたのなら、なぜ橋本奈央子はこの近くで事故に遭ったのか。もともとの住まいもこの地域にあったということなのだろうか。

しかし、ならばなぜ、せっかくこんな高級なマンションに越してきて、二カ月しか過ごさずにまた出ていってしまったのだろう。勤め先で転勤でもあったのか。

「本当に七月なんですか。もう少し前じゃないですか」

「なんだよ、あんた、おれの言うことを疑うのか。それならとっとと帰ってくれ。仕事の邪魔だよ」

テレビを見ていたくせに、管理人はそんなことを言う。ぼくはなおも質問を続けようとしたが、その前にぴしゃりとガラス戸を閉められてしまったので、諦めざるを得なかった。すごすごと、マンションを後にする。

いったい、何があったというのだろう。単純に転勤と考えて納得できなくはないが、それにしても不自然な印象は拭えない。まるで、何かから逃げるような急な引っ越しではないか。

その何かとは、まさかぼくではないのか。

もしぼくともう一度会うことを避けて引っ越したのだとしたら、橋本夫妻は何かを隠していたことになる。橋本奈央子がドナーとなったことに関し、実は人に言えない秘密があったのだろうか。しかし、それがどんな秘密なのか、ぼくには見当すらつけられない。

手術以後ぼくは、ドナーの記憶や趣味嗜好が移植に伴って転移したのかどうかだけを気にしていた。だが調べれば調べるほど、それ以外の謎が積み重なっていく。どうやらこれはぼくの体に関わることだけでなく、もっと大きな出来事の一部なのではないだろうか。ぼくは気づかぬうちに、その大きなうねりに巻き込まれていたのかもしれない。

ようやくそのことに気づき、ぼくはうそ寒い思いに駆られた。思わず背後を振り返り、自分の安全を確認する。もちろんぼくの後を尾けている人などいなかったが、それでも不気味な感覚は消えなかった。まだ残暑の気候にもかかわらず、ぼくは温《ぬく》もりを求めて両腕を抱き締めた。

39

退院以後、何度も外を出歩いたことで、本格的に社会復帰できる自信がついてきた。この調子なら、来年の四月には確実に復学できるだろう。そう考えてぼくは、久しぶりにキャンパスを訪ねてみた。

　自分が在籍している大学にもかかわらず、入学してすぐに発病してしまったこともあって、あまり愛着はない。それでも同じ年頃の男女が散策しているキャンパスを歩いてみると、短かった大学生活が懐かしく思い出された。試験に合格してホッとしたことや、買ったばかりのブレザーを着て入学式に臨んだときの緊張感などが、昨日のことのように甦ってくる。闘病中は一度も思い出さなかったことなのに、不思議な気分だ。ぼくは、ふたたびこうして大学に来ることができた幸せを、しみじみと噛み締めた。

　ぼくが通う経済学部の校舎は、一年半前と寸分も変わらぬ佇《たたず》まいだった。相変わらず薄汚れていて、改修の手が入った様子もない。最初はこの汚さに辟易《へきえき》したものだが、今となっては微笑ましくもある。卒業するまでには、ぼくも自分が在校していた証拠になる〝汚れ〟を残しておきたいものだと考えた。

　階段を上って、フランス語の授業を受けていた小教室を覗いてみた。幸い、今は空き時間らしく誰もいない。大学には珍しく席順を決めている先生だったので、ぼくはいつも窓際の席に坐っていた。そこに腰を下ろし、黒板に目をやると、フランス語の単語など綺麗さっぱり忘れていることに気づいた。復学するのはいいが、少し勉強をし直さないことには授業についていけないなと、思わず苦笑する。

机には、様々な落書きがあった。ほとんど意味のわからないものばかりだが、中に女性の名前をひたすら書いている落書きがあった。きっとこれを書いた奴は、この女性が好きで仕方がないのだろう。授業中も女性のことが忘れられず、無意識に書いてしまったのかもしれない。ぼくは反射的に恵梨子の名を思い浮かべたが、そこに書こうとは思わなかった。その代わりに、「帰ってきた」とだけ机の隅に小さく書いた。

五分ほどぼんやり坐り続け、ぼくは教室を出た。誰に会う約束もなく、何かをする用事があるわけでもないので、少し時間を持て余す。キャンパスをぐるりと一周し、最後に大学生協に寄って帰ろうかと考えた。

四階の大教室も覗いていこうと、階段を上りかけたときだった。背後から「あれ」という声が聞こえ、続けて「なあ、なあ」と呼びかけられた。振り返ると、声の主はこちらに視線を向けている。ぼくを呼び止めたようだが、相手の顔に憶えはなかった。

「間違ってたら悪いんだけど、去年十三組にいた人だよねぇ」

そんなふうに男子学生は尋ねてくる。確かにぼくは十三組に在籍していたので、「うん」とだけ頷いた。

「心臓移植を受けた人でしょ。おれ、すぐ後ろの席だった者だけど、憶えてる?」

どうやら同じクラスの人だったようだ。ぼくはすっかり忘れていたが、向こうは憶えていてくれたらしい。忘れたと正直に言うわけにもいかないので、「ああ」と思い出した振りをした。

「うんうん、そうだったね。久しぶり」

「休学したって聞いてたからさぁ、どうしたんだろうって思ってたら、心臓の移植手術を受けたっていうじゃん。びっくりしたぜ。でも、そんな大手術を受けたようには見えないな」

男子学生は、いかにも人の良さそうな顔をしていた。コメディアンのように、何か面白いことを言ってくれそうなとぼけた雰囲気がある。ぼくはそんな風貌にホッとするものを覚え、話しかけてもらえたことを嬉しく思った。

「手術がうまくいったんで、もうずいぶん普通の生活ができるようになったんだ。それで、来年から復学しようと思って、ちょっと様子を見に来たんだよ」

「あ、そう。そりゃよかったね。マスクしてるのは、風邪？」

「そうじゃなくって、まだ感染症は怖いんで、一応予防で」

「感染症って？」

男子学生はぼくが受けた手術に興味があるのか、すぐに去ろうとはせず質問を重ねた。ぼくもどうせ暇だったので、あれこれ訊かれても不愉快ではない。ただ、話が長くなるならどこかで坐って話さないかと提案した。

「あ、そうだね。そちらは急ぐ用はないの？」

「ないよ。ただぶらぶらしていただけだから」

「なら、ちょっといろいろ話を聞かせてよ。いやじゃなければ、だけどさ」

「いやじゃないよ」

ぼくは答えて、階段を上った。彼はついてきながら、「ところで、名前はなんていうんだっけ？」と尋ねてくる。それはこちらが訊きたいことだったので、内心で安堵しながら名前を告げた。男子学生の方は、山村《やまむら》と名乗った。

大教室が空いていたので、そこの椅子に坐ってぼくたちは語り合った。山村は臓器移植の現実について何も知らなかったので、ぼくは最初から順を追って説明した。もともとは単なる興味本位でぼくの話を聞きたがったのだろうが、山村はそのうち真剣な表情になって耳を傾けていた。

ぼくは記憶の転移など、その後に起こった奇妙なことについては触れなかった。それでも山村にとっては興味深い話だったらしく、最後には感銘を受けたような口振りで「大変だったんだな」と言った。

「そのドナーカードっての、どこに行けばもらえるの？」

「郵便局とか区役所にあるはずだよ。どうして？」

「うん。おれも、もしものときのためにカードにサインしておこうかなぁって思って。なんかさ、こうして元気になっている人を現実に見ると、すごいことだと思うじゃん。おれみたいな者の体でも役に立つなら、光栄だからさ」

　ぼくは思わず山村の顔を見返したが、思いつきで言っているわけでもなさそうだった。本気でそう考えてくれたなら、移植を受けた者として非常に嬉しい。気のいい奴という最初の印象は、話をするにつれますます強くなった。

　移植についての話が終わった後は、もっぱら聞き役に回った。ほとんどぼくには馴染みのなかった大学生活の実態を、山村の口から教えてもらう。彼はアイスホッケー部に所属し、レギュラーとして活躍しているそうだ。ひょうきん者っぽい外見に似合わぬ硬派な話を聞かされ、ぼくは少々意外に思った。

　山村はやはり、話をするには楽しい相手で、些細なエピソードも彼にかかると爆笑を誘う大事件に変貌した。ぼくは久しぶりに腹の底から笑い、抱えていた鬱屈をいっときとはいえ忘れることができた。山村とこうして近づきになれた幸運に感謝した。

　結局一時間くらい話していただろうか。授業が始まりそうになったので、ぼくたちは教室を出た。復学したら学年が違うことになってしまうが、その場合は試験の過去問のコピーを分けてくれるという。ぼくたちは互いのメールアドレスを教え合って、別れた。

ぼくはその日を境に、本格的に復学に向けての準備を始めた。まずは、すっかり忘れてしまった授業内容を、もう一度頭に叩き込む。最初のうちは勘が摑めず苦労したが、じきに勉強することにも慣れた。ぼくはこの一年以上の空白を埋めるために、受験勉強をしていた頃よりもずっと真剣に机に向かった。

そしてその息抜きに、ぼくはまた絵を描き始めた。今度は風景画ではなく、人物画だ。被写体は、いない。ぼくの記憶の中だけに存在する顔を、キャンバスに形として残しておきたかったのだ。

恵梨子の顔は目を瞑っただけで思い出せるはずだったが、いざきちんと絵にしようとするとなかなか難しかった。一度写生することを憶えてしまうと、対象を見ずに絵を描くことが困難になってしまったのだ。仕方なくぼくは、以前に自分が描いた恵梨子の似顔絵を取り出し、それを参考にした。ただ鉛筆で描き殴っただけの恵梨子に、きちんとした色を与えてやりたかった。

目標があって過ごす日々は、無為の生活に比べて時の流れが早い。あっという間に二週間余りが過ぎ、少しずつ描いていたデッサンも取りあえず満足のいく形になった。そんな頃に、如月がその話を持ってきてくれた。

「こんなのがあるんだけど、行くだろ？」

いつものようにふらりと遊びに来た如月は、ぼくの部屋に入ってくるなりパンフレットを取り出した。受け取ってなんの気なしに目を落とし、愕然とする。それは川窪俊郎の個展の案内だった。

「川窪俊郎が個展をやるのか！」

「別に、不思議なことじゃないよ。それなりに名前を知られている画家なんだから、個展くらい開くだろう。きっと行きたがるだろうと思って、それを持ってきてやったんだ。行くよな？」

「行く。行くに決まってる」

ぼくはパンフレットから目を離さないまま、がくがくと頷いた。パンフレットには、ぼくが夢で見たあの風景画が使われていた。おそらく、これが川窪俊郎の代表作なのだろう。

個展が始まる日は、三日後だった。ぼくは初日に行こうと決めたが、それを告げると如月は反対した。

「そういう個展は、初日には本人の知り合いがいっぱい来るんで、あんまりゆっくり絵を見ていられないぜ。絵を見るために行くなら、もうちょっと後にした方がいい」

「そうなのか」

逸る気持ちに水を浴びせられたように感じ、ぼくは少しがっかりした。だが如月がそう言うのならば、従った方が無難だろう。また如月も付き合うと言うので、今日から五日後に見に行くことにした。ぼくはその五日間を、まるでクリスマスイブを待ち侘《わ》びる子供のような気分で過ごした。

そしてその日、ぼくたちは地下鉄銀座線の外苑前駅で待ち合わせた。如月はその画廊に行ったことはないものの、場所は知っているという。ぼくは黙って彼の案内についていった。青山通りを道一本逸れたところにある画廊は、それほど大きくはなかった。床面積は十坪ほどだろうか。ホワイトクリームの壁紙が上品で、落ち着いた雰囲気を醸し出している。外から見た限りでは、先客は初老の夫婦ひと組だけだった。夫婦は、この画廊の人らしき女性となにやら話をしている。

如月はためらいもなくガラス戸を押し、中に入った。彼についてきてもらってよかったと、いまさらながら思う。ぼくひとりだったら、敷居が高くてなかなか入りづらかったことだろう。堂々とした態度の如月に従って、ぼくも後に続いた。

入り口脇にテーブルが置いてあって、そこに来訪者名簿があった。如月が先にペンを取り上げ、住所と名前を記入する。ぼくは彼からペンを受け取り、身を屈めた。

その瞬間だった。ぼくはあまりの衝撃に、自分が何をしようとしていたのかすら忘れた。

視覚以外の五感が遮断され、音も匂いも感じ取れない。ぼくは自分が読み取った文字の意味を信じ切れず、何度も何度もそれを読み直した。

名簿には、恵梨子の名前があったのだ。

40

喫茶店に落ち着いても、ぼくは未だ衝撃から立ち直れずにいた。頭の芯がぼうっとして、うまく思考を組み立てられない。せっかく見てきた川窪俊郎の絵も、ほとんど印象に残っていなかった。

おそらくぼくは、虚《うつ》ろな目をしていたのだろう。如月は呆れたような口振りで言った。

「おいおい。大丈夫かよ。間抜け面してるぜ」

「あ？　ああ」

ぼくは生返事しかできなかった。如月は苦笑して続ける。

「お前が驚くのもわかるけどさ。名簿にあった名前が、お前の言う恵梨子と同一人物とは限らないじゃないか。恵梨子なんて名前、珍しくもないだろ。名字まで一致していたというのか」

名簿に書かれていた恵梨子の名字は、〝脇田《わきた》〟だった。ぼくは恵梨子の名字までは知らなかったが、それを見た瞬間、間違いないと確信した。彼女のフルネームは脇田恵梨子だ。そのことをぼくは知っていた。

「恵梨子という名前しか知らなかった。でも、たぶん脇田で間違いない。そういう確信があるんだ」

「心臓がそう訴えるってわけか。でも、それっておかしいじゃないか。もともとお前は、心臓の提供者が恵梨子だと考えていたわけなんだろ。それが生きているなら、記憶の転移という前提条件が崩れるんじゃないか？」

「そうなんだ」

ぼくはますます混乱していた。ドナーが橋本奈央子だとわかった時点で、すでにぼくの考えていたことは否定された。その上恵梨子が生きているとしたら、矛盾はさらに大きくなる。これはいったいどういうことか。

そもそも話の始まりは、心臓移植で他人の記憶や特徴が転移したと考えたことにあった。ぼくはその記憶の主を、恵梨子だと確信した。それほど夢に見た恵梨子はリアルで、とてもぼくの妄想が生み出した人物とは思えなかったのだ。

ぼくは恵梨子がかつて実在したことを確かめるために、いろいろ調べて回った。そしてその結果、脇田恵梨子という人物は今も生きていることが判明した。なんという本末転倒なことだろう。恵梨子が生きているなら、彼女の記憶がぼくに転移するはずもないのだ。記憶の転移がなければ、ぼくは恵梨子という女性の存在を知ることもなかった。そのふたつの事実は、鶏と卵の関係のように、どちらが先ともわからなかった。

「おれは、お前が描いた絵をこの目で見ている。だから、記憶の転移という事実を認めざるを得ない。そこは動かせないんだ」如月はコーヒーカップを口許に運びながら、冷静に整理する。「ならば、考えられることはふたつだけだ。ひとつ目は、脇田恵梨子という人物は、お前が言う恵梨子とは別人だってこと。もうひとつは、心臓の元の持ち主は恵梨子じゃなかったってことだ。どっちも可能性があるし、両方正しいのかもしれない。どう考えるかは、お前の自由だ」

「ドナーは橋本奈央子だったんだ。恵梨子が生きていても不思議じゃない。問題は、どうして橋本奈央子の心臓が、恵梨子の記憶を持っていたかってことだ」

ようやくぼくの頭もはっきりしてきた。如月が整理してくれたことで、ぼくの考えもまとまり始める。

「おれは病院陰謀説を採りたいね。お前の心臓は、橋本奈央子のものじゃないんだよ」

にやにやしながら、如月はまだそんなことを言う。ぼくはそれには取り合わず、自分の考えを披露した。

「橋本奈央子と恵梨子が知り合いだったんじゃないかと、ぼくは考えたんだ。もしそうなら、橋本奈央子の心臓を経由して間接的に恵梨子の情報がぼくに転移してもおかしくない。だからそれを確認しようと、橋本奈央子の両親に会いに行ったんだよ。でも、両親は引っ越していたので結局会えなかった」

「引っ越してた？　そりゃまた急な話だな。七月に会ったばかりじゃなかったっけ」

「そうなんだよ。ちょっと変なんだ」

ぼくが眉を顰めると、如月は涼しい顔で言う。

「じゃあ、恵梨子本人に会って話を聞くしかないな。それが一番早いだろう」

「恵梨子本人に？　どうやって」

尋ねると、如月はテーブルの上にあった紙ナプキンを取り上げ、そこに何かを書きつけた。

「ほれ」と言って、ぼくに手渡す。

「これ……、あの名簿に書いてあった住所か」

ぼくは驚いて尋ね返した。如月は得意げに笑う。

「あんまりお前がぎゃーぎゃー騒ぐからさ、帰り際にちょっと覗いて暗記しといたんだ。お前も騒ぐくらいなら、住所くらいメモして来いよ」

「そんな余裕はなかったんだ。でも、よく暗記できたな」

「それくらいの文字列は、ひと目見れば憶えられるよ。ありがたいだろ」

「ああ、助かる」

ぼくはぼんやりと、そう答えた。

帰宅してからも、ずっとその紙ナプキンを睨み続けていた。如月が言うとおり、恵梨子に会ってみればすべてはっきりすると思う。ぼくは間違いないと確信しているが、もしかしたら別人と判明するかもしれない。それだけでも、一歩前進といえるのだ。

だがぼくは、どうにもためらうものを感じていた。正直に言えば、恵梨子に会いに行くのが怖かったのだ。恵梨子に対するぼくの思慕は、この半年間で自分でもどうしようもないくらいに深まっていた。しかし恵梨子にとってぼくは、ただの見知らぬ他人に過ぎない。だからこそぼくは、恵梨子と会って話すことを恐れていた。

ぼくは自分の気持ちが不思議でならなかった。どうして一度も会ったことのない女性に、これほど強い思いを抱けるのだろう。人を好きになったことがないわけではないが、こんな思いは初めてだった。

雅明君とチャットで会話しているとき、ぼくは今日のいきさつを話した。そして、自分の恋愛感情の部分は抜きにして、恵梨子に会いに行くことをためらっていると告げる。雅明君の返事はすぐに返ってこず、二十秒ほどしてようやく文字がモニターに現れた。
《会うのが怖いっていうのは、なんとなくぼくにもわかります。自分に置き換えて考えても、そう感じるだろうから》
自分に置き換えたら、というのは、聴覚が移植によって甦ることを仮定しているのだろう。つまらない愚痴をこぼしてしまったのではないかと、ぼくは少し後悔する。
《でも、ぼくなら会いに行くと思いますよ。今会わなかったら、ずっと後悔すると思うから》
雅明君の言葉は、年長のぼくなどよりずっと潔かった。それでもぼくは、まだ踏ん切りがつかない。
《記憶が転移したなんていう話をしたら、恵梨子はぼくのことを頭がおかしいと思うだろう。きっと、まともに相手なんてしてくれないはずだ。それがわかってても、やっぱり行く？》
《行くと思いますよ。相手の人には悪いけど、自分の気持ちに整理をつけるためにね。だって、このままじゃ気持ち悪いじゃないですか》
《そうだね。確かに気持ち悪い》
《行った方がいいですよ。すべての謎が解けなくても、会えればそれでいいじゃないですか。絶対後悔しないと、最初に決めておけばいいんです》

《絶対後悔しない、か》
そうだ。ぼくはもともと、恵梨子に対する恋愛感情が成就するなどとは考えていなかった。死者に恋する自分を滑稽《こっけい》だとすら思っていた。それなのに、恵梨子が生きていると知って、よけいなことを考えてしまった。何も期待せず、後悔もしないと自分に誓えば、気が楽になる。雅明君の言うことはもっともだった。
《ありがとう。いいアドバイスをしてくれたよ。相談してよかった》
ぼくは心からの感謝を込めて、そう文字を打った。モニターの前で雅明君は、きっと微笑んでいることだろう。ぼくにはその様子が見える気がした。

41

恵梨子の住所は世田谷区大原《おおはら》になっていた。地図で調べると、京王線の代田橋駅から歩いて十分ほどの距離にある。ぼくは長い時間地図を睨み続け、駅からの道順を頭に叩き込んだ。

恵梨子はどんな生活をしているのだろう。ぼくはしばらく想像してみた。以前見た夢で、通勤帰りと思えるときがあったから、おそらくOLだろう。ならば、ぼくより年上か。

会社に勤めているのなら、平日の昼間に訪ねても会えないはずだ。すると、訪問するなら週末がいいか。いきなり訪ねていって、どんなふうに話を始めればいいのだろう。手みやげくらいは持っていった方がいいか。ぼくはつらつらと、そんな取り留めのないことを考え続けた。

ぼくは週末を迎えるのが未だに怖かったが、同時に待ち遠しくもあった。話の切り出し方は、結局何も思いつかなかった。土曜日が近づくにつれ、どうにかなるだろうと開き直る心境になってくる。ぼくがどんな夢を見たかということさえ聞いてもらえれば、必ず興味を持つはずだと楽観していた。

そして土曜日。ぼくは二時頃に向こうに着くよう見計らって、家を出た。緊張感はあったが、もはや腹は据わっていた。むしろ、恵梨子に会えることを楽しみにすら思っていた。ぼくは真っ直ぐ代田橋には向かわず、まず笹塚に寄り道した。もちろん、《アン・リーヴ・ドゥ》のケーキを買うためだ。これを持っていけば、スムーズに話を進められるのではないかと期待した。

もう一度京王線に乗って、代田橋駅に着いた。駅を出ると目の前に、水道局の給水所がある。その高い壁を右手に見ながら延びている道を歩き出した。駅前だというのにずいぶん殺風景だなと思いながら進むうちに、次第に奇妙な感覚が胸に湧き起こってくる。それはあっという間に膨れ上がり、無視できなくなった。ぼくはその重みに、足取りを緩めた。

代田橋駅で降りたのは、これが初めてだった。むろん、周囲の光景はかつて一度も見たことがないはずだ。だがぼくは、それにもかかわらずよく知っている場所に戻ってきたような思いを強く感じていた。デジャヴュというにはあまりにもはっきりとしたこの感覚は、砧公園に行ったときに味わったものとそっくりだった。

そして、前方に神社の鳥居が見えてきたとき、ぼくは自分の感覚の正体に思い至った。何者かを警戒して怯える恵梨子とともに、夜道を歩いている夢。あの夢で通った道が、ここではないか。やはり恵梨子は、これから向かう先にいるのだ。ぼくは強く確信した。

そうとわかって、ふたたび先を急いだ。今や、一刻も早く恵梨子に会いたかった。暗記するほど地図を眺めていたので、何本目の道を曲がればいいかはわかっている。ぼくは心臓に負担がかからない程度の早足で、道を先へと向かった。

如月が書き取った住所には部屋番号があったから、恵梨子の住居は一軒家ではなく集合住宅だろう。そう目星をつけていたので、近くまで来たところで地図を取り出し、それらしいマンションを一軒一軒確認した。

五分ほど探し歩いて、ぼくはようやくそれらしい建物を見つけた。やはり、強い既視感を覚える。それでも念のため、地図と周囲を見比べて、間違いがないことを確認した。エントランスに入るときは、緊張のあまり身が引き締まる気がした。

集合ポストで、部屋番号を確認した。ポストには簡単に〝脇田〟とだけ書かれている。やはりこのマンションに恵梨子は住んでいるのだ。ぼくの心臓はいつしか、激しく拍動していた。

オートロックではなかったので、そのままマンション内に入っていった。エレベーターに乗り、五階で降りる。目指す部屋は、エレベーターホールの正面にあった。

さすがに、すぐにはインターホンを押すことができなかった。一度深呼吸して、気持ちを落ち着かせる。そして、意を決してインターホンを鳴らした。

心臓の鼓動が聞こえる気がするほど緊張していたが、なかなか反応はなかった。二十秒ほど待って、もう一度押す。それでもスピーカーから声は聞こえてこないので、ぼくは拍子抜けした。どうやら誰もいないらしい。

留守は想定していなかったので、ぼくはドアの前でしばし戸惑った。どうしていいのかわからず、その場でまごまごする。置き手紙でもしていこうかとも考えたが、やはり最初は直接会って話した方がいいだろうと思い直した。結局、出直すしかないと結論した。

一階に下りて、ほとんど意気消沈してマンションを後にした。覚悟を決めていただけに、失望も大きい。ここまで来たらやはり恵梨子に会いたかったと、改めて強く思った。

仕方ないので、周囲を散策して帰ることにした。あの夢で見た光景と、どれくらい一致するか確かめたかったのだ。なぜぼくはあんな夢を見たのか、その意味を考えながらゆっくりと歩き出した。

思い返してみれば、自分が殺される夢を見たこと自体、かなり奇妙だった。ぼくはあの夢を見たために、恵梨子はすでに死んでいるものと思い込んだが、実際にはそうではなく彼女は生きているのだ。ならば、あれは誰が殺される夢だったのか。

橋本奈央子でないのは、確実だ。橋本奈央子が交通事故で亡くなったことは、新聞記事にもなっているのだから。しかし、殺されたのが恵梨子でも橋本奈央子でもないなら、いったい誰が殺されたのか。如月が言うように、あの夢はこれからぼくの身に起こることを予知したものだったのだろうか。

ぼくは給水所沿いの道に戻って、神社を目指した。あの夢ではかなり不気味に思えた神社も、昼の光の下ではなんの変哲もない。石段を下から見上げ、ぼくは足を踏み出した。

神社の境内に入ると、遠目から鳥居を見たときほどの既視感は訪れなかった。見憶えのある景色はないかと、しばし境内をうろうろしたが、あの感覚は味わえない。程良いところで諦めて、ぼくは石段を下りた。

ぼくは引き続き夢の意味を考えていたので、あまり周囲に注意を払っていなかった。石段を下りきって道に戻ったときも、前方から歩いてくる人など気にしていなかった。だから、彼女が突然視野に入ってきて、ぼくは思わず息を呑んだ。そのまま呼吸すら忘れて、彼女の顔に見入った。

夢でしか会うことは叶わないと諦めていた彼女——恵梨子がすぐそこにいた。

42

ぼくは驚きのあまり、言葉を失っていた。覚悟のないときに恵梨子と出くわしてしまったので、いっそう衝撃が大きい。目を見開き口をぱくぱくさせることしかできず、自分がひどくもどかしかった。恵梨子はそんなぼくに一瞬だけ視線を向け、すぐに逸らした。こちらの態度を奇妙に思ったのか、道の端の方に寄ってぼくから離れる。

「す、すみません」

かろうじて、恵梨子が横を通り過ぎるときに声を発した。彼女はふたたびこちらに顔を向け、怪訝そうな表情を浮かべる。立ち止まりはしたが、すぐにも歩き出しそうな気配だった。

「脇田恵梨子さん、ですよね」

ぼくにとってはわかり切ったことだったが、まずは尋常にそう確認した。恵梨子は警戒したような表情を崩さず、「そうですけど」と応じる。

「突然すみません。ぼくは和泉という者です。あなたとお話がしたくて、訪ねてきたんです」

もっとうまい切り出し方はできないのかと、自分の中でもうひとりの自分が舌打ちしたが、極限まで緊張している今はどうしようもなかった。案の定、恵梨子は眉を顰める。

「和泉さん？　どちらの和泉さんですか」

「以前にお目にかかったことはありません。なんというか……、どこから説明したらいいのかわからないんですけど、ぼくはあなたのことを知っているんです」

目の前にいる恵梨子は、ぼくが夢で見た姿と寸分も違わなかった。絶対に会えないと思っていた恵梨子が、今ここにこうして存在する。ぼくと言葉を交わしている。そう思うだけで、ぼくは足許が不確かになるほど舞い上がった。言葉を選んでいる余裕など、爪の先ほどもなかった。

「何をおっしゃっているんですか？　あたしにどんな用があるって言うんです？」

恵梨子はますます警戒して、少し後ずさった。これはまずいと近くに寄ろうとすると、それに合わせて遠ざかる。ぼくはようやく、自分が手にしている物を思い出し、差し出した。

「あのう、これ、よかったら召し上がってください。笹塚の《アン・リーヴ・ドゥ》のケーキです」

だった。

　恵梨子の声が少し裏返った。気のせいか、恐怖の色が混じっているように聞こえる。何かまずいことを言っただろうかと考えたが、怖がられるようなことは何も口にしていないはずだった。

「あなた、誰なんですか？　どうして《アン・リーヴ・ドゥ》のケーキなんて持ってるんですか？」

「あいつ？　あなたもあいつと同じなんですか？」

　恵梨子の言葉の意味がわからず、ぼくはそのまま問い返した。「あいつって、誰のことですか？」

「あたしにつきまとうつもりなら、警察を呼びますよ。脅しだなんて甘く見たら、大間違いですからね」

　恵梨子の形相は、恐怖と同時に怒りを含んでいた。ぼくは自分の言葉の何が恵梨子を怒らせたのか、不思議でならなかった。

「ちょっと待ってください。警察だなんて、そんな。ぼくは怪しい者じゃないですよ。少し話を聞いてもらえませんか」

「いやです」恵梨子の言葉は、取り入る隙《すき》もないほど毅然としていた。「どういうつもりだか知りませんが、二度とあたしの前に現れないでください。今度現れたら、警察を呼びます

――近寄らないで！」

ぼくが足を踏み出そうとすると、恵梨子は鋭い声で警告した。その剣幕に、ぼくは金縛りに遭う。こんなはずではなかったと、ただただ戸惑うばかりだった。

「それ以上近寄ったら、大声を上げますからね。近寄らないでください。いいですね」

恵梨子は言いながら、こちらを向いたまま後方に歩き出した。そして、くるりと踵を返すと、そのまま恐ろしいものから逃れるように走り出す。ぼくは恵梨子が口にした言葉の数々に打ちのめされ、その後を追う気にはなれなかった。

顔を合わせたときの恵梨子の反応は、事前にいろいろ想像していたが、こんな結果に終わることは微塵も想定していなかった。なぜ恵梨子はあれほど怯えていたのだろう。何を警戒して、あんなにぼくを拒絶したのだろう。ぼくはただの失恋などよりもっと手ひどいショックを受け、その場に長い時間立ち尽くしていた。

43

ぼくはほとんど機械人形のように、自動的に家に帰り着いた。そのままベッドに倒れ込み、しばし呆然とする。なんとか頭の働きが戻ってきたのは、帰宅してから三十分も経った頃のことだった。混乱していたので思考はあちこちに飛んだが、それでも一時間ばかりしつこく考え続けるうちに、かろうじて以下のような結論に至った。

まずぼくが考えたのは、恵梨子の態度の意味だった。あの怯え方は、道端で知らない男に話しかけられたことへの反応としても、ちょっと大袈裟すぎた。冷静になってあの態度を思い返してみると、恵梨子は何か具体的な対象を警戒していたように感じられる。恵梨子は自分に迫ってくる誰かに怯えていたのだろうか。

しかし、ならばどうしてぼくに対してあんな過剰な反応を示したのか。「警察を呼ぶ」とは、いくらなんでも警戒心が強すぎる。恵梨子はふだんから、見知らぬ男性にはあんな態度をとっているのか。それともぼくの言葉の何かが、彼女の警戒心を刺激したのか。

恵梨子の発した言葉ひとつひとつを吟味してみると、やはり気になるのは「あいつと同じなのか」という台詞だった。あいつとはいったい誰か。その疑問には、すぐ思い浮かぶ答えがあった。夢で見た〝奴〟。鈍器を振りかざして迫ってきた〝奴〟こそ、恵梨子の言う〝あいつ〟に違いない。それに思い至ったとき、ぼくはようやく夢と現実の接点が見つかったような気がした。

〝奴〟は恵梨子につきまとうストーカーだった。ぼくはそのことを思い出した。ストーカーに狙われていたからこそ、恵梨子は見知らぬ男性全般に対し、あんなにも強い警戒を抱くようになったのだろう。〝奴〟が恵梨子にどんな迷惑をかけたのか知らないが、鈍器を振りかざすことすら辞さない人間ならば、普通の神経とはとても言えない。「警察を呼ぶ」という恵梨子の言葉も、そうした異常な人間を想定したなら不自然ではなかった。

だとしたら、ぼくのアプローチはあまりにも性急すぎたと、今にしてみればわかる。恵梨子が好きだった店のケーキをいきなり差し出したりすれば、まるで四六時中尾行してその店を知ったかのようではないか。ストーカーの被害に怯える女性にとって、気づかぬうちに尾け回されていたことほど恐ろしい事態はない。思いがけず恵梨子と出会ったことで舞い上がっていたにしても、もう少し配慮ができなかったものかと、自分の不器用さがいやになる。

〝奴〟はいったい何者なのだろう。そしてぼくが見た夢の意味はどういうことなのか。改めて考えてみても、いまさら筋の通った答えなど思いつくわけもなかった。結局思考は、堂々巡りを繰り返す。

ぼくはしばらくうじうじと考えた末、頭を振ってすべてを追い出した。今考えるべきことは、もう一度恵梨子と話をするにはどうすればよいか、ということだ。次に会うことがあったとしても、恵梨子は今日以上に警戒するだろう。彼女の警戒心を解き、こちらの事情をゆっくり話すにはどうすればいいのか。

いくら考えても、いいアイディアなど浮かびはしなかった。警戒している女性の心を開かせる方法など、わかるわけがない。ただでさえぼくは、ふだんから女性と話すのは苦手だったのだ。こんなシチュエーションは荷が重すぎる。

重苦しい気分を振り払うために、ぼくはコーヒーでも飲むことにした。自室を出て、キッチンに向かう。すると、ちょうど仕事がひと区切りついたのか、母さんも仕事場から姿を見せた。母さんはぼくを見て「お帰り」と言う。

「恵梨子って人に会いに行ったんでしょ。どうだったの？」

母さんには、ぼくがしていることの一部始終を話してある。あまり興味がなさそうだったが、こうして尋ねてくるところを見るとやはり気になってはいたようだ。ぼくは「うん」とだけ曖昧に答えて、コーヒーを飲むかと尋ね返した。

「もらうわ」

母さんは短く答えて、リビングのソファに坐った。ぼくはインスタントコーヒーをふたり分、手早く淹れる。

「脇田恵梨子さんに会うことはできたんだ。でもね……」

ぼくは母さんの前にマグカップを置いて、そのまま正面に坐った。そして、今日のことを簡単に伝える。母さんは人の話を聞いていないかのような態度で喉を潤していたが、ぼくが説明を終えると顔を上げた。

「それで、どうするつもり？　相手がそんな態度じゃ、あなたの話なんて聞いてくれないんじゃない」

「うん、それでちょっと困ってる」

「あたしがついていってあげようか。女のあたしが一緒にいたら、向こうも妙な警戒はしないでしょ」

「えっ、母さんが？」

そんなことは考えてもみなかった。確かに、母さんがついてきてくれるなら、恵梨子も今日のような態度はとらないだろう。だがぼくは、ろくに考えるまでもなく首を振った。

「いいよ。小学生じゃないんだから、母さんについてきてもらうなんてかっこ悪いし」

母さんは絶対に認めないが、ぼくの発病以降仕事のペースが落ちているのは明らかだった。これまで迷惑をかけてきた分、これからはなんとか母さんの負担を減らしてあげたい。そのためにも、ここで母さんを煩わせるわけにはいかなかった。

「そりゃかっこ悪いかもしれないけど、でもそんなこと言ってられないんじゃない？　あなたひとりでどうにかなることなの？」

さすがに母さんは、ぼくの性格を見抜いている。母さんの指摘は、いやになるくらい的を射ていた。だがだからこそ、ぼくは意地を張り続けた。

「どうにかするよ。一回くらい相手にしてもらえなかった程度で、諦めるわけにもいかないでしょ。大丈夫。母さんの仕事の邪魔はしないよ」

「遠慮することないのよ。仕事なんて、いくらでも調整が利くんだから」

母さんはなんでもないことのように言う。実際、母さんくらいになれば我《わ》が儘《まま》もある程度は許してもらえるのだろう。母さんはいつものように、クールな表情のまま続ける。

「あたし、あんまりいい母親じゃないでしょ。昔っからあなたのことをほったらかしにして、いつも仕事ばっかでさ。せっかく手術が成功して退院してきても、すぐ以前のペースに戻っちゃって、申し訳なく思ってるのよ。だから、あたしにできることがあったら遠慮なく言って欲しいんだ。わかるかな」

母さんの言葉は、ぼくにとって少々意外だった。母さんがぼくに対して、そんな引け目を感じているとは思わなかったのだ。ぼくは母さんが忙しいことで僻《ひが》んだり、疎外感を覚えたことなど一度もない。また母さんの方も、そんな気遣いなどする気もなく超然としているものだと思い込んでいた。母さんの口から「申し訳なく思っている」などという言葉が飛び出したのは、おそらくこれが初めてだ。そんなことを言わせてしまった自分が、少し情けなかった。

「ぼく、ちゃんと言ってなかったけど、今こうして生きていられることを、母さんにすごく感謝してるんだ。いくら日本での心臓移植が珍しくなくなったといっても、誰でも受けられるようなものじゃない。ある程度経済力がないと、手術費用を負担するのは無理だよね。ぼくは、母さんの息子だったから、手術を受けられたんだ。別にそのことだけに感謝しているわけじゃないけど、でもやっぱりありがとうと言いたい。母さんが何もしてくれないなんて、ぼくはぜんぜん思ってなかったよ」

照れ臭かったので、これまではなかなか言えないことだった。しかし今言わなければ、一生感謝を口にするチャンスはないだろうと考えた。ぼくが一気に言うと、逆に母さんの方が照れ臭そうな顔をした。

「そう。それならよかったけど」

と、母さんらしくあっさり応じる。ぼくはそれが嬉しかった。

「せっかくだけど、やっぱりもう一度ひとりで行ってみるよ。ぼくはこれまで、人の助けを借りなければ何もできなかったでしょ。今でもそんなに変わってないんだけど、でも少しずつ変えていかないと。もう少しがんばってみる」

「わかった。じゃあ、そうしなさい」

めったに笑わない母さんが、少し口許に微笑を刻んだ。ぼくも鼻の頭を掻いて、笑い返した。

44

翌日の日曜日に、ぼくはもう一度大原を訪ねた。今度は手みやげなど用意していない。そんなものではなく、きちんと言葉でこちらの意図を伝えようと心に決めていた。

恵梨子の住むマンションに入るときは、昨日以上に緊張した。今日は言うべき言葉をきちんと決めてある。それを頭の中で繰り返してみた。受験の際に英単語を暗記したときよりもずっと真剣に、自分の決めた言葉を反芻する。

エレベーターが五階に着き、ぼくは恵梨子のいる部屋の前に立った。時刻は午前十一時なので、まだ在宅している可能性が高いと踏んでいる。問題は、門前払いを食わないかということだった。話を聞いてもらうためには、多少強引な手段も厭《いと》わないつもりだった。

一度ためらってから、意を決してインターホンを押した。指が震えているのに気づく。情けなかったが、どうしようもなかった。

「はい」

女性の声で返事があった。短い応答なのではっきりとしないが、若い声のような気がする。恵梨子本人が出てくれたのなら、大変な幸運だ。もし家族が応じた場合、より面倒なことになると覚悟していたのだ。

「突然申し訳ありません。和泉と申します。昨日お目にかかった」

そう名乗ると、相手は沈黙した。どうやら恵梨子本人だったようだ。ぼくは緊張で掌《てのひら》が汗ばんでいるのを自覚した。

「なんなんですか、こんなところまで。警察を呼ぶと言ったのは脅しじゃないですよ」

しばらくして、恵梨子は重い口調で言った。ぼくはここぞと畳みかける。

「突然なので、驚かれたのも無理はないと思います。でも決して怪しい者じゃありません。半年前に、心臓移植手術が行われたのをご存じではないですか。ぼくは、その移植を受けた者なんです」

「移植……？」

もしかしたら、心臓移植という言葉に特別な反応があるのではないかと期待していた。だが恵梨子の声からは、思いがけないことを聞かされた驚きしか感じ取れない。ぼくは思惑が外れ、少し戸惑ったが、強引に続けた。

「この前までぼくは、重い心臓病を患っていて、いつ死んでもおかしくない体でした。今も、免疫抑制剤を使っているので、ちょっとした風邪をひくだけでも命取りになりかねません。だから、あなたを尾け回したりなんてできないんです。そういう人間じゃないってことはわかってください」

いささかずるかったが、ぼくは同情を引くような言葉を並べ立てた。話を聞いてもらうためには、手段を選んでいる場合ではない。

こちらの作戦が功を奏したのか、恵梨子は問答無用で通話を切ろうとはしなかった。ぼくは少しだけ期待を持った。

誰なんだ、と背後の声がインターホンから聞こえた。恵梨子の父親のようだ。恵梨子は「ちょっと待ってください」と言って一度通話を切った。ぼくのことを親に説明しているのだろう。

一分ほど待たされて、今度は肉声がドアの内側から聞こえた。ドアスコープからこちらを覗いている気配も感じられる。話しかけてきたのは、男性の声だった。

「どちら様ですか。どうして娘に用があるんです？」

「話せば長くなります。この場ででもいいですから、聞いていただけませんか」

「話の種類による。場合によっては、娘の言うとおり警察を呼びますよ」

「かまいません」

父親の言葉も、やはり警戒心をたっぷりと滲《にじ》ませていた。ぼくはそれを聞いて、ますます自分の推測が当たっていると確信した。この家は、娘を追いかけるストーカーに悩まされていた。その恐怖が今も残っているから、父親までがこんな反応をするのだろう。そう考えると、ぼくまでが〝奴〟に対して強い憤りを覚えた。

「心臓移植を受けてから、ぼくは恵梨子さんのことを夢で見るようになったんです。もちろん、手術以前に恵梨子さんと会ったことはありません。ぼくは夢の中で、恵梨子さんと一緒に世田谷美術館に行って、川窪俊郎の絵を見ました。そして、喫茶店でケーキを食べたんです。そのとき恵梨子さんは、《アン・リーヴ・ドゥ》のケーキと同じくらいおいしいと言いました」

喋っている途中で、息を呑むような音が聞こえた。恵梨子は父親の傍らで、ぼくの話を聞いていたようだ。ぼくは自分の言葉が相手にどう思われているのか気になってならなかったが、今はただ決めた台詞を続けるしかなかった。

「奇妙な夢でした。ぼくはその夢を、心臓が記憶していたんだと考えました。その謎を解くために、いろいろな調査をしました。そして、川窪俊郎の個展で恵梨子さんの名前を見つけ、ご迷惑をかけてしまうことは承知でこうして訪ねてきたのです。ぼくは、自分がどうして恵梨子さんの夢を見たのか、それを知りたいんです」

ドアの内側で人の動く気配がした。いったんドアから離れ、相談をしているようだ。やがてドアがゆっくりと開いて、そこから顔が覗いた。幾度も夢で見た恵梨子の顔が、ぼくの目の前にあった。

「どうぞ、お入りください」

まだ怯えた様子は拭えなかったが、それでも恵梨子ははっきりとそう言った。ぼくは、不可能を可能にしたような達成感を覚えた。嬉しさのあまり、天を仰いで神に感謝したくなった。

「ありがとうございます。本当に、ありがとうございます」

ぼくは幾度も、深々と頭を下げた。何度頭を下げても下げ足りない気分だった。

45

恵梨子の背後には、厳しい顔をした父親が立っていた。五十絡みの、少し腹が出た父親は、ぼくへの警戒心を隠していない。さらにその後ろには、ただおろおろするばかりといった表情の母親がいた。ぼくはふたりに対しても、丁寧に頭を下げた。

「一応断っておくが、君の言うことを鵜呑みにしたわけじゃない。正直に言えば、何をふざけたことを言っているのかと私は思っている。娘が話を聞きたいと言うから家に上げることにしたが、妙な素振りを見せたらすぐに警察に通報する。それは承知しておいてくれ」

脇田氏は手にしている電話の子機を掲げて、ぼくに示した。ぼくは「わかりました」と頷く。

「もちろん、簡単に信じてもらえる話でないことは、ぼくもわかっています。ですから、きちんと話を聞いていただきたいのです」

「伺います。どうぞこちらへ」

恵梨子は言って、ぼくを奥へと導いた。脇田氏は、不承不承引き下がって、先にリビングルームへと向かう。ぼくと恵梨子はその後に続いた。

「坐りなさい」

先に応接セットのソファに腰を下ろした脇田氏は、手を差し伸べて正面を示した。恵梨子は父親の隣に坐る。ぼくも言われるままに席に着いた。

「お茶などいらない。ちゃんと話を聞いてからだ」

キッチンに向かった夫人に、脇田氏は大きな声で言った。「はい」というか細い声が聞こえたが、夫人は姿を見せようとしない。ぼくに近づくのを恐れているかのようだった。ぼくはそんな各人の反応を見て、〝奴〟がいったいどんな被害をこの家庭に与えたのか、思いを巡らせた。

「まず、名前を名乗っていただこう。住所、電話番号もだ」

脇田氏は厳しい口調で、そう求めてくる。ぼくは言われるままに答えた。母の名を出すべきかどうかためらったが、ここは信頼を勝ち得るためにこだわりは捨てた。和泉麗の名前はさすがに知っていたらしく、脇田氏と恵梨子は揃って驚きの表情を見せた。

ぼくが告げた住所と電話番号を書き取った脇田氏は、しばらく考えてそのメモを置いた。こちらの顔を正面から見て、言う。

「本当は、君が自分で名乗るとおりの人物か、今この場で電話して確認しようと考えていた。でも、どうせ嘘をつくならもう少しうまい嘘があるだろうから、取りあえず確認はやめておく。少しでもおかしいと思ったら、遠慮なく電話させてもらうが」

「かまいません。母は今日も仕事をしているでしょうが、電話くらいには出られるでしょう」

ぼくも堅苦しく応じる。脇田氏の態度にも、特に腹は立たなかった。

「心臓移植を受けたと言ったね。退院のときの記者会見は、私もニュースで見た。だがあのときの会見では、患者はマスクをしていた。だからあれが君だとは、今こうして顔を合わせてみてもよくわからない。むしろ、大病を患っていたとは思えないほど元気そうに見えるが」

「半年前は、ほとんど死人のようでしたよ。手術のお蔭で、ここまで元気になったんです」

手術痕を見せましょうかと、ぼくは付け加えた。そこまでしなければ、脇田氏は信用してくれないだろうと感じたからだ。果たして脇田氏は、遠慮などしなかった。

「では見せてもらおう」

「お父さん！」横で聞いていた恵梨子が、窘めるように声を上げた。「いくらなんでも、そんな、初対面の人に対して失礼よ」

「失礼だろうがなんだろうが、お前の安全を確認するためにはなんでもする。お前が見たくないのなら、少し向こうに行っていなさい」

「ええ。見苦しいですから、恵梨子さんは見ない方がいいですよ」

ぼくも口を出して、そう勧める。正直に言えば、いきなり恵梨子の前で裸になるのは恥ずかしかったのだ。恵梨子はしばらく考えて、こくりと頷いた。そのまま立ち上がり、キッチンの方へと消える。

ぼくはそれを見届けて、何も言わずに上着を脱いだ。シャツのボタンを外し、そのまま前をはだける。下着を捲って胸を見せると、脇田氏はなんとも言葉にしにくい呻《うめ》きを漏らした。どうやら本気で疑っていたようだ。

「よくわかった。君が大手術を受けたばかりだということは、嘘じゃないようだ。それは信用しよう」

「ありがとうございます」

ぼくは嫌みではなく頭を下げ、手早く服を着た。脇田氏はキッチンに声をかけ、恵梨子を呼び戻す。待ちかまえていたのか、恵梨子はすぐに戻ってきた。

「この人が心臓の手術を受けたのは本当のようだ。すごい傷が残っていた」

脇田氏は簡単に説明する。恵梨子は父親とぼくの顔を交互に見て、こちらに頭を下げた。

「本当にごめんなさい。父が失礼なことをしてしまって。でも、これには事情があるんです。後で時間がありましたら、そのことも説明させてください」

「ええ、ぜひ聞きたいです」

恵梨子は無関係のことと考えているようだが、ぼくとしてはとても無関心ではいられなかった。彼らの警戒心の原因と、ぼくの身に生じたことは、どこか遠いところで繋がっているような気がした。

「それよりもまず先に、そちらの話を聞かせてもらおうか。私にはなんのことだかわからないが、娘には心当たりがあるようだ。最初から説明して欲しい」

「わかりました」

ぼくは脇田氏の求めに応じて、手術を受けた直後から語り起こした。食べ物の好みが変わったこと、聴いたことのないクラシック音楽を聴き分けたこと、絵が突然うまくなったこと、そして夢で見た出来事の数々……。

ぼくは脇田氏にはほとんど義務としてしか顔を向けず、もっぱら恵梨子の反応ばかりを窺っていた。恵梨子は最初のうちこそピンと来ない顔つきだったが、やがて驚きを抑えきれないように目を大きくした。砧公園から世田谷美術館に向かったくだりを話すと、「信じられない」と小声で呟いた。

「どうして……？　どうしてそんなことが……」

「どういうことなんだ。この人の言うことに心当たりがあるのか」

娘の反応を訝しみ、脇田氏は声をかけた。恵梨子はしばらく呆然としていたが、一拍おいて「えっ？」と父親の方を振り向いた。脇田氏は少し苛立ったように、もう一度繰り返す。

「この人の言うことに心当たりがあるのかと訊いているんだ。私には、突拍子もないでたらめとしか思えないんだが」

「突拍子もないのは、自分でもそう思います。でも、でたらめなんかじゃありません」

ぼくは少し語調を強めて主張した。今は脇田氏の言葉より、恵梨子の反応を待ちたかった。

「確かにあたしは、しばらく前に世田谷美術館に行って、そういう会話を交わしました。でもその相手は、あなたじゃありません。違う人です」

恵梨子はようやく顔を上げ、ぼくの目を正面から見た。ああ、なんて綺麗なんだろうと、ぼくは馬鹿みたいに感銘を覚える。そして、話が核心に触れつつあることに緊張しながら、尋ねた。

「それは誰なんですか」

「北沢一哉《きたざわかずや》という人です」

初めて耳にする名前だった。いったいそれは誰なのか。ぼくは反射的にそういう疑問を覚えたが、それには恵梨子がすぐに答えてくれた。

「あたしの、恋人でした」

「恋人……」

何も、恵梨子の言葉にショックを受ける必要はないはずだった。ぼくは今初めて会ったばかりなのだし、恵梨子はこれだけ魅力的な女性なのだから、恋人くらいいても不思議はないだろう。それなのにぼくは、一瞬目の前が暗転するくらいのショックを受けた。自分からは言葉を続けることができなかった。

「あなたがあたしと夢で交わした会話は、全部一哉さんとあたしの交わした言葉でした。それをどうして、あなたが夢に見るんですか？」

「夢で見たなんていうのは、嘘かもしれない。お前たちの後を尾け回して、会話を立ち聞きしたのかもしれないじゃないか」

なおも警戒心を前面に押し出した脇田氏が、横から口を挟んだ。恵梨子は顔を向けて反論する。

「そんなわけないわ。あのときは、あたしたちの周りには誰もいなかったもの。芝生に坐っているときも、喫茶店でも、声が聞こえる範囲に人はいなかったわ。そんなに大声で話していたわけでもないし」

「集音マイクを使っていたのかもしれない。やろうと思えば、なんだってできる」

「でも、それだったらどうして今頃になってやってくるの？　あれはもう半年以上も前のことなのよ」

「わからないよ、そんなことは。この人に答えてもらうしかない」

脇田氏は、横目でぼくを見る。さすがにぼくも少し苛立ってきたので、むきになって反駁した。

「ぼくは、立ち聞きなんてしてません。さっきも言いましたけど、世田谷美術館になんて行ったこともなかったんですから」

「君の主張を鵜呑みにするわけにはいかないんだ。君が行っていないと言い張るだけでは、信用できない」

「あたし、まだ半信半疑だけど、この人がまるっきり嘘を言っているとは思えない。だって、そのときの会話はあたしと一哉さんが交わした会話そのものなんだもの。どうしてそんなことを知っているのか、それが不思議」

「できたら、その北沢一哉さんにも会ってみたいです。そうしたら、どうしてぼくがあなたたちの夢を見たのか、はっきりするかもしれない」

それ以外に方法はないだろうと考えて、ぼくは提案した。だがぼくの言葉は、思いがけない重い反応で迎えられた。恵梨子は沈鬱な表情で黙り込み、脇田氏はいっそう難しい顔をして腕を組む。恵梨子は痛みをこらえるように口をすぼめると、吐き捨てるように言った。

「一哉さんは、亡くなりました」

46

「亡くなった?」

ぼくは間抜けな顔をしていただろう。予想もしなかった返事を聞かされ、口をぽかんと開けていたはずだ。五秒ほどして、ようやく次の言葉を発することができた。

「ど、どうして?」

「殺されたんです。ある人物に」

恵梨子は悔しそうに宙を睨んだ。その目には、うっすらと涙が浮かんでいた。

「ある人物、ですか？」

「そう。そんな事件があったから、私たちは必要以上に警戒しているんだよ」

脇田氏が言葉を引き継いで、答えた。ぼくが顔を向けると、娘を気遣うように見て、続ける。

「娘はある男につきまとわれていた。小田道弘《おだみちひろ》というその男は、本来なら娘とはなんの接点もないはずだった。しかし小田は、通勤の電車の中で娘を見初《みそ》め、しつこく言い寄ってきた。もちろん娘は相手にしなかった。そのとき娘は一哉君と付き合っていたし、もし付き合っていなかったとしても小田が普通でないのはすぐわかったからだ。小田はそれを逆恨みした。相手にされなかったことの腹いせに、妄想を抱くようになったんだ。小田は事実を歪曲《わいきょく》し、娘の方から誘惑してきたと思い込むようになった。自分から誘惑してきたくせに、応えようとしないとは何事だ。そう一方的に憤って、小田は娘につきまとい始めた」

「ストーカーだったんです、小田は。それもかなりたちの悪い」

恵梨子の目は潤んでいたが、しかしそれがこぼれて流れることはなかった。悲しみよりもなお強い怒りが、恵梨子を支えているように見えた。

「地獄でした。世の中にこんな怖いことがあるとは、それまで知りませんでした。小田はあたしのことを尾行して、ここの住所や勤め先を調べると、ひたすら嫌がらせを始めたんです」

「夜中の三時四時でも、小田は平気で電話をかけてきた。私が出るとすぐ電話を切り、そして娘が電話口に出るまでベルを鳴らす。たまらずにナンバーディスプレイにして小田の電話をシャットアウトすると、今度は公衆電話からかけてくるようになった。仕方なくこちらは、発信者がはっきりとわかる電話にしか出ないようにした」

「電話の内容も、とても口には出せないような下劣なことでした。それを狂ったように何度も何度も繰り返すので、本当に怖くて怖くて夜も寝られなくなりました」

いったいどんなことを言われたのかとぼくは疑問に思ったが、恵梨子はもちろん脇田氏も、それを言う気はなさそうだった。おそらく性的な嫌がらせを、その小田という男は仄《ほの》めかしたのだろう。夜道で襲ってやるとか、そうしたことを。

「電話が通じなくなると、小田はもっと直接的な手段に訴えるようになった。うちの郵便受けや新聞受けに、下劣なことを書いた手紙を投げ込み始めたんだ。鉛筆で書かれたその汚い字は、明らかに書いた者の精神がおかしいことを告げていた。字面を見ただけで、背筋が寒くなるような手紙だった」

「手紙だけじゃないんです。その他に変な物まで……」

「精液の入った避妊具や、小鳥の死骸などだ。小田のやることは、完全に常軌を逸していた。それだけじゃない。小田は娘の勤め先にまで押しかけるようになったんだ。そのせいで娘は、会社を辞めざるを得なくなった」

「小田はあたしと付き合っていると、会社の周囲で言い触らしたんです。職場の人たちがよく行くレストランとか、飲み屋さんで。それがだんだんひどくなって、あたしと肉体関係があるとか、あたしのことを淫乱《いんらん》だとか、ひどい中傷ばかり……」

「最後には、そうしたことを書いたビラを作って会社の前で撒《ま》いたんだ。それをきっかけに、娘は会社を辞めた」

思い出すだけで恐怖を感じるのか、脇田氏の目も心なしか泳いでいるようだった。ぼくは黙って聞いていたが、さすがにこらえきれず口を挟んだ。

「そこまでされて、どうして黙ってたんですか。警察には通報しなかったんですか」

「したさ。小田から何度も電話がかかってきているときに、警察には通報した。でも警察は、そう簡単に動いてはくれないんだ。小田との会話を録音していなければ、証拠がないからと捜査してくれない。かといって、もう一度小田の声を聞くのは絶対にいやだったので、ナンバーディスプレイに切り替えたきり電話には出なかったんだ」

「でも、手紙とかビラとか、物証があるでしょう。それでも警察は動かなかったんですか」

「さすがに、それには対応してくれた。だが、小田はこちらのことを知っていても、私たちは向こうのことなど何も知らなかったんだ。住所も電話番号もわからない。だから警察に通報しても、なかなか埒《らち》が明かなかった。もちろん、マンツーマンの警護なんかつけてくれるわけもない。ふだんの見回りのときに気をつけると言うだけで、結局警察は頼りにならなかった」

「そんな、馬鹿な」

思わずぼくは正直な思いを漏らした。恵梨子は強く頷く。

「そう、警察さえしっかりしてくれていたら、あんなひどいことにはならなかったんです。あたし、今でも警察を恨んでます」

恵梨子の口調は激しかった。恵梨子の芯の強さを見た思いだった。

「一哉さんは小田のことを聞いて、ものすごく腹を立ててくれました。小田のせいであたしの生活が侵害されているのが許せなかったんです。だから、一哉さんはむきになってあたしと会おうとしました。本当は小田を刺激しないように家の中に閉じ籠っていた方がよかったんでしょうけど、一哉さんは承知しなかったんです。結局、そのせいで取り返しのつかないことになってしまったんですけど」

「小田に、鈍器で殴り殺されたんですね」

ぼくが言うと、恵梨子は目を丸くした。どうして知っているのかと言いたげだった。

ぼくはようやく、自分が見た夢の意味を知った。あれは恵梨子の記憶ではなく、北沢一哉の記憶だったのだ。夢の中でぼくは、一哉の視点で恵梨子を見ていた。だから恵梨子は、あんなにも親しげな態度だったのだろう。

ドナーは若い女性だと告げられていたせいで、ぼくは心臓の主を恵梨子だと勘違いした。アメリカの心臓移植患者の手記も、誤解に拍車をかけた。エミリア・ドースンは、夢の中で若い男性と握手をしたという。そしてその瞬間、男性がドナーだと確信し、実際にそうであったことが後に証明された。ぼくもまた、同じことが自分の身に起きていると考えたのだ。

しかしぼくの場合は、ドナーがイメージとして夢の中に登場したのではなく、あれは現実の出来事だったのだ。〝奴〟に殺される瞬間の映像まで、はっきりと夢に見た。北沢一哉の死を、ぼくは追体験していたことになる。なんとも不思議な気分だった。

恵梨子はぼくの言葉に頷いて、説明を続ける。

「そのとおりです。一哉さんは、小田に鉄パイプで頭を殴られ、亡くなりました。どうしてそれを知ってるんですか」

「実はそれも夢で見たんです。どうやらぼくは、一哉さんの記憶を受け継いだらしい」

ぼくは、たった今考えたことを口にした。恵梨子も脇田氏も、ぼくの説明に衝撃を受けている。ぼくはさらに確認した。

「小田は一哉さんのことを目障りだと感じたんですか」

「そうだ。娘を尾け回すうちに、小田は一哉君の存在を知った。そして激しく嫉妬し、一哉君を恨んだんだ。小田は一哉君の身許も調べ上げ、そして会社の帰り道で襲った。凶器を持った相手に、一哉君は何もできなかったようだ。頭を何度も殴られ、残念ながらそのまま亡くなった」

ぼくが夢に見たとおりだ。あの痛みは、やはり死に繋がるものだったのだ。ぼくは恵梨子の気持ちを思うと、無遠慮に彼女の顔を見ることもできなかった。

「それで、小田はどうしたんですか。逮捕されたんですか」

「された。事件が起こってすぐ、殺人の容疑で逮捕されたよ」

「本当はもっと早く逮捕されるべきだったのよ。そうすれば、一哉さんも死なずに済んだのに」

今度の恵梨子の言葉は、先ほどとは違って淡々としていた。それだけに、裡に秘めた激昂《げっこう》を強く感じる。恋人の死が未だ生々しく傷跡として残っているのは、ぼくから見てもはっきりしていた。

「そういうわけで、君のように突然近づいてくる男には、必要以上に警戒しなければならなかったんだ。さっきから無礼な態度をとっているのは承知しているが、どうかわかって欲しい」

　脇田氏はようやく、胸襟《きょうきん》を開いたようにそう付け加えた。ぼくは首を振って答える。

「殺される夢から類推して、そういうことではないかと予想していました。こうして話を聞いてくださったのですから、むしろ感謝しています」

　頭を下げると、脇田氏も同じように低頭した。力が入りすぎて首筋ががちがちになっていることに、ぼくはいまさら気づいた。

「聞かせてください。一哉さんは絵がうまかったんですか」

　すでにそのことはわかり切っていたが、それでも確かめずにはいられなかった。恵梨子は素直に頷く。

「はい。あたしなどより、ずっと」

「ショパンが好きで、肉や甘いものも好き。そうですよね」

「そうです」

　間違いなかった。ぼくの中にいるもうひとりの人物は、北沢一哉だ。それはもう疑いようもなかった。

　だが、だとしたらどうにも不思議なことになってしまう。ぼくに心臓を提供してくれたドナーは、橋本奈央子なのだ。北沢一哉という男性では、絶対にない。それなのにどうして、ぼくは一哉の記憶を受け継いだのか。

「一哉さんは、脳死後に臓器を提供したんですか」

そうとしか考えられなかった。なんらかの手違いか事情があって、ぼくには橋本奈央子の心臓が移植されたと告げられた。そう解釈する以外、この奇妙な状況を説明する手段はないはずだった。

しかし恵梨子は、怪訝そうに首を振るだけだった。

「いいえ、そんな話は聞いていません。もし臓器提供していたなら、絶対に聞かされているはずです」

「遺族が、内緒で臓器を提供したとは考えられないですか」

「そんなことは絶対にないです。あたしに秘密で臓器提供するなんて、そんな……」

恵梨子はぼくの言葉に少なからずショックを受けているようだ。その様子からすると、どうやら向こうの親にも認められた交際だったのだろう。自分が疎外された可能性を指摘されて、衝撃を受けているのだった。

「一哉さんが亡くなったのは、何月何日のことですか。もしぼくが手術を受けた日に亡くなっていたのなら、心臓を提供してくれたドナーは一哉さんだったという可能性がある」

「ドナーの名前はわかっていないんですか」

「普通は教えてくれないんです。でもぼくは、どうしてもドナーのことが知りたかったんで、自力で見つけ出しました。ドナーは橋本奈央子という女性でした」

「じゃあ、一哉さんがドナーだったわけじゃないんじゃないですか」

「でも、それならどうしてぼくは、一哉さんの記憶を持っているんです？　一哉さんの心臓を移植されたからだと考えるしかないじゃないですか」

「心臓を移植されたからといって、元の持ち主の記憶まで一緒に移るなんて考える方がおかしいんじゃないか。そんな話は聞いたことがない」

脇田氏が疑問を口にする。ぼくは体の向きを変えて、それに応じた。

「確かに奇妙な現象ですが、でもこれはぼくだけに起こったことじゃないんです。他にもいくつも事例があって、アメリカでも研究されています」

「そうなのか」

脇田氏はとても信じられないといった様子で首を傾げたが、それ以上言葉を挟まなかった。

ぼくはふたたび恵梨子に向かう。

「教えてください。一哉さんが亡くなったのはいつなんですか」

その日さえ判明すれば、すべて明らかになる。ぼくはそういう期待を込めて、恵梨子の返事を待った。

　だが恵梨子の答えは、またぼくを疑問の海へと突き飛ばすものだった。恵梨子が口にした日付は、手術の二日前だったのだ。

47

「本当にその日に亡くなったんですか？　その日に襲われて、翌々日に亡くなったんじゃないんですか」

　ぼくは確認せずにはいられなかった。たった二日の違いだが、心臓移植には大きな壁だ。何しろ心臓は、摘出後四時間以内に移植しないと駄目になってしまう。前々日に亡くなった人の心臓を移植することなど、絶対にあり得ないのだ。

「間違いないです。お医者さんにも家族にも、そう告げられました」

　しかし恵梨子は、きっぱりと答える。ぼくはようやく抜けられるかと思った濃霧がまだ続いていたことに、激しく混乱した。

「そんなわけはない。その日に亡くなっていたのなら、どうしてぼくが一哉さんの記憶を持っているんだ」

疑問をそのまま口にしたが、納得のいく答えはすぐには見つからなかった。しばし頭を整理して、この矛盾を解消する解釈はないだろうかと考える。

「臓器移植を前提とした死亡認定は、かなり時間がかかります。小田に襲われたのがその日としても、実際に脳死判定が下されたのは翌々日であった可能性は高いんです。もう一度よく思い出してもらえませんか」

「あたしも、脳死判定については多少知識があります。でもあのときは、脳死判定など行われませんでした。一哉さんは襲われた翌日まで生き延びることはなかったんです、残念ながら」

あくまで恵梨子は、一哉がドナーとなったことを否定する。ならば、なぜぼくの体に一哉の記憶が宿ったのか。

まさか、一哉のさまよえる霊魂がぼくの体に侵入したわけでもあるまい。前々日に死亡した一哉の霊は、手術を終えて眠り続けているぼくの体に入り込んだ。だからこそぼくは、一哉の記憶を夢に見るようになったのではないか。あの夢は、心臓移植とはなんの関わりもなかったのだ……。

そんな馬鹿げたことまで、ぼくは考えてしまった。馬鹿馬鹿しいとは思う。しかしそうとでも解釈しなければ、この状況に説明などつけられないのではないか。手術以後、数々の疑問がぼくの前に立ち塞がったが、この謎は中でも最も不可解だった。

「あたし、確かめてみる」

ぼくと同じようにしばらく考え込んでいた恵梨子は、顔を上げると唐突にそう言った。脇田氏は驚いたように娘を見る。

「確かめるって、一哉君が臓器を提供したかどうかをか?」

「そうよ。一哉さんのお父さんに訊けば、そんなことは簡単にわかるはずでしょ」

「しかし、実際には臓器移植なんて行われなかったんだろう。つまらないことを訊くために、あちらさんを煩わせるのは……」

「あたしだって、臓器移植はなかったと思うわよ。でもそうとでも考えなければ、和泉さんの体に起きたことの意味がわからないじゃない。確認してみないと落ち着かないわ」

ちょっと貸して、と言って、恵梨子は父親の手から電話の子機を奪った。そのままメモも見ずにダイヤルし、耳に当てる。すぐに回線が繋がったらしく、無沙汰を詫びる挨拶をひとしきりしてからまた沈黙した。

「いらっしゃるって」

送話口を塞いで、小声で言う。やがて、相手と話し始めた。

まず尋常な挨拶から始まって、互いの近況などを報告し合い、おもむろに本題に入る。恵梨子の言葉は歯切れがよく、挨拶に無駄な時間はかけなかった。

「ところで、少しお伺いしたいことがあるんです。一哉さんが亡くなられた後のことですが、臓器を移植手術のために提供したりしていませんか？」

　その質問に対する相手の返事が聞こえないのがもどかしかった。しばらく耳を傾けていた恵梨子の返事からすると、どうやら先方は否定しているらしい。それでも恵梨子は、しつこいと思われない程度に食い下がった。

「ええ、もちろんそうだろうとは思ったんですが、ちょっと気になることがありまして。えっ？　ええ、それは……」

　恵梨子はちらりとこちらを見て、どう説明したものかと迷う素振りを見せた。できることなら電話を代わってぼくが問い質したかったが、それはできない。話の行方を黙って見守るしかなかった。

「実は今、心臓移植手術を受けられた方がここにいらっしゃっていて、どうも一哉さんの心臓を移植されたのではないかと思えることをおっしゃるんです。お話を聞いてみると、手術の日と一哉さんが亡くなられた日は二日しか違いませんし、まさかとは思ったんですが……。ええ、はい、今ここにいらっしゃいます」

　それが不思議な話なんですけど、と恵梨子はぼくのことを説明し始めた。ずっと恵梨子が喋り続けているので、先方がどのようにこの話を受け止めているかはわからない。また変な男が恵梨子の身辺に現れたと思われなければいいのだがと、ぼくは冷や冷やしながら見守った。

「えっ、今からですか？」

恵梨子は驚いた声を上げて、ぼくに視線を向けた。続けて、「はい、あたしはかまいませんが……」と曖昧な返事をして、子機の保留ボタンを押す。

「一哉さんのお父さんなんですけど、できたら和泉さんとお話ししてみたいとおっしゃるんです。電話ではなく直接会いたいそうなので、今から来られないかと」

「ぼくが訪ねてもいいんですか」

意外な成り行きに、ぼくの方も面食らった。事態がこんな急展開を迎えるとは、まったく予想していなかったのだ。しかし、来てくれと乞われて拒否するわけにもいかなかった。自分の体の謎を解くためならば、労を厭う気はない。

「あたしとふたりで来て欲しいとおっしゃってるんです」

「ふたりで？」それを聞いて、また脇田氏が不本意そうな声を上げる。「それなら私も一緒に行くぞ」

「いいわよ、お父さんは。大丈夫だから、そんなに心配しないで」

「しかし――」

「少し話をしてみれば、和泉さんが小田みたいな人じゃないってことはわかるじゃない。大丈夫だから、任せて」

強く言われて、脇田氏は不本意そうに黙り込んだ。恵梨子はぼくに目を向け、「どうします？」と尋ねてくる。

「行きます」

ぼくはきっぱりと応じた。恵梨子は頷いて、その旨を先方に伝えた。挨拶をして、電話を切る。

「じゃあ、さっそく出発しましょう。そんなに遠くないので、一時間くらいで着けますから」

恵梨子はそう言うと、着替えるから少し待って欲しいと言って姿を消した。それと入れ替わるように、夫人がようやくキッチンから姿を見せる。お茶を用意してくれたようだ。今度は脇田氏も、咎めようとしなかった。

「本当にすみませんでした。突然押しかけてしまいまして」

改めて両親に詫びると、夫人は「いえ」とだけ言って頭を下げ、ふたたび奥へと戻った。

脇田氏は渋い表情で、湯飲み茶碗に手を伸ばす。

「正直言って、歓迎とは言いがたい」お茶を啜《すす》りながら、ぽつりとこぼす。「娘はようやく、一哉君を殺されたショックから立ち直りかけていたんだ。それなのにまた、あの事件のことを思い出してしまった。できたら放っておいて欲しかった」

「ご迷惑をおかけしたことは、本当に申し訳なく思っています」

脇田氏の言い種に反論する言葉は、持ち合わせていなかった。確かにぼくは、自分の一方的な都合でこの家に騒動を持ち込んでしまった。詫びて済むことではないかもしれなかった。

その後、脇田氏は自分から言葉を発しようとはしなかった。ぼくもただお茶を飲むだけで、何も言わない。重苦しい沈黙が続いたが、やがてそれは戻ってきた恵梨子に打ち破られた。

「さあ、行きましょう」

恵梨子はぼくに向かって、そう快活に言った。白いニットスーツの上下に着替えている。

「本当に、失礼しました」

ぼくは立ち上がって、脇田氏に頭を下げた。脇田氏は頷いたが、それ以上のことはしない。立ち上がってぼくを見送る気もないようだった。

「じゃあ、行ってくるからね」

恵梨子は父親の拘泥になど気づかない様子で、あっさりと言った。玄関に向かう彼女の後について、ぼくも部屋を出る。大きな声で母親にも無礼を詫びたが、それに対する返事はなかった。

「ごめんなさいね、失礼な態度をとって」玄関を出ると、すぐに恵梨子はそう詫びてきた。「何しろ、あたしのせいで人がひとり死んじゃったでしょ。神経質になるのも無理はないのよ。わかってもらえるかしら」

「わかりますよ」恵梨子の口調が少し砕けたことが嬉しく、ぼくも簡単に応じた。「ご両親にしてみれば、無理もないでしょう。自分でもずいぶん怪しいことを言っていると思うし」

「確かに、怪しいわよね」恵梨子はエレベーターのボタンを押しながら、くすっと笑う。「びっくりしちゃったわ。ああ、そういえば昨日はずいぶん失礼な態度をとっちゃったわね。あたしも両親のことなんて言えないか。ごめんなさいね」

「どうしようかと思いましたよ。母がついてきてくれるって言うから、一瞬迷いましたけどね。それも情けないんで、もう一度ひとりで来たんです」

「お母さんと一緒に来たりしたら、その方がびっくりするわ。ひとりで来てくれてよかった」

　やってきたエレベーターのケージに乗り込み、恵梨子はいたずらっぽく言う。先ほど見せていた激しい感情は、着替えている間に整理がついたようだ。ぼくはその自制心に、密かに感嘆した。

「行く先は登戸《のぼりと》なのよ。だから新宿にいったん出て、小田急線に乗るけど、いい？　体は大丈夫？」

マンションのエントランスを出て、恵梨子はそう説明した。その気遣いが嬉しく、ぼくは笑って答える。

「大丈夫です。ちょっとマスクをさせてもらうけど」

いつも使っているマスクをポケットから取り出し、かけた。するとそれを見て、恵梨子は面白そうな顔をした。

「そのマスクをしたまま話しかけてこられたら、やっぱり逃げちゃっただろうな。外しといてくれてよかったよ」

「人相悪くなっちゃいますもんね」

ぼくも苦笑して応じる。恵梨子とこうして軽口を叩き合っていることが信じられなかった。もしかして、これもまた夢なのではないかと疑いたくなる。

歩きながら恵梨子は、ぼくの手術のことについて尋ねてきた。ぼくは問われるままに、自分がどうして手術を受けなければならなくなったのかを語った。黙って耳を傾けていた恵梨子は、「大変だったんだねぇ」と同情してくれる。

「でも、今は元気になってよかったね。そんな病気だったなんて、言われなきゃわからないよ」

「うん、心臓を提供してくれた人には、本当に感謝しています」

「心臓を提供してくれた人、ねぇ。それが本当に一哉なのかな」

結局話題はそこに戻ってきた。ぼくはなんとも答えられず、ただ首を傾げる。

駅に着いて、切符を買った。自動改札口をくぐってホームに出ると、タイミングよく電車がやってくる。

「一哉のお父さんは、検察庁に勤めているのよ」

並んで席に着くと、恵梨子は唐突にそう言った。ぼくは顔を横に向けて、問い返す。

「検察庁？　検事なんですか」

「そう。だからすごく忙しい人でね。ふだんはあまり家にいないんだけど、今日はたまたまお休みだったみたい。そんな人だから、あたしたちのために時間を割いてくれるなんて意外なのよ。よっぽどあなたの話に興味を持ったみたいね」

「馬鹿馬鹿しいとさえ思わなければ、不思議な話ですからね。恵梨子さんはぼくの言うことを信じてくれたんですか」

「信じるしかないじゃない。あんなに細かいことまで知ってるのは、あたし以外には一哉しかいないんだから」

恵梨子は先ほどまでは「一哉さん」と呼んでいたのに、今は「一哉」と呼び捨てにした。本当はふだんからそう呼んでいたのだろう。ぼくは我知らず嫉妬を覚える。

「じゃあ、五人目?」

「五人目だ」

「うん。ぼくの話を信じてくれたのは、これで五人目。なかなか信じてもらえないんですよ」

「でしょうねぇ。それはしょうがないよ」慰めるように恵梨子は頷く。「でも、不思議なことがすべて解けるといいね。あたしもちょっとわくわくする。わくわくなんて言ったら不謹慎かもしれないけど」

「どうして不謹慎なんですか?」

「だって、あたしは恋人を殺されてまだ半年しか経ってないのよ。それなのに、浮かれてたら薄情じゃない」

「別にいいと思いますけど、それくらい」

「あたしがわくわくするのはね、死んだと思った一哉が戻ってきたような気がするからなの。こんなの、イタコにでもお願いしないと経験できないと思ってた。だから、訪ねてきてもらって嬉しいのよ。わかるかな」

「一応、わかるけど……」

　気持ちはわかるものの、理解したくないのが本音だった。ぼくはあくまでぼくであって、誰かの代わりではない。一哉の代わりとして見られるのは、不本意だった。

　しかし今は、そんなことを言っている場合ではなかった。恵梨子もこちらの内心など知らず、涼しい顔をしている。ぼくは複雑な思いのまま、新宿で電車を乗り換えた。

　登戸までは、急行で三十分ほどだった。その間ぼくたちは、今度の一件からたわいもない世間話まで、様々なことを喋り続けた。恵梨子は気さくで、まるで昔からの知り合いのようにこちらに接してくれる。それが嬉しくて、女性と話をするのが苦手なぼくもずいぶんと饒《じょう》舌《ぜっ》になった。楽しい時間だった。

　北沢家は、駅から徒歩で十分ほどの距離だった。恵梨子に導かれるままに歩いて、そこに到着したとき、ぼくはかなり驚かされた。北沢家はこちらが予想していた以上に豪邸だったのだ。

「あれ、びっくりしてるの？　でも和泉君の家だって、お母さんがあの和泉麗なんだから、すごい豪邸なんでしょ」

「うちはマンションですから、そんなにすごくないですよ」

「そうはいっても、億ションなんじゃない？　あ、やっぱり。そういうところで謙遜すると、嫌みだぞ」

「でもまあ、ぼくが買ったわけでもないし……」

ぼくはしどろもどろになって、弁解した。恵梨子は笑って、「まあいいか」と言う。そして、ふと真面目な表情になると呼び鈴に指を伸ばした。

48

通された応接間も、建物の外観と同じく贅を尽くしたものだった。本革張りのソファに大理石のテーブル。壁にはシャガールのリトグラフが掛かっていて、その他にも数々の賞状が見られる。サイドボードの上にあるいくつもの置物も、素人目にも高価そうに見えた。

ぼくは威圧されるものを覚えて、少々萎縮していたが、恵梨子は平然とソファに腰を下ろしている。そんな恵梨子をぼくは頼もしいと感じたが、同時に自分が情けなくもあった。せいぜい上辺《うわべ》だけでも落ち着いて見えるよう振る舞わねばと、肝に銘じる。

ここに案内してくれた夫人がお茶を運んでくれたきり、一哉の父親はなかなか姿を現さなかった。休みの日でも、暇を持て余しているというわけではないらしい。五分ほど待たされて、ようやく北沢氏は部屋にやってきた。

「お待たせして、すみません」

北沢氏は恰幅《かっぷく》のいい男性だった。大柄で、手足が長い。腹は出ていないものの胸板が厚く、若い頃はスポーツをやっていただろうと思わせる体格の良さだった。髪は半白だが、顔はエネルギッシュな雰囲気を漂わせて若々しい。目つきが鋭いのは、いかにもやり手の検事といった印象だった。

「どうもご無沙汰ですね、恵梨子さん」

北沢氏は相好を崩して、恵梨子にそう話しかける。立ち上がった恵梨子も、「ご無沙汰しています」と丁寧に頭を下げた。

「あれ以来、きちんとしたご挨拶もせずに本当に失礼をしております。今日は不躾《ぶしつけ》なお電話を差し上げましたのに、お招きいただいてありがとうございます」

「なに、あなたからのお電話なら、どんなときでも歓迎ですよ。息子が死んで、もう二度とお目にかかれないものと思っていました。いらしていただいて嬉しいです」そう言って北沢氏は、ぼくの方に目を向ける。「こちらの方が、お話しされていた心臓移植を受けられた人ですか」

「ええ、和泉さんです」

恵梨子が紹介してくれたので、ぼくも頭を下げて名乗る。北沢氏もまた自分の名を口にして、「よろしく」と付け加えた。

「どうぞ、おかけください。堅苦しい挨拶はこのくらいでいいでしょう」

北沢氏が先に腰を下ろしたので、ぼくたちも従う。気さくな様子に少し安堵したが、それでもぼくはまだ緊張していた。何から切り出したらいいか、考えがまとまらない。密かに焦っているうちに、先に北沢氏に促されてしまった。

「さて、では気ぜわしいですが、さっそくお話を伺わせていただきましょうか。和泉さんが興味深い体験をされているということでしたね」

「ええ、そうなんです。あたしも今日、話を聞いて、かなり驚きました」

そう恵梨子は応じて、ぼくの代わりに一部始終を話してくれる。ぼくはほとんど口を挟む余地もなく、ただ横で頷いているだけだった。

「――なるほど。それは確かに不思議な話ですね」

恵梨子の話を聞き終えて、北沢氏はまずそういう感想を漏らした。ぼくの方に目を向けて確認を求めてくるので、そのとおりと頷き返す。恵梨子の話は簡潔で過不足なく、ぼくが説明するよりもずっとわかりやすかった。

「では、まずあなたたちが知りたがっていることからお話ししましょうか」北沢氏はそう言って、交互にぼくたちを見る。「電話でも言いましたが、一哉は脳死状態にはならなかったので、臓器を提供していません。ですから、あなたに移植された心臓が一哉のものである可能性は、ゼロです」

　ある程度予想していた答えだったが、改めてこうしてはっきり否定されると、戸惑いを覚える。譬えは変だが、頼りにしていた人に裏切られたような、最後の寄る辺《べ》をなくして心細い心地だった。

「ではどうして、和泉さんは一哉さんの記憶を受け継いだのでしょう。和泉さんは、生前の一哉さんとは一面識もないのに」

　ぼくの疑問を、恵梨子が代弁してくれる。北沢氏は怪訝そうに首を傾げた。

「そもそも、その前提条件が私にはわからないんですけどね。仮に一哉の心臓が和泉さんに移植されたのだとしても、それで息子の記憶まで一緒に転移するわけもないでしょう。恵梨子さんがなぜそんなふうに思い込んでしまったのか、それが私には不思議ですよ」

「和泉さんは、あたしと一哉さんしか知らないことをたくさん知っていたんです。和泉さんの見た夢は、一哉さんの視点だったんですよ」

「そうはいっても、非科学的でしょう。和泉さん、あなたは自分の体に起きていることを、医者に相談してみましたか」

　北沢氏は首をぼくの方に向けて、尋ねた。ぼくはようやく声を発する。

「はい。相談しました」

「それで、どういう話でしたか」

「――医学的にはあり得ないと言われました」

ぼくは仕方なく、風間先生の説明をそのまま告げた。北沢氏はそうだろうとばかりに、大きく頷く。

「その説明で納得できることではないんですか。私は医学方面は素人ですけど、その先生のおっしゃることで説明がつくと思いますよ」

「説明つきませんよ。どうして和泉さんが一哉さんの視点で夢を見たのかは、その説明ではぜんぜん解決されませんから」

恵梨子は、ぼくの代わりにむきになって反論する。北沢氏はその様子に苦笑した。

「そんなことは、私に言われてもわかりませんね。むしろ、和泉さんに伺うのが早いんじゃないですか。私もお訊きしたい。どうしてあなたは、息子に関心を持ったんです？」

「関心？」

何を言われたのかわからず、ぼくはそのまま問い返す。北沢氏は穏和な表情のまま、「ええ」と頷いた。

「息子のことをずいぶんお調べになったようですね。そうでなければ、そこまで一哉の趣味や好みなどを知ることはできないでしょう。一面識もなかったとおっしゃるが、実はご縁があったんじゃないですか」

「ぼくは嘘なんかついてないです。恵梨子さんのことも、一哉さんも、ぼくは手術を受けるまでぜんぜん知りませんでした。それなのにぼくは、一哉さんが殺されたときのことを、自分のこととして夢で体験しました。一哉さんは、この家のそばまで帰り着いたのに、待ち伏せしていた小田に鉄パイプで頭を殴られたんでしょう？　違いますか」

「違いませんよ。しかし、そんなことは調べればいくらでもわかることだ。残念ながら、あなたの主張を客観的に裏づける証拠は何もないようですね」

北沢氏の冷静な指摘に、ぼくは必死で頭を働かせた。ずいぶん前に見たあの夢を、もう一度思い返してみる。そして、ある些細なことを思い出した。

「そうだ。一哉さんは小田から逃げている途中で、ジョギングをしている男性とすれ違ったんだ。小田はその男性を見て、いったん姿を消したんです」

「ジョギングをしている男性？」初めて北沢氏の表情が動いた。「そんなことは聞いていないな。警察もそんな人は見つけていないはずですが」

「嘘じゃないです。見つかっていないなら、関わり合いを恐れて黙っているんですよ。逆に言えば、その人が見つかればぼくの言うことも信憑《しんぴょう》性が出てくるってことですね」

ぼくは思わぬ光明に、声を弾ませた。だが北沢氏の泰然とした態度を崩すほどではなかったようだ。氏は少し苦笑いをして続ける。

「もちろん、そういう人が見つかればね。しかし警察の聞き込みでも見つからなかった人を、どうやって捜し出すんですか。その男性が見つからない限り、あなたの主張を裏づける傍証はないことになる」北沢氏はいったん言葉を切って、改めてぼくに顔を向けた。「それにそもそも、あなたに心臓を提供したドナーの名前は判明しているんでしょう。それなのにどうして、息子の心臓を移植されたのではないかなどと考えるんですか？　結論がおかしいなら、前提が間違っていると考えるしかないんじゃないですか」

北沢氏の主張は、職業が検事だけに理路整然としていた。ぼくは反論の言葉を持たず、そのまま口籠る。自分の主張が突拍子もないことは、充分に自覚しているのだ。ごく常識的な論の前には、口を噤むしかなかった。

「ドナーは橋本奈央子さんという方だそうですが、その人と一哉さんが知り合いだったという可能性はありませんか。橋本奈央子さんという名前を、一哉さんから聞いたことはありませんか」

恵梨子が身を乗り出して、質問を向ける。なるほど、その可能性はぼくも一度考えたことだった。ぼくは恵梨子と橋本奈央子が知り合いではないかと推測したのだが。

「さあ、聞いたことはありませんね。学生の頃のことなら、私も詳しくは知りませんけど」北沢氏は首を傾げる。恵梨子は納得いかないようだったが、続ける言葉もなくそのまま黙り込んだ。

「すみません、すみません」ぼくたちふたりの様子を見て、北沢氏は顔を綻ばせた。「頭から否定するつもりはなかったんですが、職業柄どうしてもこういう論調になってしまうんですよ。お話としては大変面白かったです。私自身、息子の名残だけでもどなたかに宿っているかと思うと、それだけで救われる気はしますよ。でも残念ながら、そういうことはまずあり得ない。あなたが経験している不思議なことに、私が答えてあげることはできないんですよ。おわかりいただけますか」

「わかります」恵梨子よりも先に、ぼくは応じた。「おっしゃることはもっともです。突然押しかけて、非常識なことを並べ立てているのはこちらなのです。申し訳ありません」

「いや、恐縮していただくことはないんだ。これは皮肉でもなんでもないんだが、いらしていただいて嬉しいんですよ。恵梨子さんはもちろんですが、和泉さんもね」

「ぼくも、ですか？」

そんなことを言ってもらえる筋合いではないはずなので、ぼくは北沢氏の言葉を奇妙に思った。北沢氏は改めて、ぼくのことをまじまじと見る。

「ええ。脳死の問題は、我々検事にとっても無関心ではいられないことです。概念ではなく、実際に移植手術によって元気になられた方と接するのは、大変有意義なことです。あなたのような方が今後もっともっと増えるといいと、個人的には思いますね」

そう言って北沢氏は、莞爾《かんじ》として笑った。

49

歓迎するという北沢氏の言葉は、社交辞令などではなかったようだ。多忙の中を縫って時間を割いてくれたはずなのに、ぼくたちを追い立てるようなことはせず、その後もしばらく話を続けた。ぼくは問われるままに、自分がどのような病気を得て、そしてどういう過程で心臓移植に至ったかを語った。北沢氏は真摯な態度で耳を傾けてくれ、的確な相槌や質問を挟む。恵梨子も交えた三人での会談は、当初の目的こそ果たせなかったものの、ぼくにとっては楽しい時間となった。一時間ほどで腰を上げたが、もう少しこのまま話し続けたいと感じたほどだった。

「またいらしてください」

去り際に、北沢氏はそのように言ってくれた。むろん、これこそ社交辞令だろう。ぼくはもちろんのこと、恵梨子にとってももはや関係のない家なのだ。ふたたび訪れることなどないことは、全員がわかっているはずだった。

「検事なんていうから、もっと怖い人かと思ってましたよ」

北沢邸を出て駅に向かう途中で、ぼくは正直な感想を口にした。恵梨子は少し微笑んで、頷く。

「そうね。あたしも会う前は怖かったわ。でもあのとおり、気さくな人なんでホッとした。もしかしたら、お父さんになるかもしれないって考えてたからね」

「一哉さんと結婚する予定だったんですか」

胸に苦いものが込み上げるのを感じながら、ぼくは問いかける。恵梨子は寂しげな表情で首を振った。

「ううん。別にそんな話はしてなかった。ただ、このまま付き合いが続いたらそういうことになるかもな、って思っただけ。先のことなんてわからないものよね」

考えてみたら恵梨子は、恋人を喪《うしな》った悲しみはほとんど表に出していない。ぼくはそのことに対し何も感じなかったが、人によっては薄情と受け取るかもしれなかった。だが恵梨子にとって一哉の死が、未だ癒えない生々しい傷であることは、今の表情を見ただけでわかる。恵梨子がどれだけの思いを背負い、それに耐えているのか、ぼくには想像がつかなかった。

ぼくは一哉についてもっと知りたいと思った。どういう人物で、どういう考え方をし、そしてどういう人生を送ったのか。恵梨子に対してどのような気持ちを持ち、ふたりはどのように知り合い、どのように惹かれ合ったのか。そうしたことすべてを知りたいという欲求が、胸の中で大きく膨れ上がる。

だが、それを恵梨子に尋ねる気にはなれなかった。恵梨子の癒えない傷をえぐることになるだけでなく、ぼく自身もまたそれによって深く傷つく予感があったからだ。ぼくは一哉の資質を受け継いでも、一哉自身にはなれない。立派な父親を持ち、美術や音楽に造詣が深く、恵梨子のような恋人を得て、そして恋人の危機に敢然《かんぜん》と立ち向かう勇気を持っていた一哉。一哉はありとあらゆる面で、ぼくを遥かに凌駕《りょうが》していた。ぼくは自分の卑小さが情けなくてならなかった。

「でも、結局何もわからなかったね」恵梨子は自分の発した言葉に照れたように、話題を変えた。「どういうことなんだろう。どうして一哉の記憶が、和泉君に宿ることになったのかな」

「ぼくももう少し考えてみます。ぼくの中にある記憶が一哉さんのものだとわかっただけでも進展ですから、この新しい材料を元に何か仮説が立てられるかもしれない。この件に関して相談に乗ってくれる人も、けっこういるんですよ」

「あたし以外の、信じてくれた四人？」

「そう。みんな、ぼくよりもずっと頭のいい人たちだから、何か示唆してくれるかもしれない」

「何かわかったら、あたしにも教えてね。あたしも相談に乗るから」

「ああ、はい。そうですね」

　また恵梨子に会えるのか。ぼくはとっさにそう考え、単純に喜んだ。これが最後になるかもしれないと、覚悟を決めていたのだ。

「それから、一哉さんの夢を見たら、それも教えて。あたしが検証してあげる」

「わかりました。そのときはよろしく」

　そんなことを話しながら駅に着き、電車の中で互いの電話番号やメールアドレスを教え合った。新宿に着いて別れるとき、恵梨子は「体に気をつけてね」と言ってくれた。その心遣いが嬉しく、ぼくは素直に「ありがとう」と答えた。

　電車を乗り継ぎ、ようやく自宅のマンションに辿り着いたときのことだった。エントランスに入ろうとした瞬間、足許でバシッという音がした。何事かとっさに足を上げ、周囲を見回す。気づくのに時間がかかったが、壁際にパチンコ玉がひとつ落ちていた。

　これが飛んできたのだろうか。ぼくはパチンコ玉を拾い上げ、背後を振り返った。こんな物で遊ぶような子供の姿は見られない。マンションの上から飛んできたのだろうかと見上げても、人影はなかった。

危ないなと思いながらも、ぼくはそれ以上深く考えなかった。パチンコ玉を捨てていくのも危険なので、そのまま家まで持ち帰る。仕事中の母さんにひと声かけ、うがいなどを済ませてから自室に戻った。

部屋着に着替えて、パソコンを立ち上げようとしたときだった。電話のベルが鳴り、ぼくはなんの気なしに子機に手を伸ばした。通話ボタンを押し、耳に当てる。もしかしたら恵梨子ではないかと期待した。

「先ほどのパチンコ玉は、警告です」

相手は前置きもなく、唐突に言った。とたんに、驚きで身が竦む。淡々とした声には聞き憶えがあった。以前に警告の電話をかけてきた女だった。

「ぼ、ぼくを狙い撃ったのか」

当たらなかったとはいえ、直接的な暴力の標的にされたことが衝撃だった。とたんにすうっと血の気が引き、我知らず声が震えてしまう。弱いところを見せたくはなかったが、自分でもどうにもならなかった。

「あなたは深入りしすぎました。ここで手を引かなければ、次はパチンコ玉では済まなくなります」

「殺す、ってことか？」

「これは脅しではありません。警告です。聞き入れた方が身のためです」

「あんたは何者なんだ。ぼくがいったい、何に深入りしたっていうんだ」

「よけいなことには興味を持たないことです。以上」

「お、おい。ちょっと待て！」

電話は前回と同じように、一方的に切られた。大して暑くもないのに、掌にじっとりと汗をかいている。子機を握った手から力を抜くことができず、ぼくはしばらくそのままでいた。脱いだ服のポケットに入っているパチンコ玉が、ひどく忌まわしい物に感じられた。

50

ただの匿名電話ならば、まだどうということはなかった。あの程度であれば、不快だが無視することもできる。だが今度の場合は、わざと外した様子があるとはいえ、直接的な暴力を伴っていた。そのことに、ぼくは強い憤りと、同時に恐怖を覚えた。

あの女はいったい何者なのだろうか。そんな手段をとってまでぼくに警告を与える理由はなんなのか。ぼくは恐ろしさから逃れるために、必死で頭を働かせた。

今回、パチンコ玉を撃ってくるなどという示威行動に出たのは、ぼくが恵梨子や北沢一哉にまで行き着いてしまったからだろう。女にとって、それは至極都合の悪いことだったはずだ。だからこそ、明白な害意を示してぼくを牽制《けんせい》したに違いない。しかし、ぼくが北沢一哉の存在を知ることに、どんな不都合があるというのか。

警告を受けたことで、はっきりした点がひとつある。それは、ぼくの身に生じたことと北沢一哉の死は無関係ではないということだ。何も関係がないのなら、警告がエスカレートすることもなかったはずだ。女はパチンコ玉なんてものを撃ったことで、ぼくに確信を持たせてしまったというわけだ。

ぼくと一哉の繋がりは依然として謎だが、その謎こそ女にとって一番知られたくない点なのだろう。移植手術以後にぼくが体験したことには、どんな秘密が隠されているというのか。これは紙谷さんに相談してみる必要がある。

そこまで考えて、ぼくは恐ろしいことに気づいた。電話の女はなぜ、ぼくが恵梨子や北沢一哉に辿り着いたことを知ったのだろうか。今日会った人の中に、電話の声の主はいなかった。恵梨子でないのはもちろんのこと、恵梨子の母親や一哉の母親もまったく違う声をしていた。では女は、ぼくのことを四六時中尾行していたのだろうか。

そう考えると、今もどこかから監視されているような気がしてならなかった。窓に目を向け、レースのカーテンがしっかり閉まっていることを確認する。しかしそれでも安心できず、ぼくは遮光カーテンも閉じた。このマンションと同じ高さの建築物などないことはわかっていても、そうせずにはいられなかった。

女は個人の思惑で警告を発したのではなく、組織の一員なのではないだろうか。いまさらながら、ぼくにはそのように思えてくる。ぼくはいつの間にか、目に見えない大きな動きの中に巻き込まれている可能性がある。その動きの正体はまったくわからないが、一個人の利害に左右されるような卑小なことではないはずだ。ぼくは紙谷さんが教えてくれた、《ゴッド・コミッティー》の噂を思い浮かべる。

女が属している組織は、本当に《ゴッド・コミッティー》なのだろうか。だとしたら、移植患者の順番を決定する権限を持つ《ゴッド・コミッティー》が、何を隠そうとしているのか。ぼくの移植に際して、隠さねばならないことがあるとしたらそれは何か。まさか、順位づけに不正があったのだろうか。ならば、ぼくは不正の結果、心臓移植を受けられたことになる。

考えたくもないことだが、母さんが必要以上に金を積んで、順位を繰り上げてもらったなどということはあるだろうか。順位づけの不正といっても、思いつくことはそれくらいしかない。しかし、不正の種類がそういうことであれば、何も《ゴッド・コミッティー》がぼくに警告を与える必要はないはずだ。彼らにとってぼくは、〝顧客〟の側の人間なのだから。

母さんにそれを確かめようとは思わなかった。絶対に違うという確信があるためだけでなく、パチンコ玉で狙い撃たれたなどということを耳に入れたくなかったからだ。母さんのことだ、表面上は平静を装っていても、内心では仕事に差し支えるほど心配するに違いない。これ以上母さんに心労を与えることだけは、なんとしても避けたかった。

考えれば考えるほど、行き止まりの隘路《あいろ》に迷い込んでいくようだった。ぼくは埒もない推理はやめ、紙谷さんに電話をかけることにした。子機を取り上げ、登録してある短縮ボタンを押す。三度のコール音の後に電話は繋がったが、残念ながらそれは留守番電話だった。

仕方なく、電話はひとまず切って、メールで一部始終を知らせることにした。改めてパソコンを立ち上げ、今日の出来事を最初から綴る。かなり長文になってしまったが、すべてを過不足なく伝えるためには必要な文字数だった。それを送信して、ひとまず息をつく。

その次にぼくは、無駄とは思いつつも移植コーディネーターの浜田さんに連絡をとった。浜田さんはこちらの体調を気遣って定期的に連絡をくれているが、ぼくの方から電話するのは初めてだ。ぼくは教えてもらっていた携帯電話の番号をダイヤルし、繋がるのを待った。

「はいはい。浜田です」

いつものようにせかせかとした口調で、電話口に浜田さんが出た。ぼくは名前を名乗ってから、相手の都合を確認する。

「ええええ、大丈夫よ。それより、何かあった？」

移植患者から連絡があれば、体の不調をまず想像するのだろう。とたんに浜田さんの声が翳ったので、少し申し訳ない気分になる。

「いえ、何かあったというわけじゃないんです。体の調子は至っていいです。今日は、ちょっと訊きたいことがあって、電話したんですよ」

「あら、何かしら？」

「ぼくに心臓を提供してくれたドナーは、橋本奈央子という人ですよね」

「えっ」

浜田さんは絶句したように黙り込み、肯定も否定もしなかった。ぼくが「違うんですか」と確認を求めると、ようやく声を発する。

「どうやって調べたの？　あれほどドナーのことは知ろうとしちゃ駄目って言ったでしょ」

「言いつけを守らなくてごめんなさい。でも、どうしても知る必要があったんですよ。先方のご両親にも会いました」

「お金のやり取りなんてしなかったでしょうね」

「してません。それは大丈夫です」

見当外れの心配に、ぼくは苦笑して応じた。浜田さんの懸念は、あくまで現実的だ。

「そういえば、退院のときにもずいぶんとドナーの名前を気にしてたわね。死因を疑ったりとか」

「実は、今でも疑ってます。本当のドナーは、橋本奈央子さんじゃなかったんじゃないか、ってね」

「何を言ってるの？　ドナーの遺族にも会ったんでしょう。あれほど駄目だって言ったのに」

「ぼくに心臓を提供してくれたドナーは、北沢一哉じゃないんですか。そうなんでしょ」

「誰よ、それ」

浜田さんの声は、少し怒っているようだった。無理もない。国内で臓器移植が行われるようになって数年経つが、ドナーの遺族と会ってしまったレシピエントなどぼくが初めてかもしれない。悪しき前例を作ってしまったぼくのことを、移植コーディネーターである浜田さんが苦々しく思うのは当然なのだ。それでもぼくは、気づかぬ振りをして質問を続けた。

「退院するときに、女性の似顔絵を見せましたよね。あの女性の恋人が、北沢一哉です。北沢一哉は、ぼくが手術を受けた日の二日前に亡くなっています」

「何を言っているのかさっぱりわからないけど、手術の二日前に亡くなったのなら、その人の心臓があなたに移植されるわけもないでしょう。それくらい、わかってるはずよね」

「わかってるんですが……」

結局はその問題に行き着いてしまう。ぼくは分《ぶ》が悪くなったことを自覚して、口籠った。

「あ、ごめんなさい。キャッチホンが入っちゃった。改めてこっちから電話するわ」

浜田さんは慌てたように言う。もう用件は済んでいるので、ぼくは遠慮した。

「いえ、いいです。訊きたいことはこれで全部ですから。お忙しいところ、すみませんでした」

「いいの？　ああ、そう。でも、今度改めてお灸を据えてあげるわ。覚悟してらっしゃいよ」

「えーっ、勘弁してください」

ぼくは逃げるように電話を切った。とんだ藪蛇《やぶへび》だったと、電話したことを後悔する。一哉の心臓が移植された可能性は、北沢氏によって否定されていたのに、無駄なことをしてしまった。浜田さんにこんこんと説教されることは、おそらく避けられないだろう。

紙谷さんからの連絡は、その日の夜にあった。紙谷さんは難しげな声で、「メール、読んだよ」と切り出してくる。

「びっくりしたよ。ついに恵梨子さんを見つけたとはね。和泉君の行動力には感服だ」

「でも、結局謎は深まってしまったんですよ」

ぼくはお手上げの気分で訴える。紙谷さんが快刀乱麻を断つ推理を披露してくれないかと、少し期待していた。

「うん。それと、メールの最後に書いてあった、謎の女の警告が心配だね」

しかし紙谷さんは、重苦しい口調でそう言っただけだった。やはり、謎に対する解答は持ち合わせていないらしい。

「電話してきた女に何ができるかわからないけど、警戒するに越したことはない。もしかしたらこれ以上調べ続けることは危険を伴うかもしれないから、この辺でやめた方がいいんじゃないかな」

「えっ？　手を引けってことですか」

「納得できない気持ちはわかるよ。でも、身の安全には代えられないじゃないか。相手は何者かも、どんなことをする人間かもわからないんだから」

「ぼくだって、暴力を振るわれるのはいやです。せっかくもらった命ですからね。大事にしたい。でも、脅しに屈するのはどうしても抵抗があるな。そんなの、暴力を容認するのと同じじゃないですか」

「もちろん、今のところパチンコ玉で撃たれただけだからね。これ以上のことをしてくるかどうかはわからない。でも、実際に被害に遭ってからじゃ遅いんだよ。わかってる？」

「わかってますけど……」

紙谷さんがこちらの身を心配してくれているのがわかるだけに、ぼくはあまり強情を張れなかった。もし逆の立場なら、きっとぼくもそう忠告するだろう。しかし今は、引き下がって納得することはできないのだ。恵梨子のためにも、死んだ一哉のためにも、ぼくは自分の身の安全だけを考えているわけにはいかなかった。

「どうしてまったく接点のなかった人の記憶が転移するのか、ぼくには見当がつかない。また、真崎教授に相談してみるしかないだろうね。記憶に関しては、何か考えていることがあると言ってたから、助言が得られるかも」

紙谷さんは、ぼくが納得していないことを承知の上で、そのように言ってくれた。ぼくは感謝の気持ちを表しようもなく、ただ「お願いします」とだけ口にした。

51

翌週の半ばに、ぼくは思いがけない電話をもらった。なんと、恵梨子からだった。ぼくは向こうから連絡をもらうことなどまったく期待していなかったので、声が弾むのを抑えられなかった。恵梨子は浮かれたこちらの口調など気にも留めず、あっさりと言った。

「今週末、空いてるかしら。もし空いてたら、ちょっと付き合ってもらいたいんだけど」

「空いてますよ」ぼくはすかさず答える。「何があるんですか」

「うん、世田谷美術館に行ってみようかと思って。和泉君も、夢で見た場所を確認してみたいでしょ」

先日行ったばかりとは、ぼくは言わなかった。恵梨子からの誘いを、断れるわけもない。ぼくはふたつ返事で、「行きます」と応じた。

「どうせまだ休学中ですから、暇なんですよ。連れてってください」

「よかった。断られたらどうしようかと思ったよ。男の人が女の子をデートに誘うときって、勇気がいるんだね」

「これ、デートなんですか」

少しどきどきしながら、軽口に聞こえる口調で尋ねた。恵梨子はあっさり否定する。

「残念。そうじゃないんだ。デートだったらそっちから誘ってよ」

「えっ」

大胆なことを言われて、ぼくは思わず絶句する。ぼくの反応に、恵梨子はころころと笑った。

「冗談、冗談。今回はデートじゃなくって、まあ探偵活動ってところかな。絶対に、和泉君の体の謎を解き明かそうよ。ねっ」

「……そうですね」

明るく言われてしまい、ぼくとしてはただ頷くしかなかった。それでも、理由はどうあれ恵梨子の方から誘ってくれたことは、素直に嬉しい。その日からぼくは、浮かれた気分で過ごすことになった。

約束の日には、千歳船橋駅で待ち合わせた。先に来ていた恵梨子は、ぼくの姿を認めて嬉しそうに手を振る。そんな恵梨子を見ただけで、ぼくの心はたわいもなく浮き立った。

「この前教えてもらった本、読んだよ。すごいね」

ちょうど来ていたバスに乗り、座席に着くと、恵梨子はそう切り出した。本とは、エミリア・ドースンの体験記のことだ。先日北沢氏の邸宅を辞去した後、ぼくは雑談でそういう本があることを恵梨子に教えていた。

「あんな本を読んだら、ますます和泉君の言うことを信じるしかないよね。実はまだ一割くらい疑っている部分があったんだけど、今は完全に信じたから」

「疑ってたんですか。ひどいな。でもまあ、今は信じてもらえたんならいいけど」

「ごめんね。でもしょうがないでしょ。心臓移植でドナーの記憶まで移るなんて、常識では考えられないじゃない。疑いもなく信じちゃう方が、どうかしてると思うよ」

「まあ、そうでしょうね。でも、ぼくが経験していることは気のせいでもなんでもないんです。アメリカではいくつも事例があるんですから」

「だから信じたって。大丈夫」

恵梨子は拗《す》ねている子供を宥めるような口調で言った。ぼくはそんな口振りがあまり気に入らなかったが、文句も言えない。

「でも、これってすごいことよね。あたし、ちょっと人生観が変わっちゃった。人間の主体って、いったいどこにあるんだろうって思わない？」

「思いますよ。大昔は、人間の中心は心臓だと考えられていたでしょ。それが最近では、脳になった。もちろん人体を司《つかさど》っている部位が脳であることは間違いないんだけど、他の臓器にも脳を補足するような役割があったとしたら、現代の医療を根本的に考え直さなければならなくなるかもしれない」

「心臓にその人のアイデンティティーが存在するんだとしたら、今でも一哉は生きてるって考えるべきなのかな」

恵梨子の表情に変化はなかったが、それでもその言葉に強い期待が込められているのは、ぼくにも見て取れた。ぼくは答える言葉を持たず、ただ黙り込む。

「……違うよね。あたし、冷たくなった一哉の姿もちゃんとお葬式のときに見たんだ。あれを見てなければ、一哉がまだ生きているって信じることもできたかもしれないけど、自分をごまかして思い込むのはちょっと無理。だから、和泉君を一哉の代わりだなんて思わないから、安心してね。自分では望んでないのに、知らない人の好みとか能力に支配されちゃって、本当は悩んでるんじゃない？　でも和泉君は和泉君だよ。誰の心臓をもらおうと、それは変わらない。そう思わないとね」

恵梨子は自分に言い聞かせるような口振りだったが、同時にぼくにとっては救いでもあった。実質二回しか会っていないにもかかわらず、恵梨子はぼくが抱える問題を正確に理解してくれている。それが、今のぼくには何よりも嬉しかった。

「そうだ。それにそもそも、一哉の心臓が和泉君に移植されたわけじゃないんだよね。あんな本を読んだ後だから、思いっきり勘違いしてた。何言ってんだろうね、あたし」

へへへ、と恵梨子は照れ笑いを浮かべる。ぼくも釣られて笑った。

十分ほどで砧公園に着き、ぼくたちは連れ立って下車した。今日は幸い天気も良く、公園を散策するには絶好の日和《ひより》だ。公園内には、この前来たときよりも人の姿が多かった。ちょうど、ぼくが夢で見た光景に似ていた。

「この公園には、よく来たんですか」

ぼくは横を歩く恵梨子に問いかける。恵梨子は周囲を懐かしそうに眺めながら、答えた。

「そうね。一哉の家が小田急線沿線にあるでしょ。だから、まあ何度か来たことあるかな」

「一哉さんって、絵がうまかったんですよね」

「うまかったよー。ホント、そっちの道に進んだって、きっとやっていけたと思う。特にきちんと教わったことがあるわけでもないのに、手法が独特でね。ああいうのを才能っていうんだろうな」

「たぶんぼく、わかると思いますよ。最近、油絵を描き始めたんです。美大に通ってる友達も、それを見て誉めてくれました。きっと、一哉さんが描く絵にタッチが似てると思います」

「そうなの。じゃあ、今度見せてよ。どんな絵を描いたの？」

「まだ一枚しか描いてませんけどね。うちの窓から見える風景をただ描いてみただけです」

今は恵梨子の絵を描いているとは言えなかった。本人と出会った今ならば、あの絵ももっとうまく仕上げられる気がする。しかし完成したとしても、それを恵梨子に見せることはないだろう。ぼくの気持ちがたっぷり籠ったあの絵を、恵梨子に見せる勇気はなかった。

「ここよ、ここ。ここが、和泉君の夢に出てきた場所。わかる？」

しばらく歩いて景観が開けたとき、恵梨子は立ち止まって注意を促した。さすがに黙っているわけにはいかず、ぼくは白状する。

「わかりますよ。はっきり憶えてます。実はぼく、この前ここに来て、夢で見た場所だって確認したんですよ」

「えっ、なんだ、そうだったの。言ってくれればいいのに。無駄足だったね」

「別に無駄足じゃないですよ。恵梨子さんと一緒に来れば、また違うことを思い出すかもしれないし」

「うーん、そうか。ま、来ちゃったものはしょうがないね」

そう言って恵梨子は、芝生に足を踏み入れた。例によって、思い思いにくつろいでいる人たちが大勢いる。恵梨子はそうした人たちの邪魔にならないように歩いて、林のそばで立ち止まった。

「この辺でいいかな」

「何がですか？」

「うん。実はお弁当作ってきたんでね。おなか減らない？」

「えっ。ぼくの分もあるんですか」

「迷惑かなとも思ったんだけどさ。あたし、こういうの作るの好きなのよ。いやじゃなかったら付き合ってくれない？」

「もちろん、いただきますよ」

「そう。よかった」

恵梨子はバッグからビニールシートを出し、それを広げ始めた。ぼくも手伝って、腰を下ろす。恵梨子が作ってきた弁当は、サンドウィッチだった。ハムや卵、レタス、キュウリ、トマト、チーズと、中身は豪勢だ。それ以外には鳥の唐揚げとリンゴ、水筒に入れた紅茶もある。

「すごいですね」

ぼくが本気で誉めると、恵梨子は苦笑した。

「ただのサンドウィッチだからね、別にすごくないよ。こういうのだったら、体にも害はないでしょ。唐揚げはちょっと油っぽいかな」

「もうなんでも食べられるんですよ。量もいっぱい食べますよ」

「食べて。たくさんあるから」

手術後に屋外で食事を摂《と》るのは初めてだ。ぼくは雑菌が心配だったが、恵梨子はなんと殺菌できるウェットティッシュまで用意してくれていた。ありがたくそれを使わせてもらい、ぼくはサンドウィッチに手を伸ばした。

「うまい。うまいですよ」

お世辞でなく、ぼくは言った。恵梨子の作ったものならどんな料理でもうまいと言うところだが、これは本当においしかった。どうして会ったばかりのぼくにこんなに親切にしてくれるのかと、感激で胸がいっぱいになる。

「一哉さんは幸せだったんですね。いつもこういうものを食べられたんでしょ」

一哉の話をすることは、ぼくにとってあまり愉快ではなかったが、今はもうどうでもよくなっていた。恵梨子本人と言葉を交わすことで、彼女の背後に見えていた一哉の幻影が薄れていく。恵梨子の言葉ではないが、ぼくはぼく、一哉は一哉と割り切れそうな気がした。

「あれ？　言われてみると、そんなにお弁当を作ってあげた憶えがないな。二回もないかもしれない。薄情だね」

恵梨子は苦笑して、サンドウィッチに齧りついた。ぼくはさらに、一哉の話を続ける。

「じゃあぼくはラッキーだってことですね。ところで一哉さんとはどこで知り合ったんですか」

「高校が一緒だったのよ。向こうの方が、学年がひとつ上でね。美術部の先輩後輩だったの」

「そんなに前からの付き合いだったんですか」

「別に、高校時代から付き合ってたわけじゃないよ。成人してから、クラブの昔の仲間が集まる機会があってね。そのときからだから、二年くらいの付き合いかな」

「二年、ですか」

それが果たして短いのか長いのか、女性と付き合ったことがないぼくには見当がつかなかった。おそらく、惰性で付き合うには長い年月だろうが、互いを思う気持ちが強ければ一瞬にも等しい時間だろう。恵梨子の裡でその二年がどのような位置を占めているのか知りたかったが、ぼくはあえて尋ねなかった。

「一哉さんの写真は持ってませんか。ぼく、一哉さんがどういう顔をしていたかも知らないんですけど」

「今？　持ってないわよ」恵梨子は笑って首を振る。「今度でいいなら見せてあげるけど、でもそんなことに興味あるの？」

「ありますよ。じゃあ、どんな外見だったか、教えてください」

「そんなこと言っても、言葉で説明するのは難しいな。うーん」恵梨子は少し考えて、ぽつぽつと特徴を列挙する。「身長は百八十だから、けっこう高いわよね。顔は、そうねえ、そんなに美男子ってほどでもないけど、でも見られないほどじゃなかったわ。普通じゃない？高校の頃も、そんなにもてるタイプじゃなかったな、そういえば」

「そうなんですか」

ちょっと意外な気がした。ぼくの中のイメージでは、かなり男前を想像していた。

「それなのに、髪の毛を伸ばしててさ。ぜんぜん似合わないの。短い方がかっこいいって、さんざん言ったんだけどね」

「ああ」

ぼくは今頃、得心がいった。以前、ぼくは無意識に髪の毛を掻き上げる仕種をしたことがあった。あれは女性の癖ではなく、髪の毛を伸ばした男の動作だったのだ。

「でも、伸ばしてたお蔭で、実はそれが形見になったんだ。ご両親にお願いして、髪の毛を切らせてもらったの。ちょっとセンチだけど、それくらいいいよね」

「遺髪、ってことですか」

「うん。分骨してもらうわけにもいかないからね」

恵梨子はそう言って、またサンドウィッチに手を伸ばした。

しばらく話題が途切れて、ぼくたちはただ黙々と食事を続けた。そして全部食べ終わり、美術館へ行くことにする。恵梨子は大量にサンドウィッチを作ってきていたが、ふたりがかりでそれをすべて平らげたので、すっかり満腹した。こんなちょっとしたピクニック気分を味わえるとは、望外の喜びだった。

「今はもう、絵を描いてないんですか」

歩きながら、ぼくは夢の中の会話を思い出して尋ねた。恵梨子は驚いたようにこちらを向き、寂しげに笑う。

「そんな気分じゃないからね。まあ、絵でも描けば気が紛れるのかもしれないけど」

「ぼくも自分の絵を見せますから、恵梨子さんも見せてくださいよ」

「あたしの？　駄目よ、へたくそだから」

「そんなことないって、一哉さんも言ってませんでしたっけ。大丈夫。ぼくの方こそつい最近描き始めたばかりなんだから、恵梨子さんの方がずっとうまいですよ」

「まあ、別にへたくそなのを恥じてるわけじゃないんだけどね」

「じゃあ、いいじゃないですか」

「わかった。じゃあ、今度ね」

そんな会話をしながら、ぼくたちは美術館に入った。展示物は、如月と来たときと変わっていない。それでもぼくは、恵梨子と一緒にいるだけで楽しかった。この前とは逆に、ぼくは如月の受け売りの知識であれこれ恵梨子に説明をした。ぼくは正直に、美大に行っている友人から聞いたのだと白状したのだが、それでも恵梨子はいちいち感心してくれた。

美術館を見終えた後は、当然のように喫茶店に入った。ぼくも彼女もレアチーズケーキを頼む。恵梨子はケーキの味を懐かしがったが、そこに感傷はほとんど見られなかった。改めて、恵梨子の克己心《こっき》に感嘆する。

まだ直接知り合って一週間しか経っていないが、それでもぼくにとって恵梨子は、切ないばかりに魅力的だった。ぼくはこうして恵梨子と向かい合っていると、成り行きの幸運を喜ぶと同時に、しんとした悲しみも感じる。ぼくにとって恵梨子は、幻想の中の理想像だった。それが数奇な巡り合わせでこうして親しく話をするようになったが、高嶺《たかね》の花であることには変わりない。恵梨子はすぐ目の前にいるにもかかわらず、ぼくには遠い存在だった。

だが、それでもいいのだ。ぼくはもう一度自分の気持ちを確認する。こんな気持ちは、恵梨子に会いに行こうと決意したときに整理をつけたのではなかったか。恵梨子に親切にしてもらったからといって、つけ上がったりしてはいけない。恵梨子が親しげにしてくれるのは、それはただ彼女が優しい女性だからだ。ぼくは自分にそう言い聞かせる。

「何を考えてるの？」

黙り込んでしまったぼくの顔を覗き込むようにして、恵梨子は尋ねた。ぼくは慌ててごまかす。

「いや、どうして一哉さんの記憶していたことを夢に見るのかなって考えてたんですよ」

ああ、綺麗だな。ぼくは恵梨子と視線を合わせ、これで何度目ともわからない思いを抱く。

なんて綺麗な人なんだろう。ぼくの語彙《ごい》は貧困になって、ただそんな言葉しか浮かんでこなかった。恵梨子への思いが強いから、彼女をいっそう綺麗に見せているのだろうか。

そこまで考えて、ぼくは愕然とした。ぼくはなぜ恵梨子を好きなのか？　あまりにも当たり前の感情として受け入れていたが、果たしてこれは本当に自分の感情なのだろうか。

ぼくは一哉の記憶や趣味嗜好を受け継いだ。以前は興味もなかったクラシック音楽や絵画を、面白いと感じるようになった。ならば、この恵梨子に対する思いはいったい誰のものなのか。一哉の感情ではないと、言い切ることができるか。

ぼくは自分自身がわからなかった。恵梨子への思いが強ければ強いほど、自分の感情の正体がわからなくなる。それは、己のアイデンティティーを根底から揺るがす恐怖だった。

恵梨子、君を愛しているのはぼくなのか、それとも一哉なのか——。

52

マンションに帰り着いたとき、ぼくは先日のことを思い出して警戒した。エントランスに入る前に、背後を振り向いて安全を確認する。そして安心して、エレベーターに向かおうとした。

ところが、ぼくは背中に強い痛みを感じてつんのめった。とっさにエントランスに飛び込み、自動ドアのガラス越しに外を見る。何が起きたのか、一瞬理解が追いつかなかった。ぐるりと周囲を見回したが、やはり人影はなかった。どうやら相手は、ぼくを攻撃してすぐに身を隠したようだ。今追いかければ相手に追いつくこともできるかもしれないが、そんな度胸はない。ぼくの足は竦み、体の芯から沸き上がる震えはどうにも抑えようがなかった。

エントランスの床には、パチンコ玉が転がっていた。今度はただの警告で済ます気はなく、ぼくを狙い撃ちしたようだ。ぼくの背中には、この小さな玉が当たった痛みが、はっきりと残っている。それは、相手の意志の強さを示しているようだった。

パチンコ玉で済んでいるうちは、まだましなのだろう。これが銃弾であったなら、ぼくはもう生きていない。そして向こうの脅しがいつ殺意にすり替わるかは、ぼくにはわからないのだ。敵はぼくのことを、いつでも殺せると思っていることだろう。

ぼくの行動の何が、敵の神経をそれほど刺激したのだろうか。ぼくはただ、恵梨子と会って世田谷美術館に行っただけではないか。そのことが敵にとって、都合の悪いことなのだろうか。ぼくと恵梨子が会えば、何か知られてはまずいことが判明するのか。

しかし、ぼくと恵梨子の知識を突き合わせたところで、何も新たなことはわからない。依然としてぼくの体の謎は解けず、すべては混沌《こんとん》としているのだ。敵にとっては、ぼくが恵梨子と会っている限り、謎を追っているのと同然ということなのかもしれない。

　恵梨子とはもう会うなという意味なのか。しかし、それだけは呑めない要求だ。ぼくは恵梨子と会いたい。それを妨げることは、誰にだってできないはずだ。たとえ暴力に訴えたとしても、ぼくの意志を曲げさせることは不可能だ。それを、敵に伝えなければならない。

　ぼくは逃げ帰るように家まで辿り着き、厳重に戸締まりをした。うがいをして自室に籠り、電話が鳴るのを待つ。またあの女が、警告を与えるために電話してくるはずと踏んだ。

　果たして、さほど待つこともなく電話のベルが鳴った。ぼくは湧いてくる唾を飲み込み、子機を取り上げた。

「手荒な真似は、あまりしたくありません。こちらの願いを聞き遂げてくれることを望んでいます」

　例の、淡々とした女の声が聞こえてくる。ぼくはその言い種を聞き、一瞬だけ怒りのために恐怖を忘れた。

「願い？　何を言ってるんだ。脅迫の間違いだろう」

「我々は四六時中、あなたを見守っています。あなたのことは、あなた以上によく知っています。あなたには、できる限り長く生きて欲しい。それが、我々の希望です」

「我々、と言ったな。やっぱりひとりじゃないのか。あんたたちはなんの組織なんだ」

「それも知る必要はありません。我々はあなたと敵対するつもりはありません。あなたの守護者です」

女の言葉の意味は、さっぱりわからなかった。守護者とは、いったいどういうことか。なぜ守護者が、ぼくにパチンコ玉を撃ってくる。相手の正体も、意図も、すべてが謎めいていた。

「あんたたちは《ゴッド・コミッティー》か。噂は本当だったんだな」

ぼくは鎌をかけるつもりで、そう断定した。しかし相手の声は乱れない。

「質問にはいっさい答えません。我々は、ただ希望を伝えるのみです」

「どうしてだ。どうして《ゴッド・コミッティー》がぼくを警戒する。ぼくの移植手術には、いったいどんな秘密が隠されていたんだ」

「あなたが受けた手術には、何も秘密などありません。通常の手術が、慣例どおりに行われただけのことです」

「なぜ隠そうとするんだ。北沢一哉が殺されたことと、ぼくの手術にはどういう関係があるんだ」

「何も関係はありません」

「そんなはずはない。ぼくは警察も知らない、事件直前の状況を証言してくれる人のことを夢で見たんだ。その人を見つけ出せば、ぼくの言うことが客観的に裏づけられるはずだ」

「そんな男性は、警察の聞き込みでも見つかっていません。あなたがただ主張するだけでは、誰も信用しないでしょう」

「見つけるさ。絶対に見つけてみせる」

「やめなさい。警告はこれで最後です」

「ぼくがやめなければ、殺すのか」

「電話をするのも、これが最後です。理性ある行動を望みます」

「おい、待て！　まだ話は終わっていない！」

呼び止めたが、例によって電話は一方的に切られた。ぼくの胸には、なんとも言えない不快な思いが沈殿する。

女は、これが最後の電話だと言った。つまり、最後通牒《つうちょう》というわけだ。次にぼくがよけいなことをすれば、今度は殺されるのだろうか。ただの脅しだと思いたいが、相手の真意を自分の身で確かめる勇気はなかった。

ぼくは恐怖とともに、焦りを覚えた。これまでの警告に、恐れを感じなかったわけではない。だが過去二回の電話では、女の正体が摑めないだけに今ひとつ切迫感がなかった。

ブラウン管に映るドラマの展開に手に汗握るような、そんな他人事めいた思いが拭えなかった。

しかし、もうそんな悠長なことは言ってられないようだ。ぼくはいよいよ、自分の行動を決めなければならない。進むか、退くか。その決定如何《いかん》では、ぼくの人生が変わるかもしれなかった。

すべてなかったこととして、日常の生活に戻るなど論外だった。ぼくはこれからも、変容した自分の体と付き合っていかなければならない。事あるごとに意識させられる自分自身の変化から目を逸らして生きていくことなど、誰にできるだろう。それは不可能な相談だった。

だが、謎を解くのと引き替えに、自分の命を捨てることもできなかった。一度は死を覚悟したぼくだが、生き続けられる権利を手にした今、それを放棄する気にはなれない。今のぼくは誰よりも、生に対して執着が強いだろう。生きたい、生き続けたい。ぼくの心が、体が、心臓が、そう訴えていた。

ぼくはいつまでも考え続けた。答えのない難問に挑戦し続ける徒労感とも、必死に闘った。恵梨子に会えなくなるかと思うと、ぼくはすべてに抗《あらが》いたくなる。だが同時に、ぼくの身に迫る危険に恵梨子をも巻き込むかもしれないと考えると、闇雲に行動する愚をどうしても意識する。どうすればいいのか。いったいどうするべきなのか――。

ぼくの懊悩《おうのう》は、突然鳴り出した電話に断ち切られた。びくりとして、ぼくは顔を上げる。またあの女からの電話ではないかと、まず躊躇《ちゅうちょ》が先に立った。

だが、電話に出ないで済ますわけにはいかなかった。相手があの女であれば、なおさらのことだ。ぼくは手にかいている汗をジーンズで拭い、子機を取り上げた。

「もしもし」

声を潜めて、短く応じる。すると、思いがけない声が耳に飛び込んできた。ぼくはあの女でなかったことに安堵したが、すぐに圧倒されて何も考えられなくなった。

「ああ、繫がってよかった。和泉君だね。ぼくだよ、真崎だよ。憶えているかな。憶えているはずだな。ぼくのように個性的な人間と会ったなら、そう簡単に忘れられるはずもない。しかし電話が繫がってよかったよ。ぼくは留守番電話というやつが大嫌いでね。相手がテープやICだとわかっていて、馬鹿みたいにメッセージを吹き込むのがいやでしょうがないんだ。あんなものを発明した奴は、万死に値する。人間は便利になることと引き替えに、そうやって不快なことを次々と押しつけられていくんだ。ものを作る人間は、そこまで考えて新製品を考案しなければならないのに、おそらく誰もそんな覚悟など決めていないのだろう。おお、そうはいっても電子メールは別だ。あれはその点、大変素晴らしい。相手の都合を考えなくていいところが快適だ。だからぼくは、初対面の相手には必ずメールアドレスを訊くことにしている。今どきメールアドレスを持っていないような人とは、幸い接する必要がないんでね。しかしこの前は抜かった。君の興味深い体験を聞くことに夢中になってしまい、メールアドレスを訊き忘れた。そのせいで、こうやって電話で直接話をするなどというローテクに頼ることになってしまった。ぼくとしたことが、世紀の大失敗だ。いや、でも在宅していてくれたのでその失敗も最小限に食い止められたよ。よかったよかった」

真崎教授はこちらに口を挟ませず、一方的に演説を続けた。ぼくは教授の話す内容を理解するのに精一杯で、相槌のひとつも打てなかった。

「聞いてるか？　聞いているな。うん、それならよろしい。ぼくはあまり暇な身ではない。今だって、二分ほど時間ができたから電話をしてみたんだ。よけいなお喋りをしている場合じゃないんだよ」

まるでぼくの方からつまらない話題を振ったかのようなことを言うが、反駁する余地もなかった。真崎教授はマシンガンのように続ける。

「紙谷君から、また興味深い話を聞いたよ。実はそのすぐ後に、ちょっと面白いことを連想したんだが、忙しくて君に伝える暇がなかった。いいか、一度しか言わないから、きちんと聞いておくんだぞ。ぼくの仮説が合っているなら、これは面白いことになる」

「仮説？　何かわかったんですか」

　ぼくはようやく言葉を発することができた。真崎教授は忙しなく頷く。

「うんうんうんうん。ただの仮説に過ぎないがね。君の身に起きた現象を説明するには、こんな突拍子もない発想を持ち出すしかないだろう。いいかい、きちんと聞きたまえ。これは数年前に発表された、Ｋ――大学の実験結果だ」

　真崎教授は、ひたすら滔々とまくし立てた。専門用語を駆使する真崎教授の説明は難解だったが、やがてぼくは驚きに打たれて居住まいを正した。

53

「恵梨子さんですか。ぼくです。和泉です」

「ああ、今日はどうも。疲れなかった？」

「大丈夫です。お弁当、本当に嬉しかったですよ。どうもありがとう」

　恵梨子の気さくな口振りは、電話でも変わらなかった。ぼくはいつまでもお喋りしていたい気持ちを抑えて、用件を切り出す。

「ところで、ちょっとお願いがあって電話したんです」

「お願い？　何？」

「確かめたいことがあるので、もう一度北沢さんに会いたいんです。アポイントを取ってもらえませんか」

「一哉のお父さんに？　何かわかったことがあるの？」

「それを確かめるために、もう一度北沢さんに会いたいんです。連絡をとってください」

「いいわよ。でも忙しい方だから、すぐには無理だと思うけど」

「なるべく早い方がいいです。なんとかお願いします」

「うん、連絡はしてみるけど、でもどんなことなの？　まずあたしに話してみてよ」

「話します。でも、北沢さんに確認をとってからです。まだ仮説に過ぎないんで」

「仮説でもいいわよ。何がわかったの？」

「そうだ。その前に恵梨子さんにも確かめなければいけないんだった。この一週間の間のことなんですが――」

ぼくは恵梨子に大事なことを確認し、そしてその結果に満足した。恵梨子はすべてを明かさないぼくに不満そうだったが、北沢氏に連絡をとることは約束してくれた。

「その代わり」恵梨子は命令口調で付け加える。「その席には、あたしも同席するからね。和泉君ひとりで行くよりも、その方が気楽でしょ」

「えっ、恵梨子さんもですか？」

そんなことは考えていなかったので、ぼくはしばらく抵抗したが、結局押し切られてしまった。どんなことであれ、恵梨子の希望に逆らうことなどできなかった。

その翌日には、北沢氏に連絡がついたと、恵梨子から折り返しの電話があった。北沢氏は来週の日曜日に、三十分ほどなら時間を割いてくれるという。それでかまわないと承知して、電話を切った。

日曜が来るまでの一週間を、ぼくはおとなしく過ごした。謎の女の一派を刺激したくはない。こちらの意図が伝わったのか、身に迫る危険は感じられなかった。ぼくは日曜日が来るのを、淡々とした心境で待ち続けた。

先々週と同じように、登戸駅で恵梨子と待ち合わせた。恵梨子はあれこれ尋ねたそうだったが、北沢氏にも説明するからとしかぼくは答えなかった。恵梨子は不満そうに口を尖らせる。

北沢邸に到着すると、今回は先日のように待たされることなく、すぐに氏は姿を現した。「やあ、またいらしていただけるとは嬉しいですよ」と、社交辞令とは思えない歓迎ぶりを示してくれる。ぼくたちは丁寧に頭を下げて、駅前で買ってきた手みやげの和菓子を差し出した。

「ああ、こんなお気遣いは無用に願いますよ。もし今度いらっしゃる機会があったら、手ぶらで来てください」

そう言いながらも北沢氏は、相好を崩して和菓子を受け取った。「実は甘いものには目がないんですよ」と言ったくらいだから、喜んでもらえたようだ。ぼくはそんな北沢氏を見ながら、おもむろに本題を切り出した。

「また先日の話の続きで恐縮なんですが、聞いていただけるでしょうか」

「もちろん、お聞きしますよ。何か新しいことでも判明しましたか」

北沢氏はインターホンで夫人を呼び、和菓子を食べられるようにしてくれと頼んだ。夫人はぼくたちに「ごゆっくり」と声をかけて下がる。ぼくはそれを見送って、続けた。

「数年前のことですが、Ｋ——大学の理学部が、ある興味深い実験結果を発表しているんです。ご存じでしょうか」

「いや、知りませんねぇ。一応新聞はくまなく目を通しているつもりですが、さすがに専門外の記事までは憶えていませんよ」

「そうですか。その記事自体は小さかったそうですが、かなり画期的な内容でした。摘出心臓の長時間保存に成功したというんです」

「摘出心臓の長時間保存？」

北沢氏は眉を顰める。ぼくの話がどこに向かおうとしているか、一瞬で悟ったようだ。

「そうです。もちろん人間ではなく、ラットでの実験ですけどね。K——大ではクマムシなどの小さな生物が百度以上の高温や氷点下の環境でも生き続けられることに着目し、それをもっと大きい生物でも応用できないかと考えたそうです。具体的には、クマムシは乾燥させて体から水分を減らすと、六千気圧もの超高圧にも耐えて生き続けるそうで、これは水分を減らしたことで代謝を落とし、仮死状態で生きているとのことです。ですから摘出心臓も同じような方法で、まず細胞を保護する保存剤でよく洗浄した後、周りを除湿剤のシリカゲルで囲む。そして、他の物質と反応しないようにパーフルオロカーボン液というものに浸して、摂氏四度の状態で保存します。それを十日後に取り出して、保存液を三十七度にして心臓に送り込むと、二十分後にその心臓は動き出し、二時間余り心電計で拍動を計測することができたそうです」

ぼくは真崎教授から教わったことを、そのまま口にした。恵梨子はぽかんとした顔で、ぼくの説明を聞いている。対照的に北沢氏の顔からは表情がなくなっていた。

「この実験結果がイギリスのニュー・サイエンスという科学雑誌に発表されたのは、もう何年も前のことです。それ以降、この実験に関する新たな発表はありません。ですが、技術はもっと進んでいると考えてもおかしくないでしょう」

「それを人間に応用できる、ということですか」

「おそらく」

「つまりあなたは、やはり一哉の心臓が移植されたと考えているんですね。通常なら四時間しか保《も》たない摘出心臓を、その技術のお蔭で二十四時間以上も保存することができた、と」

「そうとしか思えないんです。ぼくの体に起きている様々な現象から類推すると」

「なんのために、そんなことを？」

「わかりません。それを伺うために、今日はお邪魔したのです」

「私がその理由を知っていると考えているんですか？　どうして？」

「遺族の了承がなければ、心臓の摘出などできないでしょう。まさか、病院が無断で行《おこな》ったと主張するのではないでしょうね」

「私は知りませんよ。一哉は通常の心臓死だった。それは、あなたがなんと主張しようと動かない事実です」

「申し訳ありませんが、ぼくはあなたの言葉を信用できない」

「どうしてですか。私はそんなに疑わしい人間でしょうか？」

　北沢氏はぼくの失礼な言葉に怒るでもなく、逆に愉快そうに肩を竦めた。ぼくは相手の出方に安堵しながら、切り札を提出した。

「それは、あなたが《ゴッド・コミッティー》の一員だからですよ」

54

ちょうどそのとき、夫人がお茶を運んできてくれた。ぼくたちが持ってきた和菓子も、立派な漆器に移されて差し出される。夫人はぼくたちの対話に加わろうとはせず、そのまま部屋を出ていった。

「《ゴッド・コミッティー》？　それはなんですか」

北沢氏はお茶をゆっくりと飲んでから、何食わぬ顔で白を切る。だがぼくは、自分の考えに確信を抱いていた。

「一種の概念です。実際の名称は知りません。移植を受けるレシピエントの順位を決める、決定機関のことです」

「レシピエントの順位は、ＪＯＳＣが決めるのでしょう。それくらいは門外漢の私でも知っている」

「ＪＯＳＣが公にしている順位決定の細目は、病状や登録期間の長さ、臓器との適応の度合い、それと臓器輸送にかかる時間などです。しかしこの他に、現在や未来の社会貢献度などを考慮に入れるという考え方もある。そうした基準に則《のっと》って判断を下す機関を、《ゴッド・コミッティー》と呼ぶそうです」

「私がその一員であると？　なぜ？」

「ぼくはここ一カ月ほど、《ゴッド・コミッティー》の人間と思われる女から脅迫を受けていました。ぼくの体の謎を調べるのはやめろと、脅されていたんです。先週は実際に、パチンコ玉で狙われました」

「そんなことがあったの――！」

恵梨子は息を呑んで、声を上げた。ぼくは安心させるように、彼女に頷きかける。

「大丈夫。大したことはありませんでしたから。その女は、最初は一方的に脅迫するだけでした。でも先週の電話では、いろいろ喋ってくれました。そのときに女は、失言をしたんです」

「失言？」

北沢氏はあくまで愉快そうだ。それが上辺だけのことなのかどうか、ぼくには判断がつかない。

「ええ。ぼくは女に、一哉さんが殺されたときの状況を話しました。ジョギングをしていた人が見つかれば、ぼくに一哉さんの記憶が転移したことが客観的に裏づけられる、と。そのときに女は、『そんな男性は、警察の聞き込みでも見つかっていません』と言ったんです。ぼくはジョギングをしていた人が男性だなどとは、ひと言も言ってないのに」

「それで、あたしがそのことを誰にも言ってないかって確認したの？」

恵梨子が驚きを露《あら》わに口を挟む。ぼくは「そう」と認めた。

「ぼくがジョギング姿の男性の話をしたのは、ここに来たときが初めてです。つまり、ぼく以外には恵梨子さんと北沢さんしか知らないことなんです。だからぼくは、恵梨子さんがそのことを誰かに話さなかったかと確認した。恵梨子さんは、親にも話してないと言った。つまり、脅迫電話をかけてきた女にその話をしたのは、北沢さんしかいないんです」

「なるほど。恵梨子さんを無条件でオミットしてしまうところは消去法として不完全ですが、着眼点はいいと思います。これはこちらの失敗でした」

北沢氏の口調はまったく変わらなかったが、その言葉には息を呑まざるを得なかった。ついに北沢氏は、自分が《ゴッド・コミッティー》の一員であることを認めたのだ！

「親の情に流されましたね。すでに解決している事件なのだから、新情報など無視してもかまわなかったのに、つい確認したくなった。そのせいでこんなミスをしてしまうとは、お恥ずかしい限りです」

「あなたが、ぼくに脅迫電話をかけさせたのですか」

ぼくは自分の声が震えているのを自覚した。だが、今はそれを恥じている心の余裕すらなかった。

「言い訳をするようですが、私は最後まで反対したんですよ。そういう粗暴な真似をしても、いい結果は得られない。そう主張したんですけどね、聞き入れてはもらえなかった」

「どっちでもいいことです。ぼくはあんな電話をもらって、本当に怖かった。あれほどの恐ろしい思いをぼくに味わわせた一派の人間は、みんな同類です」

「ごもっとも。それに関してはお詫びしますよ」

北沢氏は丁寧に頭を下げる。ぼくは馬鹿にされているのか、それとも額面どおりに受け取っていいのか、判断できなかった。

「教えてください。なんのために一哉さんの心臓をぼくに移植したんですか。どうしてそれを公に発表せず、橋本奈央子などという架空のダミーを作り上げたんですか」

橋本奈央子は存在しなかった。それがぼくの推理だった。ぼくが会った両親は、おそらく俳優か何かだろう。だからぼくと面談した後は、役割を終えていなくなってしまった。そうとしか考えられなかった。

「橋本奈央子のことは、いわば保険です」

「保険？」

「ええ。レシピエントがドナーに興味を持つ場合を想定して、念のために設定しておいたわけです。まさか本当に役に立つとは思いませんでしたが」

「ぼくは新聞で橋本奈央子の存在を知ったんです。《ゴッド・コミッティー》はマスコミの情報操作までできるんですか」

「ひとつお断りしておかなければならないのですが、我々はかつて一度も《ゴッド・コミッティー》などと自称したことはありませんよ。まあ正式名称はないので、今はわかりやすくそう呼んでもらってもかまいませんが」

「どうでもいいことです。質問に答えてください」

「和泉さんは怒っているのかな。まあ当然かもしれないが、しかしちょっと待って欲しい。私の話を聞けば、きっと我々に感謝するはずだ」

「聞かせてもらいます」

「では、説明しましょう。まずマスコミへ流した情報のことですが、確かに我々には多少の力があります。検事の私がメンバーに加わっているくらいですから、各方面の有力者が集まっているとお考えください。それに我々は、人間の生死を左右する仕事を担っている。多少の権限を持っていないと、いろいろ不都合が出てくるのですよ」

「ぼくが手術を受けて退院するまでの間に、ドナーの記憶が転移したなどと妙な主張を始めたので、あなたたちはびっくりしたんでしょうね。ぼくはドナーのことを強く知りたがった。実際に新聞記事を頼りに聞き込みなんて真似もした。それを知って、ぼくを諦めさせるために偽の家族を用意したんでしょう」

「そのとおり。すべてわかってるんじゃないですか。あのマンションも、橋本奈央子の遺族も、急遽《きゅうきょ》用意したものです。どうなるかと心配しましたが、彼らの演技はあなたたちにも通用したようですね」

「すっかり騙されました。あの人たちが偽者だなんて、一瞬も疑いませんでしたよ」

「彼らは本職の俳優ですからね。あれくらいのことはできないと困る。しかし、うまくいって我々が安堵したのも事実ですよ」

「それでもぼくは諦めなかった。だから警告を与えたわけですね」

「そこが意見の分かれたところでした。あなたには長く生きてもらわなければ困る。実際に暴力的な手段に出ることなどできないのです。だから、できるなら警告を呑んでおとなしくして欲しかった。我々は、あなたの性格を読み誤ったようです」

「まさか、ここまで行動力があるとは思わなかった、というわけですね」

　これは、ぼく自身が驚いている点でもあった。以前のぼくであれば、もっと早い段階で諦めていたことだろう。これも、真のドナーである一哉の影響なのだろうか。

「もう一度伺います。なぜ保存心臓の移植に成功したと、正式に発表しなかったんですか。これは画期的なことではないですか」

　ぼくにとって最大の疑問が、そのことだった。彼らの思惑についてまでは、真崎教授も説明してくれなかった。おそらく興味がなかったのだろう。ぼくひとりで考えても、どうしてもわからないことだった。

「保存心臓の移植には、九十九・九パーセントの自信があった。だがそれはあくまで〝完全に近い〟自信であって、〝完全な〟自信ではないのですよ。百パーセント成功する手術でなければ、公にするわけにはいかなかったんだ」

「あなたたちには、マスコミを操作する力があるのでしょう。失敗しても、それを抑え込むことができたんじゃないですか」

「新技術に基づく手術の失敗を隠蔽《いんぺい》するより、実際にはなかった死亡事故の記事を捏造《ねつぞう》する方が簡単だった。単純にそういうことです」

「つまり、ぼくは極秘の人体実験に使われたってことですね」

「そう受け取られるのは心外です。我々には九十九・九パーセントの自信があった。だからこそ、手術に踏み切ったのです。五分五分の手術をしたわけではない。そこをわかって欲しい」

「なんと言い繕おうと、人体実験には変わりないでしょう。あなたたちに、人の命を弄《もてあそ》ぶ権利があるんですか」

　北沢氏はぼくの問いかけには答えず、悠然と和菓子に手を伸ばした。ひとかけらを口に運び、うまそうに頬張る。そしてお茶で喉を湿らせ、おもむろに続けた。

「やはり数年前のことですが、あなたの話とは別のK——大学医学部で、ある実験を行おうとしたことがある。脳死ではなく心臓死した人の心臓を摘出して、その機能を回復させようという実験だ。動物実験の段階では、死亡して一定の時間が経った犬から心臓を摘出し、それを生理食塩水に浸して保存して、血液循環装置に繋いだ。死亡後三十分で摘出した犬五匹の心臓は、すべて正常に動き出した。四十五分後摘出の心臓は、六匹中三匹、一時間後では八匹中二匹の機能が戻った。つまり、動物実験の段階では、かなりの成功率を誇っていたというわけだ。だからK——大では、人間を対象とした実験を行いたいと、大学の倫理委員会に申請した。もちろん死亡した人の遺族には充分な説明をし、同意を得て、希望があるなら実験結果も包み隠さず話し、研究後には心臓を遺体に戻す配慮をするつもりだった。この実験が成功していれば、脳死問題に関する倫理的課題のほとんどがクリアーできるはずだった。しかし実際には、時期尚早だということで却下された。正当な手続きを踏んだ実験では、結局こういう結果になるのが落ちなんですよ。今回の手術だって、正式に発表していたなら、おそらく少なからぬ数の学者が反発したはずだ。そして、救われるはずの患者が何人も、みすみす死んでいくことになる」

北沢氏はメモも見ずに、すらすらとデータを口にした。すぐにそうしたデータが出てくるところに、氏の優れた知性を感じる。北沢氏は続けて、「とはいっても、心臓死後の心臓摘出は、あまりに非現実的でしたけどね」と付け加えた。

「それが可能なら一番いいのだが、実際には難しい。今の医療技術をもってしても実現不可能なのだから、当時の技術ではとうてい無理でしたでしょう。だから我々は、脳死者の臓器保存の方向性を模索した。こちらは、成功させる自信があった。現にあなたは、こうして今も生きている」

「失敗していたらどうするつもりだったんですか」

「失敗はしない。そういう確信があった」

「ならば、正式に発表して手術を行えばよかったでしょう。それができなかったのは、失敗する可能性があったからじゃないんですか」

「我々は日本人の死を預かっている。軽々に行動するわけにはいかなかったのです。人体実験に使われたと憤るあなたの気持ちはよくわかる。だが、今回の手術を拒否すれば、あなたに臓器が回ってくるのはずいぶん後になっていた。あなたの優先順位は、それほど高くなかったのですよ。我々に感謝することになると言ったのは、つまりそういう意味です」

ぼくは北沢氏の説明に絶句した。社会貢献度まで加味して順位を決定するのが《ゴッド・コミッティー》ならば、ぼくは存在意義が低いと見做されたというわけだ。自覚はあったものの、そうはっきり言われると衝撃だった。追及の言葉も失ってしまう。

「どうして、優先順位を無視して和泉君に移植されることになったんですか」

ぼくの代わりに、恵梨子が質問をぶつけてくれる。北沢氏は彼女の方に顔を振り向けた。

「HLA抗原が完全に一致したのですよ。これは通常ではめったにないことだ。何しろHLAの種類は、三百種以上発見されているのですから。今回の場合、手術の成功率を限りなく百パーセントに近づけるために、HLAの一致も条件になった。その他に和泉さんは、一哉と体格や年齢が近かったこと、ABO式の血液型が一致したこと、これらの条件にことごとく当てはまって、レシピエントに選ばれたのです」

つまり、ぼくが今こうして生きているのは、幸運に恵まれたからだということか。実験動物としてでなければ、ぼくには生きている価値などないのだ。

「この手術は、いずれ行われる予定だった。ドナーの選定が一番悩ましい問題だったが、なんと私の息子が脳死状態になってしまった。息子はドナーカードにサインをしていたので、あらゆる障害が一気に解消されたのです。私は息子の死を嘆いている暇もなく、プロジェクトを発動させなければならなかった。辛い毎日でしたよ」

　初めて北沢氏は、内心を吐露するようなことを言った。ぼくは、それを演技だとは思わなかった。

「和泉さん、あなたの手術が成功し、こうして私に会いに来たときは、率直に嬉しかった。息子の死が無駄にならなかったのだと、プロジェクトの一員という意識を超えて、ただ嬉しかったのですよ。だから、本当なら会う必要もないのに、お目にかかりたくなってしまった。その結果、こんなミスをしてしまったのだから、困ったことです」

　北沢氏は苦笑を浮かべる。その表情には、確かにぼくたちへの親しみが仄見えた。ぼくは〝敵〟であるはずの北沢氏に、どうしても憎しみを向けることができなかった。

「これが、お話しできるすべてです。納得していただけましたか」

「不明な点は明らかになりました。ですが、あなたたちの組織に対する憤りは癒えません」

「我々があなたを選ばなければ、あなたは手術を受けられなかった。そう知っても、やはり腹が立ちますか」

「あなたたちは、人間としての通常の感覚を失っているんだ。だから、ぼくの気持ちがわからないんですよ」

「そうかもしれません。しかし、そうなる必要があることなのです」

「ぼくはこのことをマスコミに発表します。日本ではこんなことが行われているんだと、世界に向けて発信する義務がある」

「荒唐無稽すぎて、誰も信じてくれないでしょう。あなたの言うことには、なんの証拠もないのです。それに、我々にはそんなことをさせないだけの力がある」

「確かにあなたたちにはマスコミを抑える力があるでしょうが、全マスコミの口を封じることは不可能でしょう。どこかがきっと、ぼくの話を発表してくれるはずです」

「それで医療現場に混乱が起きてもいいんですか。摘出臓器の保存は、この後正式に発表されて実用化への道を踏み出す予定だ。摘出臓器の保存期間が延びれば、移植を待つ患者がどういう恩恵を受けられるか、あなたもわかるでしょう。これまでは輸送距離の問題で移植を受けられなかった患者が、これからは受けられるようになる。以前なら死を待つしかなかった人々が、新しい技術のお蔭で助かるのです。それだけじゃない。臓器が二十四時間も保存できるなら、海外との交流も可能になる。海外から臓器をもらったり、あるいは逆に海外へと提供することもできる。これは日本だけの問題ではなく、世界各国に福音をもたらす成果なのです。それを、あなたひとりの憤りのためにすべてぶち壊すのですか。あなたのように救われる人が、何人もみすみす亡くなってもかまわないんですか」

「《ゴッド・コミッティー》なんていらない。諸外国のように、常識的なレシピエント選抜が行われるべきなんだ。あなたたちの存在を黙っているわけにはいかない」

「そうですか。それは大変残念なことです」

北沢氏は俯いて、ひどい疲労に耐えるように目頭を揉《も》んだ。そして毅然と顔を上げると、ぼくを睨んだ。

「ならば仕方がない。再三言っていることですが、私は暴力は好まない。今から言うことは、決して私の本意ではない。あなたが言わせることです」

「また、脅迫ですか」

「あなたが言わせるのです」北沢氏は本当に辛そうに、そう繰り返した。「我々にとってあなたは、希望の存在だ。いつまでも生き続けて欲しいと思っている。だから、あなたを殺すわけにはいかない。しかし、あなたの体だけが生きていればそれで事足りるのです。あなたの意識は必要ない」

「どういう……意味ですか」

「あなたが植物状態で生き続けようが、心臓さえ動いていればそれでいいのです。私はそんなむごいことはしたくない。ですから、ぜひとも自重をお願いしたい。これは脅迫ではない。懇願《こんがん》だ」

「お父さん！」

目を見開いて、恵梨子が叫んだ。北沢氏の言葉にショックを受けているのだろう。北沢氏は娘に向けるような優しい眼差《まなざ》しで、彼女を見た。

「恵梨子さん、私のことをまだお父さんと呼んでくれるんですね。私は一哉があなたを連れてきたとき、ひと目で気に入りました。なんと聡明なお嬢さんかと、感激したものです。できるなら、息子と添い遂げて欲しかった。そうなっていれば、お互いこんな辛い思いをせずに済んだのに。私は小田が憎い。息子を殺されたときよりも、今の方がもっと憎い」

北沢氏はふたたび目頭を揉んだ。そして、長い間顔を上げようとしなかった。

55

完全に打ちのめされた思いで、ぼくたちは北沢邸を後にした。ぼくも恵梨子も、発するべき言葉を持たずにただ沈黙し続ける。ある程度事態を承知していたぼくでさえ衝撃を受けているのだから、すべてを初めて知った恵梨子のショックは並大抵のものではないだろう。まして恵梨子にとって北沢氏は、亡き恋人の父親なのだ。彼女が何を思うのか、ぼくが推し量ることはできなかった。

ようやく恵梨子が言葉を発したのは、電車の中でのことだった。恵梨子は窓の外の景色に目をやり、今どこを走っているかを確認して、ぼくに言った。

「ねえ、今日はまだ時間あるかな。暇なら、新宿で喫茶店にでも入らない？」

「えっ、どうしてですか？」

思いがけない提案に、ぼくは訊き返す。恵梨子は厳しい顔で続けた。

「少し考えたいんだ。よかったら、付き合ってよ」

「それはかまわないけど……」

いったい何を考えるのだろう。ぼくたちに考えるべきことなど残されているのだろうか。ぼくはそうした疑問を覚えたが、口には出さなかった。すっかり負け犬気分でいるぼくとは違い、恵梨子には何か期するものがあるようだ。

新宿に着いてからぼくたちは、そのままターミナルビルを上り、目についた喫茶店に入った。間接照明を多用した落ち着いた雰囲気の喫茶店は、ゆっくり話をするには最適だった。

コーヒーを注文してから、恵梨子は改めてぼくの目を見つめる。

「びっくりしたよ。事前に説明しておいてくれればよかったのに」

「確証がなかったんです。言葉で追いつめて、北沢さん自身に語ってもらうしかないと思ってた」

「まあ、どうせ先に聞いてたとしても、信じなかったと思うけどね。まさか、あのお父さんがあんなことを言うとは思わなかった」

「でも、北沢さんの言うことにも一理あるんですよね。極秘の人体実験なんて絶対に許せないけど、そのお蔭でぼくは今生きているんだし、今後も何人もの人が救われるんだ。ぼくの意地だけですべてをぶち壊してしまっていいわけがない」

「何言ってるのよ！」ぼくの言葉に対し、恵梨子は激しい反応を示した。「何言ってるの。あんな脅迫を受けて、はいそうですかって泣き寝入りするつもり？　冗談じゃないわよ」

恵梨子は憤然と言って、コーヒーを荒っぽく飲んだ。しかしぼくは、彼女ほど熱くはなれない。

「ぼく、これからも定期的に診断を受けなきゃならないんですよ。ぼくの手術をした病院は、当然今回のことは知っているはずです。つまり《ゴッド・コミッティー》側の人たちなんです。ぼくは《ゴッド・コミッティー》に逆らって生きていくことはできないんですよ」

情けなかったが、それが実状だった。風間先生がぼくに隠し事をしていたのはショックだが、それでもぼくはその力に頼るしかない。免疫抑制剤の投与を打ち切られては、ぼくはすぐにも死んでしまうのだ。

「でもね、でも、泣き寝入りだけはいやなのよ。そりゃ、これから助かるかもしれない何人もの心臓病患者のことを持ち出されたら、引き下がるしかないよ。それでもやっぱり、ただ一方的に脅されて泣き寝入りするのは悔しいじゃない。悔しくない？」

「悔しいですよ。ぼく、たぶん今日は眠れない」

存在価値が低いと見做されたぼくの怒りは、恵梨子でもわからないだろう。ぼくは今日のことを、一生忘れない。

「じゃあ、なんとかしようよ。沈黙の代償に安全を買うんじゃなくって、自力で自由を勝ち取ろうよ」

「自力で自由を？　どうやって？」

「だから、それを一緒に考えようって言ってるんじゃない。何か、彼らをぎゅうぎゅうにやり込める手段はないかな」

マスコミや警察にまで影響力を及ぼす《ゴッド・コミッティー》を相手に、ぼくたちふたりでいったい何ができるだろう。恵梨子の気持ちはわかるものの、その主張には唖然《あぜん》とさせられるだけだった。

「証拠がないって、北沢さんは言ってたわよね。確かに今日のことをそのまま発表しようとしても、どのマスコミも信じてくれないわ。証拠があればいいのよね。決定的な、誰が見ても歴然としている証拠が」

「もともと、ぼくが見た夢から始まっている話ですからね。そんなの作り話だろうって言われたら、それでおしまいだ」

「例のジョギング姿の人が見つかったとしても、それは《ゴッド・コミッティー》の存在を示す証拠にはならないもんね。うーん、何かないのかな……」

恵梨子は悔しげに眉を顰め、指で眉間《みけん》をとんとんと叩いた。ぼくも彼女の真剣な様子に釣られて、なんとか知恵を巡らしてみる。歴然とした証拠か。そんなものを《ゴッド・コミッティー》が見逃しているわけもないのだが……。

「ある！」

だがぼくは、天啓のように閃《ひらめ》くものを感じた。思わず大声を出してしまい、次の瞬間には周囲の目をはばかって首を竦める。恵梨子は「しっ！」と言って口に指を当ててから、「なになに」と身を乗り出した。

「何かあるの？　ぐうの音も出ないような、はっきりした証拠じゃないと駄目なんだよ」

「ありますよ、あります。恵梨子さんが持ってるじゃないですか」

「あたしが？」

恵梨子は意味がわからず、ぽかんと口を開ける。ぼくは笑って頷いた。

「髪の毛ですよ。髪の毛が、立派な武器になる」

ぼくは準備に一週間をかけ、そしてそれが整ったと確信してから、三たび北沢氏に接触をとった。北沢氏はなかなか摑まらず、ぼくを避けているのではないかと思われたが、やがて折り返しの連絡が入り、三週間後ならば時間を作れると伝えてきた。どうやら本当に多忙だったようだ。

56

三週間という時間を相手に与えてしまうことは不安だったが、ぼくたちにどうにかできることではなかった。幸い、すごすごと引き下がったことで納得したと判断されたのか、ぼくの身辺に不穏な動きはなかった。恵梨子ともまめに連絡をとり合ったが、やはり彼女の方も変わったことはないという。暴力に訴えたくはないという北沢氏の言葉は、少なくとも嘘ではなかったのだと思わざるを得なかった。

そして、北沢氏との会見の日。ぼくは恵梨子とともに、敵陣に乗り込む覚悟で北沢邸に赴いた。玄関先に出てきてぼくたちを迎えた夫人は、何も知らないのかいつものように愛想良くしてくれる。ぼくたちも尋常の挨拶をして、応接室へと向かった。

今日は、北沢氏の方が先にぼくたちを待ち受けていた。「ようこそ」と言って、坐るよう促す。だがその表情には過去二回のような親しみやすさはなく、堅く引き締められていた。ぼくたちも、緊張したまま腰を下ろす。

「この前の話で、あなたたちは納得してくれたものと思っていました」

まず北沢氏の方から口を開いた。ぼくは首を振って、きっぱりと否定する。

「納得できるわけがありません。あんな暴力的な恐喝を受けて、にこにこしていられるとお思いですか。ぼくの生殺与奪権は、あなたたちに握られているわけでしょう」

「生殺与奪権ね。表現としてはきついが、しかしまさにそうかもしれない」

「今日は、取引のために伺ったんです。聞いてもらえますか」

「どんなことでも。もちろん、その取引とやらに応じられるとは限りませんが」

「あなたたちに選択の余地はありません。応じるしかないはずです」

ぼくは声が震えないようにと祈りながら、あえて強気に出た。北沢氏は「ほう」と言いたげに眉を吊り上げる。

「どういうことなのか、よくわかりませんが。なぜ、我々には選択の余地がないんでしょう」

「ぼくは、自分が受けた手術に隠されていた秘密のすべてを、全世界に向けて発表する準備があります。あなたたちがマスコミを抑えたとしても、今はインターネットがある。ぼくは海外のプロバイダーにホームページを開き、このことを広く世界に訴えることができます」

ぼくひとりでは難しくても、雅明君の協力があれば充分に可能だ。実際雅明君は、ぼくの話を聞いて興奮し、手伝うことを快諾してくれた。すぐにもページ作りに取りかかるという雅明君を、ぼくの方が止めなければならなかったほどだ。

「なるほど。しかし一個人が設置したページに、信憑性などないでしょう。黙殺されるのが落ちではないですか」

北沢氏も当然そんなことは検討済みだったようだ。慌てるでもなく、冷静に反論してくる。

「ぼくには証拠がある。橋本奈央子という架空の人物ではなく、一哉さんの心臓が移植されたのだという歴然とした証拠が。これがあれば、黙殺などはされないはずだ」

「証拠？　そんなものがありますか」

北沢氏はまだ気づいていないようだ。ぼくはゆっくりと、自分の胸を指差した。

「ここに、証拠があります。心臓という、疑いようのない証拠が」

ぼくの言葉に、北沢氏は初めて微妙な反応を示した。ぼくの顔と胸を交互に見て、しばし考え、そして「なるほど」と頷く。

「なるほど。そういうことですか」

「もうおわかりのようですね。そうです。あなたたちは、こんな大きな証拠を残していたんですよ」

「しかし、それはやむを得ない。我々にはどうしようもないことだったな。それを逆手に取られては、黙り込むしかない」

「レシピエントに移植されたとしても、ドナーの臓器が持つDNAはドナー特有のものだ。そしてこちらには、一哉さんの遺髪がある。心臓のDNAと遺髪のDNAが一致すれば、これ以上はっきりとした証拠はない」

DNA鑑定は、真崎教授を通じてできることになっている。いくら《ゴッド・コミッティー》でも、それを妨げることは不可能だろう。北沢氏は恵梨子が遺髪を持っていることを思い出し、瞬時にすべてを悟ったようだ。ぼくは、自分たちの勝利を確信した。

「細かいことを指摘しましょうか。あなたは歴然とした証拠と言うが、実はそうでもない。恵梨子さんが持っている髪の毛が、一哉のものであったという確証はないのですよ。その遺髪は、橋本奈央子のものであると強弁することもできる」

「まだ、そんなことを言い張るんですか」

「ただ論理の穴を指摘しただけのことです。DNA鑑定ならば、遺髪ではなく遺骨からでも可能だ。そうしたなら、さすがに我々も認めざるを得ない。どうやらあなたたちの勝ちのようですね」

北沢氏は、いっそ嬉しそうに敗北を認めた。硬かった表情が、ようやく綻ぶ。

「それで、取引とはなんですか。それを発表しないことが、そちらの提示条件ですね」

「そのとおりです。ぼくは、今度のことを発表しない。その代わり、ぼくと恵梨子さんの将来に亘る安全を要求します。ぼくたちは脅迫に屈したりはしない。あくまで対等に、自由を勝ち取ります」

「よろしいでしょう」北沢氏は語調を強め、そして微笑んだ。「あなたたちの要求はわかりました。私は全面的に敗北を認めます。あなたと恵梨子さんの、半永久的な安全は保障しましょう。あなたはこれからも、これまでどおり治療を受け続けてください」

ぼくはその言葉を聞いて、足許がとろけるほどの安堵を味わった。恵梨子も同じように、安堵の吐息をついている。北沢氏の言葉を疑うこともできるが、しかしぼくは信用できると確信していた。北沢氏が保証するなら、ぼくたちの安全は確保されたのだ。

「私は嬉しいですよ。これは皮肉でもなんでもない。本心だ。よくそのことを思いついてくれた。それだけの材料があれば、私以外のメンバーも黙らせることができる。過激な主張をする者も、仕方ないと納得するでしょう」

そして北沢氏は、ぼくたちに等分に視線を送る。その目には、慈しみが滲んでいるようにも見えた。

「息子の心臓が移植されているから、あなたを助けたいわけじゃない。お目にかかってまだ日は浅いが、私は和泉さんの行動力や知性を大変高く評価している。あなたのような人こそ、臓器移植を受けて助かるべき人だ。我々の思惑のために、あなたほどの逸材を潰したくはなかった」

「ぼくは、それほどの人間じゃないです」

ぼくは言葉に皮肉を込めずにはいられなかった。ぼくの存在価値を認めなかったのは、他ならぬ《ゴッド・コミッティー》ではないか。いまさらそのようなことを言われても、素直に喜べるはずもなかった。

「我々のレシピエント決定方法が間違っていることを、今はっきりと認識しました。あなたは最優先に臓器を提供されるべき人だった。これは持ち帰って課題とさせてもらいます。もう一度、システムを改める必要がある」

「そういう点にこそ、ぼくが憤っているのがわからないんですか」

「わかっています。我々のことを鬼か悪魔のように思っていることでしょう。しかし、我々は悪の結社ではない。やむにやまれず存在している、いわば必要悪なのです。どうして我々のような機関が設置されたか、聞いていただけますか」

「聞きましょう」

ぼくは傲慢な口振りで応じた。北沢氏個人にはどうしても憎みきれないものを覚えるが、《ゴッド・コミッティー》は別だ。必要悪と称する、その存在理由には興味があった。

「日本で初めて脳死からの臓器移植が行われ始めた当初、レシピエントの優先順位を間違えるというとんでもないミスがありました。JOSCが手作業で順位決定を行っていたのが原因ですが、そのせいで裏に厚生省の思惑があるのだろうなどと様々な憶測を呼びました。透明であらねばならない臓器移植の現場に、またしても不透明な部分が生じてしまったのです。そのために、レシピエントの決定には徹底した公平性が求められるようになりました」

「《ゴッド・コミッティー》の決定が公平とは、ぼくにはどうしても思えない。不透明なのは同じじゃないですか」

「なぜですか。我々の機関を構成するメンバーは、多方面で重責を担っている者ばかりだ。JOSC内でのみ決めるより、ずっと広い視野に立った判断ができる。それこそが、機関設立の目的だったのですよ」

「人間が人間の生死を左右する事実に変わりはないでしょう。いったい誰が、あなたたちにそんな権利を与えたと言うんですか」

「誰かがやらねばならないことなのです。亡くなった方がひとりしかいないなら、心臓も肝臓もひとつしかないんですよ。移植を受けられるレシピエントは、必ずひとりずつになってしまう。誰かがレシピエントを選ばなければならないんだ。その行為自体を、あなたは非難するんですか」

「不透明であることを非難するんです。誰かが決めなければならないことは、わかります」

「完全な透明性は、非現実的だ。絶対に起こってはならないことだが、結局は裏金などが動いて金持ちだけが優先的に移植を受けられるなどという事態も起こり得る。我々は、それを防ぐための機関なのですよ。裕福な人も、そうでない人も、公平に移植を受けるチャンスがなければならない。しかし現実には、その都度ひとりずつしか助からないんだ。ならば、できる限りたくさんの要因を総合して判断する方が、理性的というものでしょう」

北沢氏の言葉には、強い力があった。ぼくはその内容と語気に圧倒され、一瞬反論の言葉を失う。

「……我々は自分たちのことを神だなどとは思っていませんよ。誰もが皆、苦汁を嘗《な》めてひとりのレシピエントを選定している。選ばれなかった多くのレシピエントがいることも、充分に承知している。痛みも感じている。しかし、誰かが決めなければならないのなら、我々は義務を負います。この日本に生まれ、日本をよりよい国にするために、自分を捨てて努力している者たちばかりだ。我々は自分たちが必要悪の存在だと自覚している。しかし必要悪なのは我々だけではなく、臓器移植という医療そのものなのですよ。人の死を前提とした医療は、諸手を挙げて歓迎されるべきものじゃない。しかし実際には、臓器移植を受けなければ生き続けることのできない人が大勢いる。そうした人の存在を無視して、ヒューマニズムだけで臓器移植に反対する方たちを、私は否定する。技術があり、提供者がいて、そして手術を受ければ命が助かるならば、どんなに必要悪であろうと患者は助けられるべきなんだ。臓器移植は過渡期の医療です。いずれは人工臓器が実用化され、多くの患者を救うでしょう。しかし今は、まだ人工臓器は不完全なものだ。あくまで人間の臓器の補助しかできない。二十年、いや十年でいい。この十年間を臓器移植で乗り切れば、体内に埋め込めるほど小型の人工臓器は実用化される。ならば十年間だけは、我々が手を汚してでも臓器移植の現場を清浄に保たなければならない。それが、我々の決意なのです――」

57

バスは、ゆっくりと停留所に近づこうとしていた。ぼくたちは立ち上がり、降車口へと進む。バスは静かに停車して、ぼくたちを吐き出すと、去っていった。ぼくは不思議な感慨を込めて、バスを見送る。この先幾度、ぼくはこのバスに乗る機会があるのだろうかと考えながら。

　ぼくたちは砧公園に足を踏み入れ、ゆっくりと決まったコースを辿り始めた。この公園に来るときはいつも日差しが柔らかく、清々しい。そしてぼくは、傍らに恵梨子がいる数奇な運命を噛み締める。神が、様々な偶然がぼくに与えてくれた幸運に、心から感謝する。

「……でも、よかったね。何もかも」

　恵梨子は顔を上げて、いまさらのようにそう言った。言葉にすることで、実感を強くしているようだった。

「よかった。本当によかったです」

　ぼくもまた、強く応じた。今のぼくの気持ちは、そんな単純な言葉でしか言い表せなかった。

「たぶんあたし、もうあの家に行くこともないと思う。でも最後に言いたいことを全部言って、向こうの話も全部聞いて、それでさっぱりした。きっと北沢さんもそう思っているよ」

「そうですね。いろいろあったけど、ぼくは北沢さんのことを嫌いになれないです」

「あたしも。和泉君を植物状態にもできるんだぞって凄《すご》まれたときはびっくりしたけど、でもやっぱりあたしが知っている一哉のお父さんだった。ホッとした」

　北沢氏の言葉を、ぼくは一生忘れないだろう。心臓移植を受けた者に、北沢氏の告白は重く響く。脳死からの臓器移植には、確かに様々な問題が内包されている。そしてそれは、決して解消されることはないだろう。だがひとつだけはっきりと言えることがある。それは、今こうして生きていられるのが心の底から嬉しいということだ。ぼくは移植によって命を救われた。それだけは、事実だ。

「和泉君、かっこよかったよ。一歩も引かないで渡り合って、かっこよかった」

「北沢さんにも誉めてもらっちゃいましたもんね」ぼくは照れ臭さから、少しおどけて応じる。「でも、今日のことは自分でも驚いているんですよ。ぼく、本当はこんな性格じゃないんです。内気で引っ込み思案で、あんなふうに堂々と大人と接することなんてできなかったんです。これも、一哉さんの心臓のお蔭かもしれない」

だからこそ北沢氏は、ぼくの態度を喜んだのだろう。北沢氏は気づいていなかったが、亡き息子の姿を見たように感じたからこそ、生意気なぼくを認めてくれたのだ。ぼくは、そう考えている。

やがて、道は芝生の広場に出た。恵梨子はためらいなく芝生に踏み入り、腰を下ろした。スカートなのに大丈夫かとぼくの方が気にしたが、彼女は「平気平気」と言う。ぼくはその隣に坐り、彼方《かなた》を見つめた。

「結局、和泉君の体に起きたことって、なんだったんだろうね。一哉の記憶が移植とともに転移したのはもう間違いないけど、でもどうしてそんなことが起こったんだろう」

　恵梨子は改めて、当初の疑問を口にする。ぼくは頷いて、彼女の横顔を見た。
「それについては、多少わかったことがあります」
　この三週間の間に、ぼくはふたつの情報を得た。ひとつは雅明君からのもので、いつものようにチャットをしているときに教えられた。
《アメリカのサイトを回っていたので、調べるのに時間がかかっちゃいました。和泉さんの体に起きた現象を説明する仮説が、ひとつだけ見つかりましたよ》
　雅明君は例の大人びた口調で、ディスプレイに文字を並べる。ぼくは思いがけない言葉に、目を瞠った。
《そうなの！　どういうこと？》
《主に免疫系の働きを説明するために考えられた仮説だそうですが、人間の体には〝細胞記憶〟というものがあるそうです》
　雅明君の説明を要約すると、次のようなものだった。人間の体は、ポリオワクチンなどの接種を受けると、何十年経ってもその抗原が残っている。それは細胞が記憶しているからだというのだ。
《細胞ひとつひとつが記憶しているのなら、移植の結果ドナーの記憶まで移ったとしても不思議はないですよね》

雅明君は自明のことのように言う。ぼくはなるほどと感心した。

もうひとつの情報は、真崎教授からのものだった。真崎教授は、今度は電子メールを送ってきた。さぞや奇矯な文章が書いてあることだろうと思ってメールを開くと、意外にも中身は普通だった。これならば確かに、電話で話をするよりもメールの方がずっと効率的だなと、ぼくは苦笑した。


この前話した、記憶に関する仮説について書く。別にこれはぼくが発見したことというわけではないから、自慢する気はない。功績は、キャンディス・パートという生化学者のものだ。

パートの研究グループは、人間のニューロペプチドは脳だけでなく、体内の至る所に存在することを発見した。ニューロペプチドはレセプターに取りついて、ニューロンの電気信号を促進する。その電気信号こそが人間の感情であるというのが、パートの仮説だ。つまり人間の体内では、ニューロペプチドとレセプターを介して、脳と体が情報を交換しているというわけだ。

特に心臓は、脳からの命令を受けて動いているわけではなく、ＩＣＮシステムという神経細胞群が独自に動かしていることがわかっている。心臓は脳から独立した臓器だということだ。

　これがどういうことかわかるかな？　ドナーの心臓にはレセプターがある。このレセプターは、レシピエントのレセプターとはまったく別個のものだ。つまり同じ刺激に対して、違う反応を示すレセプターが存在することになる。まして心臓の場合、脳とは独立して動いている。記憶を呼び起こすニューロペプチドが心臓にも存在するのだから、それがドナーのレセプターを刺激し、独自に所有している記憶を再生させても不思議ではない。つまり、君の体に起こっている現象はこういう仮説を持ち出すことで説明が可能なわけだ。気のせいではないということだな。


　ぼくはそうした説明を、嚙み砕いて恵梨子に伝えた。恵梨子は「ふうん」と唸って、不思議そうにぼくを見る。

「それが本当だとしたら、北沢さんが最後に言ってたこともわかるね。人間の心臓はただのパーツじゃないんだ」

　ぼくは恵梨子の言葉に、つい先ほど聞いたばかりの北沢氏の述懐を思い出す。ぼくたちが去る間際に、北沢氏はこのように言ったのだ。

『私は一哉が君の中で生きていると信じたい。君が一哉の記憶を受け継いだことを喜びたい。

しかし、臓器移植を推進する立場としては、あなたのような証言をする人は障害なんだ。なぜなら、人間の主体が心臓にも存在するのなら、臓器移植など不可能になってしまうからだ。あくまで人間の主体は脳でなければならない。だから、その脳が死んだ時点で移植が可能になる。心臓が人体を構成する一パーツなどではないことが証明されれば、移植医療はもう二度と行われなくなるだろう。今はまだ、そういう事態になるのは避けなければならないんだ。だからこそ我々は、必死であなたの疑惑を逸らそうとしたんですよ——』

北沢氏の言うことはわかる。だがぼくは、記憶の転移を北沢氏とは逆の意味で受け取っていた。

一哉は死んでこの世から消えたわけではない。抽象的な概念としてではなく、彼の存在の一部は今でもぼくの中に残っているのだ。いずれは心臓死を迎え、葬儀場で焼かれるはずだった一哉の一部は、ぼくの中で今も生き続けている。ぼくはそれを、すごいことだと思う。やがて、人間の体の神秘がすべて解き明かされる日も来るかもしれない。そのときには、一哉の主体も存在を認められることだろう。だが今は、一哉の存在はぼくの周囲にいるごく数人しか知らない。ぼくの中の一哉は、それをどう思っているだろうか。

おそらく、喜んでいるだろう。ぼくは自分のことのように、そう確信した。ぼくが一哉を知っていて、恵梨子もまた知っている。それでいいのではないかと、すべて肯定したい気分がある。

「ぼく、またもう一枚絵を描いたんですよ。人物画なんです」

ぼくは先ほどから考えていることを、思い切って口にした。それを恵梨子に伝えるために、この公園に誘ったのだ。

「ああ、そういえば絵を見せてもらう約束だったよね。誰の絵を描いたの？」

ぼくはこの三週間で、恵梨子の絵を完成させていた。技術的にはまだ未熟なところがあるだろうが、それでも思いの籠ったいい絵が描けたと思う。一度如月に見せたら、彼はにやりと笑ってこう言った。

『お前、ホントにこの人が好きなんだな。気持ちが絵に出ているよ』

振り返ってみれば、如月が思いつきで口にしていたことはすべて、正鵠《せいこく》を射ていたことになる。天才とはこういう奴のことを言うのだろうなとぼくは感じ入りながら、如月の言葉に耳を傾けた。

『誰が見てもわかるかな。その……、ぼくの気持ちが』

『わかるんじゃない？　本人に見せてみるか』

如月はにやにやしながら言う。ぼくはそんな視線にも、いまさら照れたりしなかった。

「恵梨子さんの絵なんです。夢で見たことを忘れないようにと思って、描き始めたんですよ」

「あたしの?」

恵梨子は意外そうに眉を吊り上げた。そして「そう」と頷く。

「照れ臭いな、それ。綺麗に描いてくれた?」

「ええ、それはもう」

ぼくは言って、もう一度自分の気持ちを確かめた。ぼくは恵梨子への気持ちが自分のものなのかどうかわからない。一哉の感情が、ぼくに伝染しているだけだという可能性は否定できない。それでもぼくは、恵梨子への思いを強く感じる。ここ一カ月の間に彼女と何度も接することで、ぼくは自分の気持ちを、思いを、はっきりと確認した。この感情は自分のものだ、そう言い切る勇気を手にした。だからぼくは、恵梨子に絵を見せることにしたのだ。

「もう一度、会ってもらえませんか。それで、ぼくの絵を見てください」

「会うわよ。そう約束したじゃない」

ぼくの改まった言葉に、恵梨子は何を言うのだとばかりに不思議そうな声で応じた。ぼくは小さく首を振る。

「そうじゃないんです。ぼくは恵梨子さんと実際に会う前から、あなたのことが好きでした。今から思うとそれは、一哉さんの感情だったんだろうと思います。今でもぼくは、自分の気持ちと一哉さんの気持ちの区別がつかない。だから、そのことで悩んでいた時期もありました。でも、ぼくは今こうして恵梨子さんと会っている。夢の中でしか会えない、幻の人じゃない。だからぼくの気持ちも、幻なんかじゃないんだ。だから——、もう一度会って欲しいんです」

断られてもかまわないと思っていた。恵梨子の胸の中で、一哉を喪った悲しみが未だ癒えていないことはわかっている。それでもぼくは、自分の気持ちを隠してまた恵梨子と会うことはできなかった。今言わなければ、きっと後悔するだろうと思った。

恵梨子は驚いたようにぼくの顔を見つめ、そして立ち上がった。服に付いた芝生をぽんぽんと払い、林の方に目を向ける。ぼくは坐ったまま、そんな恵梨子を見ていた。

長い間、ぼくたちはそうしていたような気がする。だが実際には、ほんの数秒だったのだろう。ぼくたちの周りだけ、時が止まっていた。

やがて、恵梨子はゆっくりと振り向いた。彼女は優しい微笑みを浮かべていた。

【引用・参考文献】

『記憶する心臓　ある心臓移植患者の手記』　クレア・シルヴィア&ウィリアム・ノヴァック著
飛田野裕子訳　角川書店
『今問い直す　脳死と臓器移植』　澤田愛子著　東信堂
『脳死と臓器移植』　水野肇著　紀伊國屋書店
『脳死・臓器移植を問う』　脳死・臓器移植に反対する市民会議編　技術と人間
『愛ですか？臓器移植』　脳死・臓器移植を考える委員会編　社会評論社
『「脳死」からの臓器移植はなぜ問題か』　渡部良夫・阿部知子編　ゆみる出版
『凍れる心臓』　共同通信社社会部移植取材班編著　共同通信社
『ろうあ者・手話・手話通訳』　松本晶行著　文理閣
『聴覚障害児の早期教育』　中野善達編著　福村出版

その他、朝日新聞の記事を参照しました。

解　説

黒田研二

貫井徳郎ほど憎らしい男はいない。

百八十センチの長身に、爽《さわ》やかな笑顔。見るからに好青年で、いかにも女性にもてそうな容姿を備えている。実際、彼の著者近影を見て恋に落ち、ひとめその姿を拝みたいからとわざわざ東京まで出かけた女性を僕は知っている。えーい、腹の立つ。ほっそりと痩《や》せたその身体は、いくら食べても太らない体質だというから、なおのこと忌々しい。

一方の僕はといえば、日本人男性のごく平均的身長しか持たず、笑顔を見せれば「いやらしいこと考えてるんでしょ？」と罵《ののし》られ、また血のにじむような思いでシェイプアップに励んでいるにも拘《かか》わらず、腹の周りの醜い脂肪は日々増加するばかりだ。

一九六八年生まれの貫井氏は僕よりひとつ年上だが、二人の写真を較べると、明らかに僕のほうがおっさんくさく見える。持って生まれた容姿だから仕方がないとはいえ、心穏やかでいられないのも当然だろう。

いやいや、なにも外見だけを取り立てて、やいのやいのと騒いでいるわけではない。僕だってそれほど、器の小さな人間ではないつもりだ（すでに、充分小さいことを暴露しているような気もするが）。僕がよりこだわり、激しく嫉妬《しっと》しているのは、貫井徳郎という男の外見ではなく、むしろ中身のほうである。

＊

一九九三年、第四回鮎川哲也賞に応募した『慟哭』（創元推理文庫）が最終候補まで残った貫井氏は、惜しくも受賞は逃したものの、北村薫氏の強い推薦を受けてデビューを果たす。小説を書こうと決意して、勤めていた会社を辞めてから、一年も経たないうちの出来事である。弱冠二十四歳でありながら、その力強い筆致はすでにベテラン並みの貫禄を持っており、「すごい新人が現れた」とミステリマニアの間で大きな話題となったほどだ。

当時、仕事がイヤでたまらなかった僕は、なんとか今の生活から脱したいという思いから、あちらこちらの新人賞に応募しては落選を繰り返していた。だから、そんなときに登場した貫井氏のことが羨《うらや》ましくて仕方がなかった。決して彼の真似をしたわけではないのだが、それからしばらくして僕も会社を辞め、作家を目指すべく執筆活動に専念することとなる。しかし貫井氏のようにトントン拍子でいくはずもなく、僕がデビューを果たすまでにはそれからさらに四年の歳月がかかった。すでにスタート地点から、貫井氏との差は大きかったわけだ。

さて、彼と僕には大きな共通点がある。二人とも岡嶋二人・東野圭吾両氏の大ファンで、彼らのような作品を自分でも書いてみたいと思い、作家を目指したことだ。実際、貫井氏の紡ぐ物語は、岡嶋・東野両氏の作品と同様、抜群のリーダビリティーを誇っている。映画でも観るように、目の前に物語が浮かび上がってくるその感覚は、彼らの著作をひとつでも読んだことのある方ならきっとわかってもらえるだろう。凝った修飾語や言い回しは多用せず、簡潔かつリズミカルな文体で読者を作品世界に没頭させ、しかし決して軽薄な印象を与えないのが三氏に共通する特徴だ。

岡嶋・東野両氏に関しては、もうただただ純粋なファンでしかないのだが、貫井氏に関しては、僕が作家を目指すようになったあとで作品に出会ったこともあり、またほとんど年が離れていないこともあって、どこか意識しながら読んでしまうところがある。そして、どうしてこんなにものすごいものが書けてしまうのか、と新刊を読むたびに唖然《あぜん》とさせられるのだ。読者をまったく飽きさせることなく、ラストまで一気に引っ張っていく力はどの作品にも顕在で、しかも毎回、ガラリと作風が変わるので、新鮮な驚きを失わない。まったくもって羨ましい才能である。同じ志を抱きながら、僕はまだ当分そこへは到達することができない。だからこそ、貫井氏にここまで嫉妬してしまうのだろう。

＊

本書『転生』は、貫井氏のちょうど十冊目の著作にあたり、彼を語るときには必要不可欠な作品といえるかもしれない。

主人公は心臓移植の手術を受けたばかりの青年。彼は手術直後から、食べ物の好みが変わり、また今までまったく興味のなかったショパンの曲に心奪われ、さらには突然絵の才能に目覚めたりもする。やがて、夢の中に現れる謎の女性。もしかして彼女が心臓の元の持ち主なのではないか、と主人公は疑い始める。心臓に残っていた記憶が、ぼくの性格に影響を与えているのかもしれない、と。

こうして主人公は、自分に心臓を提供してくれたドナーを捜し始めるのだが、この物語は「誰がドナーなのか？」を突き止める単なるフーダニットにとどまらず、真実を求めて行動するうちに、さらに謎が深まっていくところに、大きなミステリ的魅力がある。最初に謎があって、それが物語の進行と共に徐々に解明されていく従来のミステリとは異なり、読み進めば読み進むほど先の展開が予測できなくなっていく。読者は、どこに向かって自分が進んでいるかわからない——スペースマウンテンのようなスリルを堪能することができるだろう。

さらに、心臓の提供者であると思われる女性に恋をしてしまうという、大ヒット映画『ゴースト』的な、報われるはずのない恋愛模様も描かれるので、その行き着く先も気になって目が離せない。貫井氏は自身のホームページで、本書を「初めての青春恋愛ミステリ」と評しているが、まさしくそのとおりであろう。すでに読み終わられた方ならおわかりのとおり、余韻の残る爽やかなラストシーンはとても印象深い。

記憶力の乏しい僕は、読書のあとに必ず簡単な感想メモを残しておくのだが、本書を初読したときのメモを引っ張り出してみると、〈おおっ！　貫井さんがついに新たな一歩を踏み出したぞ！　『天使の屍』（角川文庫）を読んで以降、（この人はトリックなどにはあまりこだわらず、純粋なヒューマンドラマを書いてくれたら、きっと面白いものができあがるんじゃないかなあ）とずっと思い続けてきたんだけど、ああ、ホントにやってくれました！　いまだに胸のドキドキが止まりません！〉と、生意気なことを書いている。エクスクラメーションマークを多用していることからも、僕がどれくらい興奮していたかわかってもらえるだろう。

それまでの貫井作品にも、必ずといっていいほどなんらかの社会的テーマが含まれていたが、しかしここまでテーマが前面に押し出された作品は、おそらく本作が初めてだったはずだ。

脳死、臓器移植の問題を取り上げ、生について、差別について語る一方で、謎解きや恋物語などのエンターテイメント的な要素にもまったく手を抜かず、実に盛りだくさんな内容となっている。それでいて煩雑さをまったく感じさせないのはさすがとしかいいようがない。

『転生』以降、貫井氏の作風が大きく変化したことは間違いないだろう。『神のふたつの貌』(文藝春秋)然《しか》り、最新作の『殺人症候群』(双葉社)然り、死とはなにかという難しいテーマに真正面から取り組み、しかし決して取っつきにくい物語にはならず、優れたエンターテイメント小説に仕上がっている。重いテーマを内包しつつ、同時にここまでエンターテイメントに徹した作品を書き続けている作家を、僕はほかに知らない。すでに彼は、岡嶋二人でもない、東野圭吾でもない、貫井徳郎でなければ書けないジャンルを形成し始めているのだろう。

蛇足となるが、現在「週刊コミックバンチ」(新潮社)で連載されている北条司氏の人気コミック『エンジェルハート』は、心臓移植によりドナーの記憶を受け継いだ冷酷無比な殺し屋が、ドナーの恋人と知り合い、次第に人間らしさを取り戻していくヒューマンドラマだ。

本書と読み比べてみるのも面白いかもしれない。

＊

しつこく繰り返すが、貫井徳郎ほど憎らしい男はいない。

彼のようになりたいとこちらが努力をしている間にも、向こうはますます手の届かないところへ駆け上っていってしまう。なにかひとつくらい勝てるものはないかと、学生時代から夢中になっているスキーで勝負を挑んだこともあるが、そちらもかなりの腕前で呆気なく敗北してしまった。まったく、貫井氏の溢れんばかりの才能が羨ましくて仕方がない。えーい、やっぱり腹が立つ。

そうだ。彼を殺害して、心臓を奪い取り、僕自身に移植するというのもひとつの手かもしれない。実は、この解説を書き終わり次第、貫井氏とスキー旅行へ出かける計画となっている。事故死に見せかけるのは簡単だ。

チャンスは今しかない。

――作家

貫井徳郎　著作リスト

1.『慟哭』	1993.10	東京創元社　黄金の13
	1999.3	創元推理文庫
2.『烙印』	1994.10	東京創元社　創元クライム・クラブ
3.『失踪症候群』	1995.11	双葉社
	1998.3	双葉文庫
4.『天使の屍』	1996.11	角川書店　新本格ミステリー
	2000.5	角川文庫
5.『修羅の終わり』	1997.2	講談社
	2000.1	講談社文庫
6.『崩れる　結婚にまつわる八つの風景』	1997.7	集英社
	2000.7	集英社文庫
7.『誘拐症候群』	1998.3	双葉社
	2001.5	双葉文庫
8.『鬼流殺生祭』	1998.8	講談社ノベルス
	2002.6	講談社文庫
9.『光と影の誘惑』	1998.8	集英社
	2002.1	集英社文庫
10.『転生』	1999.7	幻冬舎
	2003.2	幻冬舎文庫（本書）
11.『プリズム』	1999.10	実業之日本社
	2003.1	創元推理文庫
12.『妖奇切断譜』	1999.12	講談社ノベルス
	2003.4	講談社文庫
13.『迷宮遡行』	2000.11	新潮文庫（『烙印』の大幅改稿版）
14.『神のふたつの貌』	2001.9	文藝春秋
	2004.5	文春文庫
15.『殺人症候群』	2002.1	双葉社
16.『さよならの代わりに』	2004.3	幻冬舎
17.『追憶のかけら』	2004.7	実業之日本社（予定）

この作品は一九九九年七月小社より刊行されたものです。

転生《てんせい》

貫井《ぬくい》徳郎《とくろう》

平成15年2月15日　初版発行
平成26年11月20日　13版発行

発行人――石原正康
編集人――菊地朱雅子
発行所――株式会社幻冬舎
〒151-0051東京都渋谷区千駄ヶ谷4-9-7
電話　03(5411)6222(営業)
　　　03(5411)6211(編集)
振替00120-8-767643
印刷・製本―中央精版印刷株式会社
装丁者――高橋雅之

検印廃止

幻冬舎文庫

ISBN4-344-40324-X　C0193　ぬ-1-1

幻冬舎ホームページアドレス　http://www.gentosha.co.jp/
この本に関するご意見・ご感想をメールでお寄せいただく場合は、comment@gentosha.co.jpまで。